光文社文庫

春を嫌いになった理由《わけ》

新装版

誉田《ほんだ》哲也

光　文　社

目次

濁《にご》った闇の中に、まず見えたのは、眼だった。

黒々と饐《す》えた水の底に、何か得体《えたい》の知れない魔物が、眼を覚ましたかのようだった。大きく見開いているのか、黒目より、むしろ黄ばんだ白目が目立つ。焦点は合っていない。それでいて、身じろぎ一つ見逃すまいとする眼。

狂っている。なぜだか、そう感じた。

地下室か、あるいは洞窟《どうくつ》のような場所。周囲はがらんとしており、どことなく埃《ほこり》っぽい。明かりは、たぶん電球。ぼんやりと浮かんできた顔は、意外にも人間の、男のそれであった。伸び放題の髪は不潔で、だらしなく乱れている。

目が慣れてくると、彼は裸なのだと分かった。肌は黒ずみ、中腰に屈《かが》んだ体は貧弱で、痩《や》せている。何やら淫《みだ》らなものを感じたが、そのときはまだ、理由が分からなかった。

何か聞こえた。奥歯で生米《なまごめ》を嚙むような、コクッ、コクッという、こもった硬い音。彼が両手で持っているものは、そう、子供。小さな裸の子供だ。

激しい吐き気が襲ってきた。分かったのだ。彼が、何をしているのか。

手だ。彼は子供の、手の骨を嚙《か》み砕《くだ》いているのだ。

目を逸《そ》らすことも、耳を塞《ふさ》ぐこともできなかった。男と子供の姿は遠いのに、肉を嚙み、血をすすり、骨を砕く音だけは、すぐ耳元で鳴っていた。できることなら悲鳴をあげて掻《か》き消したかったが、それも思っただけで、決して声に出すことはできなかった。

許されているのは、見ること。目の前で、子供が喰われるのを、ただひたすら見つめることだけだった。

男の口から溢《あふ》れる血の混じった唾液《だえき》は、子供の細い腕を伝い、白い肌を汚し、華奢《きやしや》な肩を赤く濡らした。背を向けているからか、顔は見えない。

た、す、け、て――。

か細く、少女の声が漏れてきた。

たすけ、て――。

聞き覚えのある声だった。

助けて――。

誰だろう。上手《うま》く思い出せない。

助けて――。

喰われながらも、その娘は振り返った。それで初めて知った。彼女は、生きたまま喰われていたのだと。顔も、鼻から上は骨になっている。目玉は右だけ。左は黒い穴ぼこだ。もはや、それが誰であるのかなど、分かろうはずもない。

それでも少女は、かろうじて残っている口で繰り返す。

助けてッ――。

男は肉を、骨を味わう狂気に酔《よ》い痴《し》れていた。泣いているようにも、笑っているようにも見えた。幼い少女とまぐわう術《すべ》を知らず、喰うことで、己の欲を満たそうとするかのようだった。だが、それでは満足できないことも、また知っているようだった。

彼は、すぐにでも次の生贄《いけにえ》を求めるのではないか。

そう思い至ったとき、ふいに天地が傾《かし》ぎ、墜落《ついらく》する自分を感じた。吸い寄せられるように、男に向かって落ちていく。

助けてッ。

それはもはや、自らの叫びであった。

序章

新しい季節の風は、いつも懐かしい匂いがする。

ことに春。まだ見ぬ人との出会い。何かが始まる、期待と不安。妙にくすぐったい、あの気持ち。春風は、そんな記憶の匂いに満ちている。

大学卒業まで、計十六回の春。一浪は除外するとして、幼稚園の年中、年長を加えれば十八回。新しい教室、新しい先生、新しいクラスメートと出席番号。

顔くらいは知っていたけれど、喋《しゃべ》ったことは一度もない男子が澄ました顔で隣に座る。窓の向こうの桜。冷たくも、熱くもない風が優しく頬を撫でる。そんな季節はクシャミまでもが、なぜだか愛《いと》しく感じられた。

高校ではバドミントン、大学では英会話サークル。後輩を迎えると、にわかに自分の成長を感じたりもした。

「秋川《あきかわ》先輩」「瑞希《みずき》先輩」

そう初めて呼ばれたときの感動は、今も忘れられない。

一人っ子の瑞希は年下の子と接する機会があまりなかった。父方の従姉妹《いとこ》が九州にいるが、こっち、東京で共通の縁者に幸か不幸がない限り、まず会うことのない人たちだった。小学校の頃も、近所のグループに混じって遊ぶタイプではなく、仲の良い友達三、四人で、というのが常だった。そのせいか、高校でできた後輩たちはみな可愛かった。弟妹ができたようで、自分が「お姉さん」になったようで、嬉しかった。

そういえば、高校二年で初めてできた彼氏は一つ年下だった。

「ほんっ、とにカレシいないんすか」

顔を合わせるたび、ふた言目にはそう訊《き》いてきた、あいつ。

「マジっすか。付き合っちゃいますか俺たち」

とりあえず、記録上は「初めての男」ということで抹消《まっしょう》を免《まぬが》れているが、大学で付き合った二つ上の先輩と比べたら、実にとるに足りない男だった。あいつとは高校卒業を境に連絡を断った。あのとき瑞希は、漠然と新しい出会いに備えていた。

そう、新しい出会い。

確信なんて何もない、けれど無性にそわそわする、あの感覚。別に新しい彼氏が欲しかったわけじゃない。ただ新入生として大学の門をくぐる瞬間を、まっさらな「秋川瑞希」でいたかっただけだ。その証拠といってはなんだが、先輩と付き合うようになるまでの数ヶ月、焦る感じは全くなかった。新しい自分。リセットされる私。いま思えばあの十八年、瑞希の一番好きな季節は「春」だったように思い起こされる。

今は、嫌いだ。

自分をリセットできない春も、これで四度目になる。

一つ溜め息をつく。左肩の辺りで、カフェの窓ガラスが丸く曇る。消えた頃に、また息を吹きかけてみる。四回目で、馬鹿らしくなってやめた。

金曜、午後四時四十分。ほんの少し暗くなった通りを行き交う「六本木人《ろっぽんぎじん》」はみな急ぎ足だ。自分が所属するオフィスに戻るのか、あるいはこなしきれない仕事を抱えての移動中か。どちらにせよ、誰もが確固たる目的を持ち、それぞれの立場に従って歩いている。瑞希には、そんなふうに見える。

六本木という肌に合わない繁華街《はんかがい》。とうの昔に飲み終えたティーカップの底には赤い輪が一つ。待ち合わせは四時ちょうど。瑞希の到着はその十分前。つまりかれこれ五十分、一人で溜《た》め息《いき》をつき続けていることになる。

『ハロー、プータロー。ヒマだろー?』

今日の昼どき。笑えない駄洒落《だじゃれ》で瑞希を呼び出した女は、いったい今、どこで何をやっているのか。

おおよそは分かっている。叔母《おば》である名倉織江《なくらおりえ》は、女だてらにテレビ太陽のプロデューサー様だ。きっと今も、この一画の裏手にある真新しい局舎で慌《あわ》しく仕事をこなしているのでしょう。話し相手もなく、底の涸《から》びたティーカップを前に、身の置き場のない六本木のカフェで一人、仕事を持つ人々の姿を草葉の陰から眺《なが》める思いで見ている姪《めい》のことなど、全く気にもかけずに、一所懸命働いていらっしゃるのでしょう。

なんか、幽霊みたい。私って――。

誰も自分を見ていない。この街では存在すら認められていない。通りを行き交う人々はいうまでもなく、ウェイトレスまでが雑談を始め、水も注ぎにこなくなった。灰皿は、使ってないから綺麗《きれい》なままだ。

さらに待つこと十二分。ようやく歩道の向こうに緑色のタクシーが停まった。助手席からジーンズにパーカの女の子、後ろから、やはりパーカとジーンズの荷物を抱えた若い男、それに続いてグレーのパンツスーツの女が降りてくる。タクシーは彼女らの背後を走り去り、スーツの女は若い二人に何やら指示し、彼らは歩道を右方向に歩いていった。

残った女が、カフェのドアを開けて入ってくる。

「……あ、いたいた。いやぁ、渋滞《じゅうたい》ってのは読めなくて参るわ」

女、名倉織江は大股で近づいてきて瑞希の向かいに座った。碌《ろく》に挨拶《あいさつ》もなくバッグからタバコを取り出す。銘柄はいつものアロマヴァニラ。ライターは使い捨て。この店はむろん全席喫煙可。

タバコを挟んだ指二本でウェイトレスを指す。

「こっち、ホットちょうだい」

その仕草《しぐさ》は、プロレスラーが相手を挑発するポーズにそっくりだった。案の定、「はい、ただいま」と答えたウェイトレスの顔には怯《おび》えの色が見てとれた。そのあり余る自尊心は、さぞお仕事には役立っていらっしゃることでしょう。でもここは一般人もくる普通の喫茶店です。テレビ局内ではありません。もう少し弁《わきま》えた態度を心掛けてはいかがでしょうか。

瑞希は目一杯、抗議の意を込めて彼女を見た。

「……四十にもなって、遅れてごめんなさいも言えないの」

「勝手に四捨五入しないの。プータロー三十歳」

なるほど。二十六歳を三十歳と言われるのは、かなりショックだ。

「それは失礼。三十八歳」

「実年齢は禁句ってことでよろしく」

なお謝罪はせず、織江はタバコに火を点《つ》けた。これ以上しつこくいうと、煙を吹きつけられそうなので諦《あきら》めよう。そもそも織江は、瑞希が嚙みついて凹《へこ》むような女ではない。

「……で、今日はどういったご用件でしょうか」

「何よ。ちょっと遅れたくらいで腐ってんじゃないわよ。せっかくあんたに通訳の仕事くれてやろうってのに」

「へ？」

通訳。そう、瑞希は英語の他、日常会話程度のポルトガル語と少々のイタリア語をたしなむ、自称「語学堪能《たんのう》同時通訳者志望」の二十六歳なのだ。決して「ただのプータロー」ではない、というのは言っておきたい。

「通訳、やらしてくれんの？　私に？」

「そうよ。だから呼んでやったのよ」

瑞希は満面に笑《え》みを作り、胸の前で手を組んでみせた。だが、思わず続けた「おばちゃん、やっさしぃィ」のひと言は余計《よけい》だった。

「ひぃ……」

織江が、瑞希の眉間《みけん》めがけてタバコの先を突き出してきた。とっさに首を引いたので火傷《やけど》はしなかったが、何やら臭う。前髪が焦《こ》げたか。火種《ひだね》に寄った目を戻すと、般若面《はんにゃづら》の織江に焦点が合った。

「や、やめて……」

織江の放つ殺気には、いささかの衰えもない。

「あんた、この六本木であたしのことを『おばちゃん』とか言ったらどうなるか、分かってんの」

「……どう、なるの」

「顔出しヘアヌード、全国ネットで流してやる」

「……じゃあ、な、なんとお呼びしたら……」

「名倉さんでも、織江さんでもいいけど」

織江は、ようやくタバコを引っ込めた。

「可愛い系でいくなら、織江ちゃん、もアリかな」

ひと口、美味《おい》しそうに吸って吐く。水とコーヒーを持ってきたウェイトレスにも、「ありがとう」などと爽《さわ》やかに言ってのける。

織江ちゃん、はないでしょう。

だが、そういうツッコミは危険度が高い。

「……では無難《ぶなん》に、名倉さん、ということで」

「あんたらしい、毒にも薬にもならない選択でよろしい」

クソ。いちいち腹の立つ。だがこんなことは昨日今日始まったことではない。たぶん、瑞希が生まれてから二十六年、ずっとなのだ。

瑞希の母、静江《しずえ》が瑞希を産んだのが二十四歳のとき。ひと回り下の織江は当時十二歳。小学六年のガキンチョだ。悪戯《いたずら》好きのおてんば娘だった織江は、両親、つまり瑞希の母方の祖父母にも、実の姉である静江からも甘やかされて育ったと、他でもない織江から聞いている。

赤ん坊の頃から、瑞希は織江のいい玩具《おもちゃ》だったらしい。その関係は、瑞希が学校にいくようになっても、成人しても、大学を卒業しても変わらなかった。さらに嘆《なげ》かわしいことに、瑞希は今年、就職浪人四年目を迎える。テレビ局のプロデューサーとして活躍する織江とのパワーバランスは、瑞希の方に低く傾く一方だ。

というか、ほとんど垂直だ。

なんと言われようとも、ありがたくお仕事を頂戴《ちょうだい》するしかあるまい。

「でその、通訳ってのは、英語だよね？　名倉さん」

織江は細く整えた眉を片方だけひそめ、テーブルに肘《ひじ》をついた。

「うん。相手はアメリカ在住のブラジル人。ほとんど英語で大丈夫なんだけど、ときどきポロッとポルトガル語を口走るらしいの。で、頭のモードが切り替わってると、それを英語にする余裕がないらしいのね。だから、英語もポル語もできる人が好ましいと。そういう人でプロを頼むと、まあぶっちゃけギャラ高いと。だったらあたしの姪っ子で我慢しましょうか、って感じだからガンバレ」

「ちょっと待って」

一ヶ所、非常に引っ掛かる部分があった。

「あの、英語とポル語、はいいにしても、その、頭のモードが切り替わるっていうのは、なに」

また、織江の口元に般若が宿りかける。

「あんた、あたしのやってる番組見てないの？」

「ああ、最近、あんまりテレビ見ないから……」

「姉さんは見てるでしょうが」

「もう、親と一緒にテレビを見る歳でもないかと」

「マジで、いっち度も見たことないの」

「すみません。全くです」

織江は真後ろに倒れるほど背もたれに仰《の》け反《ぞ》り、芝居がかった仕草で大きく両手を広げた。

「この多忙なあたしに、イチから説明しろってか。あーそうかい、はいはい、時間ないんだけどまあしょーがないやね。いい？　タイトルは『解決！　超能力捜査班』水曜夜八時。普段は一時間枠なんだけど、あんたにやってもらうのは七時からの、春の二時間スペシャル。そんときは海外から超能力者を招聘して、まあこれがＦＢＩとかにも捜査協力してるツワモノなんだけど、本来なら放送の十日前に呼んで色々やってもらうところ、今回はこっちも向こうも諸々《もろもろ》スケジュールが合わなくて、結局七日間って線で折り合いがついたんだわ。そんであんたにはその七日間の通訳兼世話役をやってもらおうってわけ。帰国する日を入れたら八日か。ちなみに」

「待った待った」

瑞希が手をかざすと、織江は口の端を歪《ゆが》めてみせた。

「何よ。先生の話は最後まで聞けって、メダカの学校でも教えてるはずよ」

「私はプータローですが人間です……そうじゃなくて。もしかしてあの、私が通訳につくってのは、つまりその、霊媒師《れいばいし》？」

織江が灰皿にタバコを捻《ね》じり潰す。

「よく聞け二十六歳無職。彼女らのことは透視能力者、超能力者、あるいはサイキッカーと呼ぶように」

「あの、お言葉ですが名倉さん、『サイキック』は直訳すると『霊媒』でして、つまり『サイキッカー』はもろに『霊媒師』ではないかと……」

織江の左眉がぴくりと跳ねる。

「日本語にするとイタコみたいだから『霊媒師』はNG。よって、タイトルにもあるように『超能力者』ってことでよろしく。分かったら続けるけど」

「お断りします」

「は？」

「お、こ、と、わ、り、します」

織江は黙った。彼女がこの店に来てから初めての、まとまった沈黙が二人の間に横たわった。

透視能力者？　超能力者？　サイキッカー？　どう呼ぼうと本質は変わらない。詰まるところは霊媒師だと、いま織江自身が認めたではないか。織江はそんなインチキの片棒を、自分に担《かつ》がせようというのか。冗談ではない。まっぴらご免だ。

瑞希は霊魂《れいこん》に関わるようなもの、霊媒、霊視、その類《たぐい》のものは一切認めていない。激しい嫌悪を抱いていると言っても過言ではない。信じるなんてとんでもない。話題にすることすら認め難いし、ましてやそんな得体の知れない外国人の世話役など、たとえば顔出しヘアヌード全国放送を免れるためならやらざるを得ないだろうが、それ以下だったらあり得ない。

「そんなの、私がやるわけないじゃん。私がそういうの大嫌いだって知ってるでしょ？　信じてるとか信じてないとかじゃなくて、嫌いなんだって、知ってるはずでしょ？　どうしてそんな話をわざわざ私に振ってくるのよ。やめてよ。そんな下らないことで六本木くんだりまで呼び出さないでよッ」

はずみで拳《こぶし》をテーブルに落とすと、急に周囲の目が気になった。視界の端で、ススッとウェイトレスが奥に引っ込むのが見えた。他に客はいない。いたら、あらかじめいるのを知っていたら、自分はこんなふうに怒鳴《どな》れただろうか。そんなことを考えてしまうところに、瑞希は自分の持つ「怒る気力」の限界を感じる。

織江が、声を低くする。

「……駄目《だめ》よ」

「ハァ？」

「あんたに断る権利は、もうないの」

もうってどういう意味よ、と訊くより早く織江は続けた。

「ギャラは八日で二十五万。もう姉さんの口座に振り込んじゃったもんね」

姉さん。瑞希の母、静江。

鳥肌が立った。最悪の予感。

「どうして、お母さんの口座に……」

「決まってるでしょ。あんた二年前、姉さんから引き出したあの二百万、まだほとんど返してないっていうじゃない」

マズい。やはりそのことか。

「あの、それは、でも、月々、ちょっとずつ……」

「それを二十五万円、ドカンとあたし経由で返してやったまでよ。ありがたいねェ。あとは働くだけ。簡単な話さ」

なんだか、とても悲しくなってきた。

「でも……それ、ちょっと、厳しくない？　だって、ちゃんとバイトして返してるんだよ。少しずつだけど」

一万円ずつだけど。

「はいはい。週にたったふた枠の、学習塾の中学生相手にやってる英語講師ね。そんなわずかな稼ぎの中からあんた、バッグ買って洋服買って、年末は北海道までスキーしにいったんだって?」

それくらい楽しみがあったっていいじゃない、と口を挟む余地もない。

「あんたそれ、親とはいえ二百万の借金してる人間がする贅沢《ぜいたく》じゃないでしょ。それが嫌だったら、そもそも自費出版なんてするんじゃないっつーの。あんなにやめろって言ってやったのに」

きた。ついに出た、このひと言。

自費出版なんてするな。

分かっていて、身構えていても受け止めきれない、この衝撃。口答えを許さない、強烈な自己嫌悪を促《うなが》す「前科者《ぜんかもの》」の烙印《らくいん》。

瑞希は大学を卒業してすぐ、イギリスに短期留学し、そこである青年と恋をした。彼は詩人で、瑞希は彼の著作に深い感銘を受けた。これを翻訳して日本で発表するのが自分の使命だとすら思った。

そして、実行した。

大手出版社は見向きもしない。だがそんなことで引き下がる気は最初からなかった。自費出版も厭《いと》わない。原作者である彼に倣《なら》っての決意だった。ようやく面倒を見てくれるという小さな出版社に行き着いた。編集者は素晴らしいと褒《ほ》めてくれた。共同出版という形で千五百部、二百万円という見積もりだった。

静江から聞いたのだろう。織江は家に乗り込んできて、絶対にやめろと言った。あんたは男と出版社に踊らされてんのよ、と怒鳴った。父が独自の見解を示すことはなかったが、織江が「ねえ、義兄さん」と言えば頷《うなず》いてみせた。

そんな中で、静江だけが中立だった。そして最終的には、やると決めたなら仕方ない、援助はすると言ってくれた。

瑞希は、静江に甘えた。

翌日、出版社に「お願いします」と原稿を渡した。

見本にもらった三冊は今も自室の本棚にある。版元は宣伝、書店への配本まで責任を持つと言ってくれたが、著作を店頭で見たことは一度もない。買ってくれた友人もみな取り寄せだったらしい。残りの千四百数十冊、あれらは一体、どこに消えてしまったというのだろう。

「オリジナルの英語はどうだか知らないけど、少なくともあんたの文章は詩以前に、日本語としての魅力に欠けるね」

織江はさらに「中学生の直訳」と付け加えた。悔しいことに、数人の友人にまで同じことを言われた。そんな一切合財《いっさいがっさい》の記憶を、織江の「自費出版なんて」のひと言は呼び起こす。初めて言われたときと同じ大きさにまで、瑞希の傷口をこじ開ける。

「分かったよね。やるよね？」

瑞希は黙って頷くほかない。

「そんなにしょげないの。何もあんたに口寄せしろって言ってるわけじゃないんだから。相手がエスパーだろうが霊媒師だろうが、通訳する上じゃ関係ないでしょうが。続けるよ……って、どこまで話したっけ。ああ、ギャラか……で、肝心の相手ね。マリア・エステーラっていう五十二歳のおばさんなんだけど、あたしはまだ会ったことないんだよね。もちろん呼ぶのは今回が初めて。でもまあ、現地で交渉したスタッフは温厚な感じだって言ってたから、心配ないでしょう。ねえ聞いてる？」

今一度、黙って頷いてみせる。

「やだなぁ、テンション上げてこうよ。ええとね」

織江が、A4サイズの茶封筒から中身を抜き出す。

「顔、こんな感じ。ね？　優しそうでしょ。厳密に言えばブラジル人らしいんだけど、ほっとんど白人だよね」

レイアウトは違うが、それは履歴書によく似た書類だった。顔写真の下、名前の綴りは〝Maria Estella〟となっている。これだと実際の発音は「エステーラ」より、むしろ「エステラ」に近いのではないか、などとぼんやり思う。

「最初二人くらい通訳候補の写真送ったんだけど、なんか嫌だって言われちゃってさ。そんであんたのを送ったんだよ。そしたら、この娘いいッ、ってなっちゃったらしくてね。あたしの姪だとか、そんなことはなんにも言ってないんだよ。あれかね、そういうのも、得意のインスピレーションで選ぶのかしらね。とか言いつつ、案外レズっ気ある人だったりしてね。この娘カワイイ、みたいな」

織江はくひひ、と下卑《げび》た笑いを漏らした。もう立てる腹もなくなった。ほとんど他人事《ひとごと》だ。

「……で、これ交通費ね。悪いけどこっちから人間出せないんで、来週木曜の朝九時に、成田まで迎えにいってやってね」

小さな白封筒を添える。

「行きと帰りと充分足りるだけ入ってるから。なんだったら空港で天せいろでも食わしてやって。そんで新宿まで戻ってきたらあたしらと合流。一日目は新宿ロケ直行ってことで。まあ詳しくはこれにも書いてあるから、帰ったら目ぇ通しといて。ロケは状況次第、いつ引き上げるかは未定。長引いても二日の予定。その合間に、ホテルで何件か透視してもらって、五日目には依頼者に面談。六日目は予備で空けてあるけど、できれば他のケースについても透視してもらえたらいいなと思ってる。エステーラのコンディションもね、長旅だから気ぃ遣ってやらんと可哀想だし。ま、こっちからはそんなとこ。はい、疑問、質問、ディスカッション。どうぞ」

瑞希は静かにかぶりを振った。

「……別に、ないです」

「うわ、やなかーんじ。あたしに罪悪感植えつけようっての?」

織江は鼻で笑い、またタバコを銜《くわ》えた。

「別に、そんなんじゃないけど」

「あんたね、経験積めるだけありがたく思いなよ。何もタダ働きさせようってんじゃないんだから。借金の返済に当てるのだって立派な収入でしょ。負の財産がぐんと減るでしょうが」

「……はい。分かってます」

そのまま俯《うつむ》いていると、

「じゃ、あたし次の予定があるから」

織江は席を立ち、大股でレジに向かっていった。「領収証、テレビ太陽で」と聞こえたから、ここは奢《おご》ってくれるのだろう。

まあ、そんなことを喜べる気分でもないのだが。

第一章

新規の契約がまとまらなかった。同僚と酒を飲む気にもなれず、今夜は真っ直ぐ帰路についた。こんなに早い時間に帰ったら、身重《みおも》の妻は驚くだろうか。

四十分ほど電車を乗り継ぎ、最寄《もよ》りの駅で降りる。寄り道はしない。ここまできたら一秒でも早く妻の顔を見たい。いや、大きなお腹《なか》を見て安心したい。そして、今日の定期検診で撮ってもらったエコー画像のコピーで、我が子の成長を確かめたい。

賃貸マンションの自宅。インターホンのボタンを押す。確認の問いかけがあるかと思ったが、存外にもドアはいきなり開いた。

「ただい……あっ、お前ッ」

そこには、低い框《かまち》に両足を残し、下駄箱《げたばこ》に片手をつき、もう一方でドアを開ける妻がいた。

「早いやない。どーひたの」

口には堅焼きの醤油せんべい。

「お前、危ないだろ。サンダルくらい履けよ」

腹部に触らぬよう、前のめりの妻を注意深く押し戻す。

「大丈夫よ、これくらい」

リビングに戻った妻が、ひょうきんに片足ずつ上げてみせる。引退した外国人力士が踊っているのをテレビで見たことがあるが、それによく似た動きだった。

「よせよ、転んだらどうするんだ」

まったく困ったものだ。お腹に新しい命が宿っているという認識が薄過ぎる。ツワリが軽かったというのが逆によくなかったのだ。何かというと、ビクビクするのはいつも自分の方だ。

最近、よく思うことがある。人は守るべきものがあると、強くも弱くもなる生き物なのだ、と。

これは自分が育った環境と深い関わりがある。東京都北区の児童養護施設、若葉園《わかばえん》。あの頃の自分は、社会的にはこれ以上ないというくらいちっぽけな、弱っちい存在だった。だが同時に、それ以下に落ちることはないという、達観に近い思いも持ち合わせていた気がする。

高校を出て働き出した。今の職場は三つ目になるが、性に合っているのか長く続いている。

定職を持つという社会的強みは、クビになりたくないという弱みと、常に背中合わせだ。

やがて彼女と知り合い、所帯を持った。妻のためなら頑張れるという強み、家に何かあったらという不安は弱みだ。子供ができればその強弱の振れ幅はさらに大きくなるだろう。でも今は、それが嬉しい。強くも弱くもなる自分が、やけに温かい。

時計を見ると七時ちょっと前だった。

直下のテレビに目を移す。ちょうど画面が切り替わり、戦争映画にでも使われていそうな、重い緊張感に満ちた効果音が流れた。

《「解決！　超能力捜査班」。今夜はアメリカから透視能力者、マリア・エステラを招いての二時間スペシャル》

よく知った顔のアナウンサーが、さも深刻そうに言い、それだけでコマーシャルに替わった。

以前はこの手の番組が嫌いだった。それだったら自分の親も捜してほしい、そんな思いで胸が潰れそうだった。だが、今はもう大丈夫だ。ちゃんと家族がいる。もうじき家庭が完成する。自分という主人がいて、妻がいて、子供が生まれる。もう一人くらいいた方がいいような気もするが、それを口にするのは時期尚早だろう。とにかく、家庭としての体裁は整った。

「ちょっと高かったけど、イチゴ、買ってきちゃった」

妻が冷蔵庫からパックを出し、大きめのひと粒をかじる。

「おい、洗ってから食えよ」

「さっき洗って、また入れといたの。それぐらい私だってやってますよーだ」

子供じみた仕草でアカンベーをされる。そういうことを子供はすぐ真似するからやめろ、というのもまた時期尚早か。

とにかく、今は幸せだ。契約が取れなかった今日という日も、確かな幸せがここにあると感じられる。

よし、見てやろう。今夜は、二時間きっちり見届けてやろう。

「よし来い」

「ん、なに？」

夕飯の用意を始めた妻が、フライパンをつつきながら振り返る。

今まさに、番組は始まろうとしていた。

1

瑞希はここ数日、自宅のある新小金井《しんこがねい》から成田までどうやっていこうか、ずっと考えていた。

成田空港にアクセスする手段は、最終的にはふた通りある。京成本線特急か、成田エクスプレスか。京成なら料金は千五百九十円、成田エクスプレスを使うと三千四百九十円かかるようだ。所要時間は大差ないが、成田エクスプレスを使うと乗り換えが一つ少なくて済む。さてどちらがいいか。

乗り換えの回数をとるか、料金の安さをとるか。

織江から交通費として渡された白封筒には二万円入っていた。エステーラと新宿に戻るのにも成田エクスプレスを使うとして、それでも総額は一万円に満たない。天せいろでも食わしてやって、というのを実行したとしても、せいぜいプラス二、三千円だろう。どう考えても数千円余る。これは単に「念のため」のお金なのか。それとも安く上げれば瑞希が懐に入れていいのか。それ以前に、経費として処理するためには領収証とかが必要なのだろうか。だとしたら、新小金井から武蔵境《むさしさかい》に出るための百四十円とかはどうしたらいいのだろう。

そんなことをくどくど考えていたら、

「あーッ、めんどくせーッ」

何もかも嫌になった。パジャマでベッドに寝転がると、今日に限ってよく眠れそうな気がした。いや、このまま寝たら絶対に寝過ごす。成田エクスプレスを使うとしたら、明朝は遅くとも六時四十四分の西武多摩川線に乗らなければならない。六時四十四分に乗るためには、最低でも三十分は前に起きるべきだろう。つまり、ほとんど六時起き。昨年末の北海道スキー以来の早起きだ。

仕方がない。目覚ましを六時にセットしよう。

案の定、寝過ごした。

慌《あわ》てて飛び起きて着替えた。通訳なのだからと昨夜、一応フォーマルな服を用意しておいたのだけはよかった。

時計は六時三十五分。四十四分の多摩川線は無理でも、五十六分には間に合うかもしれない。間に合わなかったら、完全にアウトだ。

「きゃーッ」

バッグに携帯と財布、白封筒があることだけは確かめ、階段を駆け下りる。そこで初めて、靴を用意していなかったことに気づいた。

玄関収納を片《かた》っ端《ぱし》から開ける。目的の黒いパンプスを見つけたとき、背後でドアの開く音がした。

「……ああ、瑞希ぃ。ご飯はぁ」

静江が欠伸《あくび》をしながら顔を覗《のぞ》かせた。ちなみに教員をしている父親は目下春休み中。まず九時前には起きてこない。年寄りが早起き、とは限らないのが秋川家なのだ。

「いらない」

化粧をする暇がないのだ。朝食なんてあり得ない。

「遅くなると思う。行ってきます」

パンプスを履き、ドアを開けたらダッシュ。腕時計は四十七分。駅までは走っても七、八分かかる。ギリギリか。

三月十日。さすがにこの時間だと冬並みに寒い。薄手のコートではやや心許《こころもと》なかったが、畑道を抜けて連雀《れんじやく》通りに差し掛かる頃には体の方が温まっていた。高校の頃は遅刻しそうになって、よくこんなふうにこの道を走ったな、などと呑気《のんき》なことを思わなければもっと速く走れる、ということもないか、などと考えているうちに駅に着いた。

ホームに出て見回したが、まだ電車は来ていなかった。

息は上がりきり、喉は食道までカラカラに渇いていた。何か飲みたい。でも売店はない。販売機か。そう思って視線を巡らせると、線路の先に電車の先頭車両が顔を覗かせた。急いだら買えるかも。でも慌てて小銭でもばら撒《ま》いちゃったら最悪。

結局、東京駅までは唾を飲み込んで我慢する破目《はめ》になった。

成田エクスプレスが空港第一ターミナルに着いたのは九時ちょうどだった。エレベーターより先に階段を見つけたので駆け上る。到着ロビーは地上一階だ。

エステーラの乗る便の到着予定は九時〇二分。電光掲示板を見ると遅れはない。しかし通常、入国審査、手荷物引き渡し、税関を通過するまでには二、三十分かかる。間に合ったと思っていいだろう。

ミーティングポイントの向かいにカウンターカフェがある。とりあえず何か飲むか。とり損ねた朝食にするか。いや、機内食のタイミングが分からない以上、エステーラが腹を空《す》かせて降りてくる可能性も考えられる。朝食は保留だ。

案の定、待つこと二十分。ゲートから出てくる、カリフラワー状のモコモコした銀髪《ぎんぱつ》を発見した。小走りで駆け寄る。向こうもこっちの顔を探していたのか、目が合うと「ハイ」と小さく手を上げた。

「……初めまして。お待ちしておりました、ミス・マリア・エステーラ」

独身であることは確認済みだ。

「エステラでけっこうよ。会えて嬉しいわ」

やはり発音は「エステーラ」より「エステラ」か、などと思っていると、

「ミズゥーキッ」

バッグを床にすとんと落とした彼女に、いきなり抱きしめられた。

「うぃっ」

分厚い肉に包み込まれる。二の腕、胸から腹にかけての、ビーチボールのような弾力に息が詰まる。むちゅむちゅと押しつけられる頬、こちらもまた凄い弾力だ。

「私も、お会いできて、うっ……嬉しい、です」

そう返すと、ようやくエステラは瑞希を解放し、改めて顔を覗き込んだ。

「ふう……うん。思った通りの女の子だわ」

何をどう思っていたのだろう。こちらから訊くのは怖い。

「お腹は、空《す》いていませんか。それとも何か、お飲みになりますか」

「いいえ。私たちには時間がないわ。急ぎましょう、ミズキ。シジュークに」

エステラは表情を引き締め、歩き始めた。

シジュークじゃなくて、シンジュクです。帰りの成田エクスプレスは四十三分の出発だから、まだ十分ほどありますけど。っていうか駅は地下だから、勝手に上りエスカレーターに乗ろうとしないでください。そういうことは超能力では分からないのですか。

言いたいことは色々あったが、とりあえず瑞希は、エステラが放り出した荷物を床から拾い上げることを優先した。


織江には、無事会えたと報告した。新宿への到着予定時刻を伝えると、ホテルのロビーラウンジで待っているという。ホテルとは、エステラの宿泊予約を入れた京王プラザホテルのことだ。

ＪＲの改札を抜けて西口に出る。歩いていける距離ではあるが、荷物とエステラのコンディションを考慮してタクシーに乗る。なるほど。こういう金額も考えての二万円か。

「あまり、アジアっぽい感じはしないのね」

エステラはタクシーの窓から、ぽっかり空いた地下ロータリーの上空を見上げていた。

「ええ。新宿は、日本でも指折りのビッグシティですから」

日本は初めてだという。成田エクスプレスに乗っている間は、水田を見てはビューティフル、遠くに寺か神社の屋根を見つけてはグレイト、とうるさかった。まあ、それはいい。可愛いものだと許してやろう。だが、寺社や小さな山の名前まで、いちいち訊くのはやめてほしい。そんなの、瑞希が知るわけがない。

分からないと答えると、哀れんだような顔をされるのにも参った。いや、あれは悲しみの表情だったのか。あるいは無知な女だと蔑《さげす》んだのか。どちらにしろ、あんたの目的は観光じゃないでしょ、と言ってやりたかったが、それも気の毒なので、結局は適当に微笑《ほほえ》んでやり過ごした。

京王プラザには呆気《あっけ》なく着いた。

先にチェックインを済ませ、荷物は部屋に運んでおいてくれとフロントに委《ゆだ》ねた。とにかく早く織江に会いたい。自分一人でこの、訳の分からないおばさんの相手をし続けるのはつらい。

三階のロビーラウンジに向かう。ウェイターに待ち合わせだと告げる間もなく、すぐそこに引っつめた織江の黒髪が見えた。

「お待たせしました」

息を切らしたふうにいうと、スタッフであろう男四人、女一人が、さっと立ち上がってこっちを見た。男は及第点が二人、肥満が一人、ムサいのが一人。女の子は、小柄だがタフそうな感じだ。五人とも、おそろいの黒のパーカにジーンズという恰好《かっこう》をしている。

「あんたなに、その恰好」

織江は相変わらずスーツだ。

「え？」

訊き返したときには、もうエステラの方を向いていた。

「お会いできて光栄です、ミス・マリア・エステーラ。私はプロデューサーの、オリエ・ナクラです」

ぎこちない英語で言い、手を差し出す。

「初めまして。エステラでけっこうよ、オリエ」

エステラがその手をとる。瑞希のときのような抱擁はない。

織江はすぐにこっちを向いた。

「……昼どーした。空港でなんか食った？」

もう笑みはない。かぶりを振ると、なぜか睨《にら》まれた。

「スケジュール詰まってるって言ったでしょ。天せいろ食わしとけって言ったじゃない」

瑞希の返答を待たず、またエステラに笑顔を向ける。

「お疲れになったでしょうから、上の階でゆっくりと、昼食などいかがでしょうか」

今度は日本語だ。言ってから瑞希の腰をつつく。

ああ、これを訳すのが自分の役目か。

にわかに緊張を覚えた。

「上に、レストランがあります。そこで、ランチはいかがですか」

エステラは織江と瑞希を見比べ、笑《え》みを浮かべた。

「ええ、是非そうしたいわ。私は日本での食事を、とても楽しみにしていたのよ」

直訳して伝える。

「そうでしょう、そうでしょうとも。シナガワ、手配よろしく」

織江が命じたのは、一番ムサい感じの男だ。

「はい。和食だと天麩羅《てんぷら》としゃぶしゃぶがありますけど、どっちにしますか」

「椅子《いす》の大きい方。座敷はNG」

「了解です」

検討した結果、昼食はしゃぶしゃぶに決まった。

食べたら働け、というわけにもいかず、エステラの部屋でしばし歓談という運びになった。

部屋はツインのデラックス。織江がベッドサイドに置かれていたエステラの荷物と瑞希を見比べる。

「あんたのは」

はて。意味が分からない。

「ん？」

「あんたの荷物はどうしたの、着替えはどこにあるの、って訊いてるのよ」

「え、私、そんなの用意してないよ」

手をぷらぷらしてみせる。

「バッカじゃないの。エステラ一人じゃ何かと心細いだろうから八日間よろしく頼むねって言ったじゃない。あんたも一緒に泊まるに決まってんでしょうが」

なるほど。ちっとも気づかなかった。

「ああ、ごめん。あとでとりに帰るよ」

「まったくもう……」

周りのスタッフはみな苦笑いしている。どちらかといえば同情的な反応、だろうか。きっと彼らも、日々何かにつけ織江に怒鳴られているに違いない。

エステラ一人がきょとんとしている。

「すみません。私、忘れ物をしてしまったので、あとで一度、家に取りに帰ります。いいですか」

「OK。問題ないわ」

織江が顔を寄せてくる。

「余計な告げ口したんじゃないでしょうね」

「してないわよ、失礼ね」

織江は「あっそ」と窓際のソファに進んだ。

「じゃ、そうね。少しくつろぎながら、軽く打ち合わせってことで、ぼちぼち頼むわ」

ある程度丁寧なニュアンスに直して伝えると、エステラは納得してソファに座った。織江はその向かいに。エステラが目でいざなうので、瑞希は彼女の隣に座った。大きめの二人掛けだが、エステラと並ぶとぴったりだ。

「ええ、それでは、まず新宿のロケに関して、簡単にこれまでの経緯《けいい》をご説明します」

織江が誰のために敬語を使っているのかはよく分からないが、まあ、そんな雰囲気に訳して伝える。

「この近くに初台《はつだい》という場所がありまして、そこには山手《やまて》通りと甲州街道《こうしゅうかいどう》がぶつかる、東京でも実に重要な交差点があります。アンダーパスの工事規制や、周囲のビル新築工事で、初台の交差点はここ数年、いつもごちゃごちゃした雰囲気になっています」

エステラは小さく頷きながら聞いている。

「……その工事関係者やオフィスワーカーの間で、ある噂が実《まこと》しやかに囁《ささや》かれています。

我々スタッフに、具体的な情報をもたらしたのも、一人のＯＬさんです。実は今日もご同行いただけるようお願いしましたが、どうしても都合がつかないということで、お写真だけ、持って参りました」

エステラが出された写真を覗き込む。「この女性が、情報提供者なのね」と確認する。瑞希が頷くと、エステラは「アァハァン」と手にとった。

しかし。

同時通訳とは、なんと気持ちがいいのだろう。織江の言葉が自分というフィルターを通り、エステラに理解可能な英語となってその耳に届く。周りのスタッフの、羨望の眼差しも実に心地好い。そう、そうよ。英語が喋れるって恰好いいことなのよ。つまり私は、ただのプータローでも無職の二十六歳でもない。たまたま仕事に恵まれなかっただけで、能力は充分にあるの。実は、とっても恰好いい二十六歳なのよ。

織江の説明は続く。

「簡単にご説明しますと、初台周辺で、若い男の幽霊の目撃談が相次いでいる、ということです。我々の事前リサーチによっても十数件、同様の証言が得られました。

冬物のスーツを着ていて、凄い形相《ぎょうそう》で走ってくるそうです。通行人の場合ですと、ぶわっと、冷たい風と共に通り過ぎて、なんだろうと振り返ると姿がない、というのが共通の証言内容です。

不幸なのはドライバーです。いつそこに立ったのか、交差点の真ん中から、やはり凄い形相で信号停止している車に向かって走ってくる。気をとられていると、後ろからクラクションを鳴らされる。見上げると信号は青になっている。でも発進したらあの男にぶつかってしまう、と思って前を見ると、もうどこにもいない。

走行中の車に向かっていくケースもありました。幸い急停止しただけで、後続車もなかったため事故にはならなかったようですが、やはりぶつかる、と思わず目をつぶり、次に目を開けたときにはいなくなっている、というものでした。

直接の情報提供者である女性の話は、さらに興味深いものです。彼女は我々の知る限り、唯一その幽霊と言葉を交わした人物です。

残業を終えて、代々木《よよぎ》方面から山手通りを初台交差点に向かって歩いていると、やはりスーツの男が凄い形相で走ってくる。実は彼女、ある程度霊感を持っている方でして、ああこの人は、もうこの世のものではないな、と直感したらしいです」

自分でも知らぬ間に、瑞希は冷たくなった手を順番にこすって温めていた。

話題がいつの間にか、苦手な分野に踏み入っていた。鳥肌が立っている。気のせいか部屋の空気までも、なんだか圧力が増したように感じられる。耳鳴りも始まった。

視界も——。

「……ミズゥキ」

ふいに、エステラが瑞希の背中を撫でた。すると、荒れ狂う吹雪を分厚いガラス窓で遮断したように、全身に受けていた圧力が一瞬にして消え失せた。ふわりと、気持ちが楽になる。

エステラが織江に頷く。

「OK。問題ないわ。続けて」

「え……瑞希、いいの?」

珍しく、織江が心配そうに覗き込んでくる。

「うん、大丈夫……はい、続けてください」

織江もゆっくりと頷く。

「……はい。ええと……その、霊感を持ったOLさんですが、その幽霊は、彼女の前で立ち止まったそうです。立ち止まって、黙っている。何か話したいのかな、と思って、彼女は相手の言葉を待ったそうです。すると、こう、手を下にしたまま拳に力を入れて、寒い、凄く寒い、と言ったそうです。冬物のスーツを着ているのに、ぶるぶる震えている。私にどうしてほしいの、と訊くと、また黙ってしまう。しばらくするとまた、寒い、と言う。でも私にはあなたを温めてあげることはできないの、と言うと、悲しそうな顔で、歩き始めたそうです。歩いていって、すぐに消えた。

その後も二度ほど、同じ男の幽霊を見たそうですが、もう彼女に寒さを訴えてくることはなかったそうです。彼女は、きっとあの近くのどこかに、彼の遺体か、もしくは、念の残るような何かがあるのではないかと言っています……エステラ、何か感じますか。初台はあの辺りです」

織江が窓の外を示す。日の傾きから察すると、方角は西南といったところだろうか。首都高速が延びている、その一点を織江は指している。

瑞希も横に立ちながら説明を加えた。

「あの、『NTT』って書いてある看板の辺りだと思いますけど」

「ええ、分かるわ……」

エステラは頷き、手にしていた情報提供者の写真に目を落とす。

「そう、この女性は確かに、スピリチュアルなものに対して、とても鋭い感覚を持っているわ。あの辺り、うん、とても人の念が強く渦巻いている。その男性の魂に限らず、あの一帯なら、見えないものでも見える場合があるはずよ」

何を言ったのか、織江が聞きたそうにこっちを見る。

「この女性には、確かに霊能力があるって。それから、あの場所自体に、強い念が渦巻いてる、見えないものまで見える可能性があるって」

なぜだろう。また睨まれた。

「え、なに？」

織江が咳払《せきばら》いをする。

「あんたね、番組にも生で出るんだから、もうちょっとマシな通訳しなさいよ。そんなんじゃ放送できないでしょ。そんな日本語だから、本は売れないわ借金は……」

瑞希は慌てて手をかざした。

「ストップ……分かった、ちゃんとやる。ちゃんと訳すからその先は言わないで」

突如、爆《は》ぜたように五人のスタッフが笑い出した。

なんだ。

まさか、織江は彼らに、瑞希の事情を話したのか。つまりみんな、自費出版と借金のことを知った上で、今まで見ていたのか。最悪だ。ちっとも恰好いい通訳ではない。

とんだ道化ではないか。

エステラが「分からない」という顔で見回す。

「ミズキ。なぜあなたが怒られたの？」

ここで事情を話したら国際的笑いものだ。適当にやり過ごすしかあるまい。

「心配しないで。私がまだプロとして未熟だから叱られたの。彼女は責任者であると同時に、私の叔母でもあるの。私が、ちょっと甘えていたのね。エステラが悪いんじゃないわ」

安心したのか、エステラは優しげな笑みを浮かべた。

「深刻にならないで」

そっと瑞希の肩に触れる。案外、いい人なのではないかと思った。

エステラも特に疲れていないというので、早速初台の交差点にいってみようと話がまとまった。

ホテルからは「テレビ太陽」のロゴ入りワンボックスで移動する。八人乗りだから大丈夫という話だったが、機材がある分、後部座席は窮屈そうだった。

及第点の一人がハンドルを握り、織江は助手席に。真ん中のシートには小柄な女の子、瑞希、エステラ。後ろは「シナガワ」と呼ばれたムサい男、肥満、二人目の及第点、と機材。

隣の娘が瑞希の顔を覗き込む。

「秋川さんて、名倉さんの姪御《めいご》さんなんですって？」

反応したのは、後ろの席のシナガワと肥満男だった。

「え、そうなの？　全っ然、似てないっすね」

「ビックリしましたよ。あんま美形なんで」

美形？　私が？

もう一人、後ろに座っている及第点が身を乗り出してくる。

「もろテレビ向きだよな。いや、いいわ。いい画《え》が撮れそうで楽しみだわ」

「そんな、私なんて……だって、全然」

むろん、ここは丁重に謙遜だ。

「あれか、じゃあ名倉さんは、瑞希さんのおばちゃんってわけだ」

後ろの及第点、その発言はマズいだろう。全国へアヌードの刑にされちゃうよ。

前を見ると、織江の肩が震えている。顔が見えないのが余計《よけい》に恐ろしい。

さらに肥満が続ける。

「お父さんとお母さん、どっちが名倉さんのキョウダイなの？」

「あ、あの、母です」

「すっげー美人なんでしょ、お母さんは」とシナガワ。

「あれだね、名倉さんは、あたしにもこんなに可愛い姪っ子がいるのよって、自慢したかったんだよね」と及第点。

ハンドルを握るもう一人の及第点が助手席を見る。一瞬にして、その横顔が凍りつく。まるで見なかった振りをするように、さっと前を向く。

「ほんっと、名倉さんの姪御さんとは思えない可愛さだよなあ。ねえ名倉さん、レギュラー通訳になってもらいましょうよ」

そう言ったのは、誰だったか。

段々、車内が妙な雰囲気になってきた。瑞希はなんでもいいから、とにかく何か適当に言って、この話題を替えさせよう、違う話を振ろう、と思ったが遅かった。

「オノデラァ、テメェーッ」

織江が助手席から振り返る。髪が逆立《さかだ》っている。

「うわっ、出たアーッ」

後ろの及第点、オノデラが、吹っ飛んだように仰け反る。

「やったぁーっ、ゴーゴンだゴーゴンだぁーっ」

「キレんの早《はえ》えな、今日は」

はしゃぐ肥満とシナガワ。

隣の女の子も怖がるどころか、顔を伏せてくすくす笑っている。見れば運転席の及第点も、肩を震わせて笑っている。エステラは困惑気味、説明を求めて瑞希を見る。確かに、何かしらの説明は必要だろう。

「……なんか、オリエはいつも、こんな感じで、からかわれているみたいです。私も、いま初めて知ったんですが、オリエはどうも、そういうポジションの、プロデューサーのようです」

エステラは「ハァン」と中途半端な納得を示し、

「スタッフとの関係が、とてもフレンドリーだ、ということね」

そう付け加えた。

2

俺は楽園に生まれた。

いや、俺の生まれた村が、いつの間にか楽園になっていたと言うべきか。

福建省《ふっけんしょう》泉州市《せんしゅうし》恵安県《けいあんけん》。のちに、同じ県内でも海岸に近い地区では漁業が営まれていることを知るが、山間《やまあい》に位置した我が故郷において、それは望むべくもなかった。産業といえば、三日月形のせまい棚田《たなだ》に細々と稲を植えるのがせいぜいだった。

貧しい村だった。何もない村だった。

垢《あか》じみた衣服、傾《かし》いだ家、分厚い雲に覆《おお》われた空。

藁葺《わらぶ》きの屋根が当たり前だった。無理して自宅を瓦屋根にした先々代の村長。その息子は不運だった。充分な改修工事をする甲斐性がなく、落ちてきた瓦に頭をやられて死んだ。それを、仕方ないと諦めるのが当たり前の村だった。

誰も、貧しさを嘆きはしなかった。つらいなどと漏らしはしなかった。知らなかったから。自分たちの村しか知らなかったから。故郷の外は、見たことも、住んだこともなかったから。谷を隔てて行き来する距離にある隣村も、似たようなものだったから。

無知は幸福だ。外界にどのような富があろうと、見たことも聞いたこともなければ、羨まずに済む。

だが、我々は知ってしまった。

一人の英雄が、村に富をもたらした。

彼の名は、古正剛《ゴウツンガン》。先々代村長の孫で、瓦が頭に当たって死んだ男の息子だ。正剛は二十二歳で村を出て、数年間姿を消していた。だがそんなことは、村人の誰もがすっかり忘れていた。

異変はまず、古宅の新築工事から始まった。大挙して建築業者が訪れ、トラックで資材が運び込まれた。あっという間に白亜《はくあ》の巨塔ができあがった。そして未亡人である正剛の母は、次に老人会館を新築すると宣言した。老人会館は村政を司《つかさど》る拠点だ。資金は息子の、正剛が出すという。

「正剛《ツンガン》は、異国の地で大成功を収め、巨万の富を得たのよ」

年が明けた頃、波のない水面《みなも》の如き外観の自動車が、完成した老人会館の前に乗りつけられた。運転席を降りた男が、慇懃《いんぎん》な仕草で後部座席のドアを開ける。するとゆっくり、別の男が降りてきた。カラスの羽のような黒髪を隙間なく撫でつけ、分厚い革のコートを着ている。

老人会館から未亡人が飛び出てきた。

「正剛《ツンガン》ッ」

「母さん」

未亡人を抱きとめた男が、正剛だった。俺たち子供の目には、彼が暴れ竜を退治して姫を娶《めと》る、昔話の英雄のように映った。

その夜、老人会館と古宅の両方で、大々的な酒宴が設けられた。正剛は二十二歳で村を出たのちのことを、村人全員に話して聞かせた。海を渡り、異国の地で成功を収めるまでの物語だ。

「この会館は、そうした金で造られたものだ。もう一つ必要なら、全く同じ建物を造ってもいい。だが、それではあまりに芸がないだろう」

正剛は多額の現金を所持していた。それを村に寄付するか、村の未来に繋がる事業に使うと発表した。

「村の、未来に繋がる事業とは、たとえば、どんなものかね」

当時の村長の質問はもっともだった。正剛の話は何から何まで雲を摑《つか》むようで、誰も理解できていなかったのだ。

「ああ。事業といっても、ここで何かをするわけではないんだ。見てみろ」

正剛は会館の広間を見渡すよう、その手で宙を撫でた。

「この村には、こんなに若者がいる。力漲《みなぎ》る、未来の英雄がいる。まるであの頃の俺のようだ。いや、あの頃の俺より立派な体つきの男も、利発そうな男もいる。男だけではない。女でも一向にかまわない。こうやって見ただけで何人も、磨《みが》けば必ず光る美しさを備えた女がいるのが分かる。

無理強《むりじ》いはしない。我こそはと思う者が手を挙げれば、それでいい。俺のように国外に出て、巨万の富を得たいと思う者はいないか。この村を、白亜の建物で埋め尽くしたいとは思わないか。毎日、美味い物が食えるぞ。舌のとろけるような酒が飲めるぞ。上手く映るかどうか分からないが、テレビと、ビデオを車に積んできた。あとで鑑賞会を開こう。外国の映画だ。上海《シャンハイ》で買い求めたから、ちゃんと字幕だって付いている。

……ああ、忘れていた。ここでは、みんながみんな字を読めるわけではなかったな。よし、まずここの子供たちを全員、最寄りの学校に通わせるとしよう。字の読み書きを習い、外国語を勉強するのだ。言葉は大事だからな。特に日本では、言葉が喋れないと全く相手にされない。小学校、初級中学、高等中学、さらに意欲のある者は大学にも通わせると約束しよう」

どう反応していいのか分からなかったのだろう。村人の多くはぎこちなく、互いの顔を見合わせるだけだった。

「なんだなんだ、信じていないのか。俺が建てた家を見ただろう。この会館があるだろう。さっきだって現金の束を見せただろう。俺は何に乗ってここに来た。トヨタだ、トヨタ。日本産の高級自動車だぞ。しかも中古じゃない。五日前、俺が空港に着いたとき、現金で買い求めた新車だぞ。

さあ、どうだ。志願する者はいないか。俺も一度にそう何人も面倒を見られるわけではない。まずは三人だ。最初は男だけだ。男三人、早い者勝ちだぞ。体力に自信があり、絶対に成功してみせると、強い信念を持つ者なら誰でもいい。さあどうだ。志願者はいないか」

すると、

「俺が行くッ」

まず手を挙げたのは、俺の九つ年上の従兄《いとこ》だった。

「俺も」「俺も行きたい」「古先生、俺を連れていってくれ」

ひと声出ると、次々と手が挙がった。

英雄は、満ち足りた笑みを浮かべて頷いた。

ほんの数年で、村の眺めは一変した。

正剛の言葉とは違い、白亜の建物ばかりではなかったが、どの家も見違えるように美しく建て替えられたのは事実だった。道路は真っ黒に舗装《ほそう》され、平らになった。

店もできた。毎日のように美味しい食べ物が運び込まれるようになり、清潔で丈夫な服も村民の端々《はしばし》まで行き渡るようになった。

棚田に稲を植える者はいなくなった。男なら、誰もが海を渡ることを望むようになった。

英雄伝説も正剛一人のものではなくなった。その後に続いた男たちが、次々と新たな伝説を築き上げていった。

一家に一台、テレビが置かれるようにもなった。ビデオ、冷蔵庫、洗濯機、掃除機。公共の電力だけでは足りなくなり、会館脇に巨大な太陽光発電装置が設けられた。

自動車を持つ家も珍しくはなくなった。子供たちはみな数キロ離れた学校に、車で送り迎えされるようになった。小学校の高学年からは、俺も毎日通えるようになった。村民の知的水準は、飛躍的に向上していった。

村の躍進を実感するのは常に容易《たやす》かった。もとは田地だった山の斜面に立てばいい。すぐそこに、隣村が一望できる。あの村には、英雄が降臨しなかった。村中の金を掻き集めて送り出した男は、荒れた海に呑まれて死んでしまったという。数年前と変わらぬ、斜面にへばりついて稲を刈る村人の姿が見てとれる。俺が幼い頃の、この村の姿そのものだった。

もう、この村に労働者はいない。いるのは、渡航予備軍の若者と、富を享受する女、子供、それに年寄りたちだ。

俺は高等中学を卒業し、渡航の意思を会館に告げ、外国語の勉強を続けながら順番を待った。三年の月日が流れ、俺は二十一歳になった。

当時の村長の計らいで、俺は妹の玉娟《ウージエン》と共に、海を渡ることを許された。玉娟は、まだ十九歳だった。

一人二十万元《げん》（約三百万円）、二人で四十万元、俺たちは村の老人会に借金をした。行き先は、正剛が成功を収めたという日本に決めた。

「哥哥《グウグウ》（兄貴）。落ち着いたら必ず、俺を呼んでくれよな」

バスの発着場まで車で送ってきてくれた弟は、涙ながらに懇願《こんがん》した。彼は玉娟のすぐ下で、まだ十八歳だ。

「分かってる。玉娟と二人で頑張って、一日も早くお前を呼べるようにするさ」

俺は、ひと揃いの着替えだけを入れたバッグを担いだ。

「約束だぜ、絶対だぜ」

弟はもう一つのバッグを玉娟に手渡した。

「ありがとう。楽平《ロウピン》も、頑張って勉強するのよ」

「するよ。日本語も英語も頑張って勉強するからよ、だから次は俺、絶対に俺を呼んでくれよな」

弟、楽平の下にはまだ妹と弟がいる。末っ子の弟はともかく、楽平は自分を飛び越えて、一つ年下の妹が呼ばれるのではないかと心配でならないのだ。

「任せておけ。お前だけじゃない。父さんや母さん、玉嵐《ウーラン》も軍《ズン》も、みんなで日本に来るといいさ。そのときは、ちゃんとパスポートを取れるようにもしてやれる」

朝靄《あさもや》の向こうに、ぼんやりとバスのヘッドライトが見えた。道は山間をくねりながら続いている。二度三度、カーブするたびにライトは見えなくなった。その都度《つど》、ここまで来ないのではないかと不安になった。が、それを口にすることは疎《おろ》か、顔に出すこともできなかった。ただでさえ玉娟は怯えている。大丈夫だ、哥哥がついてる。出発前の数日、俺は何十回、玉娟に言い聞かせただろう。

いや、俺は俺自身に、そう言い聞かせていたのかもしれない。

言うまでもないが、俺たちは正規のパスポートで出国し、入国審査を受けて日本に上陸するわけではない。俗に蛇頭（スネークヘッド）と呼ばれる密航組織の手引きで出国し、何日かかるのかは分からないが海路で日本に向かうのだ。

組織は自分たちを「蛇頭《セトウ》」とは言わないし、俺たちもそうは呼ばない。「老板《ラオパン》」と呼ぶ。密航者も「人蛇《レンセ》」ではなく「鴨子《ヤージ》」だ。

村の老人会と老板の付き合いは長い。特に正剛が日本でのビジネスを後進に任せ、村に腰を落ち着けるようになってからは、月に何度となく組織の者が訪れた。

老板は、一つの大組織というわけではない。同胞を密《ひそ》かに国外へ連れ出し、安全に他国に送り届ける手段を持つ者であれば、たった一人でも老板だ。

ただし、陸路を受け持つ者、海路を受け持つ者、国境越えを得意とする者、偽造パスポートや旅券の手配に精通する者、密航には多種多様な技術と知識と人脈が必要とされる。特に「蛇頭」などと、海外の報道機関が当たり前のように密航を取材対象として取り上げるようになった今日では、当然のことながら密航先の国家警察も厳しく取締りを実施している。一人や二人の思いつきで結成された老板では、とうに密航は難しくなっている。

そういう役割でいえば、頻繁《ひんぱん》に村を訪れていたのは老板の勧誘担当員だった。日本企業でいうところの、営業部員だ。

自分たち組織の持つルートの安全性、快適さを説き、料金の手頃さを訴える。密航はビジネスだ。違法ではあるが犯罪ではない。それは老板と鴨子、共通の認識だった。

すっかり老人会の顔役に収まった正剛の役割は、もっぱら老板の吟味と交渉、密航者の割り振りだった。できるだけ実績と信用のある老板に若者を任せたい。それが全村民の願いであり、またそれは正剛にしかできない仕事だった。

密航には村の公費が多く使われるため、いくら行きたいと言っても老人会が認めない限り出発はできない。今や密航は村の公益事業であり、それによる仕送りは唯一無二の収入源となっていた。

バス、鉄道を乗り継ぎ、野宿をし、俺たちは一週間かかって福州市の長楽《チャンラー》に着いた。さらに駅前で半日待ち、ようやく人込みに知った顔の老板を見つけた。自分たちと同じ鴨子であろう、数人の男女を連れている。

「龍《ロン》先生」

俺は、正剛から聞かされていた名前で呼びかけた。本名ではない。その場限りの合言葉のようなものだ。

彼は目を細めて俺の名を呼んだ。

「……林《リン》、守敬《ソウチン》だな」

頷いてみせる。

「そっちは、林玉娟《ウージエン》」

隣で妹も頷く。顔は分かるが、名前までは知らなかったのだ。彼も安堵《あんど》したように頷き返した。

「よし、これで八人揃った。出発は夜中の二時。まだ、十時間ほどある」

すぐに出発できると思っていた俺たちは、揃ってうな垂れた。

老板を含めて九人。俺たちは漁港近くまで歩き、空き家になった料理屋の厨房《ちゅうぼう》に身を隠した。

「遠慮はするな。腹一杯食べておけ」

菓子のような乾き物や野菜ばかりだったが、たくさんの食べ物が用意されていた。他の者が知っていたかどうかは分からないが、これが密航前の、最後の贅沢《ぜいたく》になる。漁船に乗り、沖合いで大型貨物船に乗り換えたあとは、極端に食事が制限される。老板は、人数で勝《まさ》る鴨子の反乱を警戒し、体力をあらかじめ奪っておくものなのだ。

「どうした。食べておいた方がいいぞ」

だが玉娟は、薄く整った唇を結んで、かぶりを振るばかりだった。

「……不味《まず》そうか」

うん、と小さく頷く。

「玉娟。俺たちは山育ちで、船になんて乗ったことがなかったよな。あのな、船ってのはな、波で揺れるんだ。するとな、気分が悪くなったり、ひどいと吐いてしまうこともあるんだ。そうすると、体力を失う。食べるなら今だ。いま食べて、消化してから船に乗るくらいがちょうどいいんだ。だからほら、食べておけ。よく噛むと、この干し肉なんて、なかなかいい味だぞ」

玉娟は溜め息をつきながら、ようやく顔を上げた。

「……哥哥は、なんでもよく知ってるのね」

黒目がちの瞳が俺を見つめる。玉娟は美しい娘だ。きっと日本に着いたら、多くの幸運がこの妹を待っているに違いない。

「お前を無事、日本に連れていかなければならない。そのために俺は、老古《ラオゴウ》（正剛《ツンガン》）とたくさん相談をしたんだ。あらゆることを話し合って、この密航を決めたんだ。頼りにしてくれていい。お前には、哥哥《グウグウ》がついてる。俺の言う通りにしていれば、必ず日本にたどり着けるから」

ゆっくりと、玉娟の細い腕が絡みついてくる。一週間分の垢の臭いに混じって、柔らかな肌の匂いが鼻腔《びこう》をくすぐった。玉娟は、照れもせず未成熟な乳房を押しつけてきた。

「……よせよ。みんなが見てる」

嘘だ。誰も俺たちのことなんて気にしていない。みんな、自分のことで精一杯なのだ。

「分かるでしょ、怖いの。胸が破裂しそうなの」

子供のように、ぎゅっと力をこめてくる。

「大丈夫だって。老古と、何から何まで相談して決めたんだ。心配なことなんて何もないさ。大変といえば、大変ではあるけれど、でも大丈夫さ。俺が全部、ちゃんと分かってるから」

俺は玉娟を引き剝《は》がした。

恥ずかしかったわけではない。決して、実の妹に女を感じたわけでもない。俺はただ、自分自身の感じていた不安を、玉娟に悟られたくなかった。ただ、それだけだ。

夜中の二時まで待ち、俺たち九人は漁港に向かった。辺りに人影や船の明かりはなかった。暗いコンクリートの堤防沿いを、老板の持つ懐中電灯の明かりだけを頼りに歩いた。遠い街灯の下に栈橋《さんばし》が見えたが、そこまでは行かずに老板は立ち止まった。

堤防《ていぼう》に上り、懐中電灯を大きく振る。

「よし、登ってこい」

八人をいざない、しゃがんでいろと、掌を下にして示した。

目を凝らすと、正面から真っ黒な船が近づいてくるのが見えた。乗り移れるところまで来ると、それは塗った色ではなく、塗装が剝がれ、木地が黴《か》びて黒ずんでいるのだと分かった。

「これで沖まで行く。さあ乗れ」

老板がそう言って最初に叩いたのは、玉娟の肩だった。

3

初台の交差点を少し過ぎたところでワンボックスを降りた。

ディレクターの「及第点」小野寺《おのでら》。カメラ担当の「肥満」野崎《のざき》。ヴィジュアル・エンジニアの「ムサい」品川《しながわ》。運転手兼照明の「及第点」堀内《ほりうち》。アシスタント・ディレクターの「小っちゃいけどタフそうな女の子」中森《なかもり》。五人が、天気良くてよかったね、などと言いながら機材の用意をする間、瑞希はエステラと並んで交差点周辺の街並みを眺めていた。

「情報提供者のOLが幽霊を見たのは、あの辺りよ」

織江が山手通りを右、代々木方面を指し示す。

見るとバブルの爪痕《つめあと》と思《おぼ》しき、建築途中で放り出されたようなコンクリート剝《む》き出しのビルが目に留まった。

四角く開いた窓にサッシは入っていない。外壁にはヒビが入り、すでに水垢であろう汚れが黒い稲光の如く走っている。上が金網、下にオレンジと黒の斜線が入ったフェンスは、盗まれたのか所々にしか設置されていない。むろん立入禁止なのだろうが、それを防ぐものはないに等しい。

妙に怪しい佇《たたず》まいだな、などと思っていると、急に頭痛でも覚えたのか、エステラが固く目を閉じてこめかみを押さえた。

「どうしました。気分が、悪いんですか」

「あのビルに……とても、不吉なものを、感じるわ」

苦しげに胸に手をやる。

不吉、か。まあ、それが「吉」な家相でないことくらい、見れば誰でも分かるとは思う。しかし——そう。忘れていたわけではないのだが、エステラは瑞希の嫌いな「霊能者」なのだった。

たぶん、エステラ個人の人柄は悪くない方だと思う。ふくよかさも、見る者に安心感を与える「得な外見」といっていい。だが、そんな一切合財を差《さ》っ引《ぴ》いても、なお残る嫌悪感。そもそも瑞希にとって霊能者とはそういう存在だ。まやかし、インチキ、でまかせ、妄想。知り得た単語の全てを使ってでも否定したいペテン師。

まあ、今回だけは忍んで、それらの言葉を呑み込もうと思う。すでに受けてしまった仕事だ。これもいつの日か、笑って語れる思い出となると、今は自分に言い聞かせよう。

「名倉さん。エステラはあのビルに、何か不吉なものを感じるそうです」

この仕事における瑞希の第一義は、自分がきちんと訳せるところを織江に、ひいては世間に示すことだ。発言元が霊媒師だろうがペテン師だろうが関係ない。

「ああそう」

なぜだろう。織江は妙に素っ気ない。

「……そう、って」

「何よ」

「エステラがあのビル、怪しいって言ってるんですけど」

「分かったわよ。でもいま言われても困るのよ。まだ準備できてないんだから。カメラが回ったらもう一度訊くから。本番でトチんないようにコメントまとめといて」

どうやら織江は、あの車中の一件で機嫌を損ねてしまったらしい。だが、瑞希は一度だって「おばちゃん」とは呼ばなかった。約束は守っている。怒られるのは道理に合わない。

「オッケーです名倉さん、いってみましょう」

そう。問題発言を連発したのは、その小野寺の方だろう。

「よし、いってみよう」

織江が振り返る。瑞希は思わず、その横顔に目を奪われた。

宝石、は言い過ぎかもしれないが、磨かれた硬さが放つ輝き、たとえば大理石、そんな感じの美しさだった。可憐な花とは別次元の、強さと同義語とも言える、美。なんだろう。これは一体、どうしたことだろう。

おやおや。

ひょっとして、織江は小野寺に特別な感情でも抱いているのか。あるいは逆に、小野寺が織江に想いを寄せているとか。それなら、さっきの問題発言にも納得がいく。好きな子に、ついつい意地悪をしてしまう男子の習性。それではいささか解釈が子供じみているか。いや、そんなことはない。並んだところをよく見れば、あの二人、薄《う》っすらと桃色のオーラをまとっているではないか。

これはちょっと、面白くなってきたかもしれない。

そんな織江が澄ました顔で続ける。

「じゃあ、グルッとパンしてエステラ。ちょっと辺りを見回してもらって、瑞希、さっきの感想を言ってもらって。セリフ自体はアフレコでエステラにかぶせるけど、あんたのコメントを作家が台本に起こすんだから、そこんとこしっかりマイクに入るようにね。そんで、もう信号渡っちゃっていいわ。野崎さん、流して後ろから追っかけて。まずはそこまで」

要点だけをエステラに伝える。こういう仕事も初めてではないのだろう、エステラは承知したというように小さく頷いた。

野崎がカメラを構える。その姿勢で、エステラと瑞希に立ち位置を指示する。

「あっちの信号が青になるまで待ちます」と織江。

しばらくして中森が手を上げた。

「信号、青になりました」

織江が頷く。

「はい、スタート」

辺りに緊張が走る。

指示通り、野崎の持つカメラが街並みをぐるりと舐《な》め、エステラに向いて止まった。エステラは黙っている。視線をゆっくりと辺りに巡らし、やがて例のビルに向ける。

「……この周囲には、とても強く、多くの人の『気』が集まっているわ。善良なもの、無害なものがほとんどだけど、邪悪なものも、確実に交じっている。けれど、それとはまったく違うもの、何か不吉なものを、あのビル、あのちょっと汚れたビルの周辺に、感じるわ。行ってみましょう」

ほぼ直訳で伝える。織江が頷く。ほんの五秒ほどで、こっちの歩行者用信号が青になった。なるほど、タイミングはぴったりだ。

エステラが歩き始める。瑞希もついていく。渡りきり、右手に進む。例のビルはまだ十メートルほど先だ。そこで、織江が「カット」と声をかけた。

「OK。信号を渡ったところからもう一回。ビルの前で止まって、もう一度このビルについて、詳しくコメントをもらいましょうか。大丈夫ね、瑞希」

反射的に頷いてしまったが、たぶん、大丈夫だと思う。エステラにも説明する。大丈夫そうだ。

指示通り、エステラと織江と小野寺と、四人で交差点まで戻る。この二人は映ってもいいのだ、と初めて知る。

風が強い。見上げると、雲が目で追うほどの速さで流れている。歩道に影が掛かり、また日が射す。スタンバイができたのか、カメラの後ろで中森が跳び上がるように手を振る。

「はいスタート」

織江の合図で歩き始める。エステラは風を気にしながら、しきりにビルを見上げていた。

「そうね、このビルね。入ることはできるかしら」

「このビルですが、中に入れますか」

織江は難しい顔をした。

「今すぐは、ちょっと無理ですね。所有者に許可を得る必要がありますから」

そのままエステラに返す。

「そう。では、是非そうしてちょうだい。一番上か、あるいはその下、三階かしら、あの辺まで上ってみたいわ。できるだけ早く、行ってみた方がいいと思うの。かなり、決定的な状況だから」

伝えると、織江は小さくカメラを手招きした。

「決定的な状況とは、どういう意味でしょう」

訳して聞かせると、

「死体が、あると思うの」

エステラは言いながら、ビルを見上げた。

「え？」

瑞希は、通訳を忘れて訊き返していた。

「あの写真の女性に、寒いと訴えた男性の死体だと考えて、まず間違いないでしょう。彼女が霊と言葉を交わしたのも、この辺りだったんじゃないかしら」

全身が粟立《あわだ》つ。強風のせいなどではない。激しい怖気《おぞけ》に、背中の皮膚がささくれ立つ。化《か》繊《せん》のごわごわの毛布に、裸で包まれたような気分だ。

瑞希は深呼吸し、生唾を飲んだ。

織江が「なんて言ったの」と急《せ》かす。

「……情報提供者の女性が、霊と、話したのは、この辺だったんでしょうか」

「そうね。ちょうど、この辺りだったはずだけど」

瑞希は自分の両肘をきつく抱いた。

「エステラは、ここの、上の方に、死体があるって……」

そう伝えるのが、今の瑞希には精一杯だった。


撮影を中断するとすぐ、織江は着替えを取りに帰るよう瑞希に命じた。

「一週間帰れないと思って用意してらっしゃい」

新宿駅に向かい、中央線と多摩川線を乗り継いで自宅に戻った。

玄関に入ると、静江が驚いた顔で飛び出してきた。

「あら瑞希、遅くなるんじゃなかったの」

時計を見ると夕方の五時少し前だった。

「うん、ちょっと、私が事情を呑み込めてなかったみたい。下手《へた》したら一週間帰れなくなる。着替えを取りに戻っただけなの」

靴を脱ぎ、二階の自室に直行する。階段を上りきりドアを開けると、今朝飛び起きた形のままベッドの布団が盛り上がっていた。しかし直している暇はない。

瑞希はあまり旅慣れている方ではない。外泊するとなると、つい余計なものまで詰め込む癖がある。今回は注意しよう、と最初は思っていたのだが、やはり駄目だった。最後に脱いだスーツを入れると、バッグははち切れんばかりに膨らんでいた。

「行ってきます」

キッチン脇を通ると、また静江が出てくる。

「瑞希、何かあったら携帯には連絡してもいいの？」

「うん。電源切ってるときもあるかもしれないけど、別にいいと思うよ。本番は水曜日だから、それが終わったら、次の日には帰れると思う。じゃ、行ってきます」

瑞希は静江の応えも聞かずに飛び出した。

まさにトンボ返り。新小金井から新宿に。

移動時間は約四十分。その半分は中央線に要する。

読みたい本も今はない。

瑞希は、いつしか物思いに耽《ふけ》った。

なぜ、こんなことになってしまったのだろう。織江にこの仕事を言い渡されてからこっち、何度となく繰り返してきた自問だ。

霊だのなんだのは信じていない。だが、信じていないから怖くない、というものではない。怖いものは怖い。信じていなくても、目に見えない何かがいるといわれれば、やはり怖いのだ。ホラー映画だってお化け屋敷だって、作り物と承知していながらも怖いではないか。あれと同じだ。怖い話は、その信憑《しんぴょう》性云々《うんぬん》を度外視して怖いものなのだ。

しかも、あのビルに死体があるはずだとエステラは言った。

想像したら、急に気持ちが悪くなってきた。

幸い電車を降り、外の風に当たると気分はよくなったが。

スタッフがいるはずなので、直接部屋に行く。

「すみません、秋川です」

ドアを開けたのはADの中森だった。

「あ、お帰りなさい」

出払っているのか、中に他のスタッフの姿はなかった。

「すみません、遅くなりました」

エステラは窓際のソファに座っていた。うたた寝でもしていたのか、開ききらない目を瑞希に向ける。

「……ずいぶん、たくさん持ってきたのね」

「ええ。つい、多くなってしまうんです」

瑞希はバッグを、ぽんと叩いてみせた。

「えっと、食事は、まだですよね。中森さん、他の方たちは？」

「はい、名倉と堀内は不動産業者を当たりに行きました。ビルの所有者を調べてもらって、立入許可を取るのに。小野寺たちは局に帰りました。これを秋川さんに、名倉から預かってます」

また白封筒だ。

「お金、ですか」

「はい。食事などで領収証がもらえる場合は、必ず番組名でもらって保管しておいてください。レシートでも、まあ大体は大丈夫ですけど。何ももらえない場合は、まあそういうことはないとは思いますけど、たとえば切符とかだったら、金額をメモしておいてください。それでも精算はおおむね可能ですから。何か、分からないこととかってありますか」

いいえ、大丈夫、とかぶりを振ってみせる。

「じゃあ、私はこれで戻りますんで」

これだけのために、中森は居残っていてくれたのか。

「あの……ごめんなさい。私が、ちゃんと支度してこなかったから。ほんと、すみませんでした」

頭を下げると、中森は向き直り、にっこりとしてみせた。まだ幼さの残る、可愛らしい笑みだった。

「いいえ、エステラさんと話せて、楽しかったです。私、実は英米文学科だったんですけど、就職してから、ほとんど英語喋る機会ってなかったんですよ。だから、けっこう嬉しかったです」

なるほど。語学力を買われての居残りだったわけだ。

それを命じたのであろう織江の顔が頭に浮かぶ。と同時に、小野寺のそれも。ふいに、あの疑問が頭をもたげた。

「あの、ちょっと訊いてもいいですかね」

中森は「はい？」と目を丸くした。

「名倉と小野寺さんて、仲良いんですか、悪いんですか」

惚けて訊くと、中森はクスリとし、悪戯っぽい目で見上げた。

「鋭いですねェ。分かりました？」

「いえ、分かったってわけじゃ……あ、そうなの？」

こくんと頷く。

「あの、小野寺って、私と同じで制作会社の人間なんですよ。外の方には分かんないかもしれないですけど、テレビ太陽の人間じゃないんです。ああいうケースって、多いのか少ないのか、私もまだ入って短いんで、そんなによくは分からないんですけど、うん、まあ、仲良いんですよ。ちょっと、いいですよね、ああいうの。一応、二人は隠してるつもりなんですよ。でも、そうですか……一発でバレちゃうんだ」

中森は笑いを噛み殺しながら「それじゃあ」と出ていった。

織江に恋人がいたことは意外であり、瑞希には、ちょっとショックでもあった。

エステラのリクエストで、夕食はフレンチということでまとまった。案内を見て、エレベーターで四十四階に上る。

降りてすぐの入り口に立つと、広さはさほどでもないが、白で統一された宮殿調の内装には、正直いって圧倒された。普段だったら回れ右、フリーターの瑞希はありがたく匂いだけ嗅《か》いで退散するところだ。でも、今夜は大丈夫。テレビ太陽の奢りだから。

フロア中央のテーブルに案内され、手渡されたメニューを見る。悲しいことに、思わず値段の桁を数えてしまった。普段と比較すべきでないのは重々承知だが、瑞希が友達と食べにいく店の、ざっと五倍から十倍の価格設定には眩暈《めまい》すら覚えた。でも、大丈夫。今夜は、テレビ太陽の——。

「どのコースに、しましょうか」

参考にするつもりで訊いたのだが、エステラは即座に「お任せするわ」と返してきた。やはり、自分が決めるしかないようだ。

せっかくの奢りだから、どうせなら一番高いコースにしようと、ウェイターが来る寸前までは思っていたのに、結局口をついて出たのは、上から二番目のコースだった。ウェイターが去ってから、瑞希は密《ひそ》かに舌打ちした。小心者、小心者。

ふいにエステラが口を開いた。

「……ミズキは、とても頑《かたく》なところがあるのね」

「は?」

貧乏性ならともかく「頑な」とはどういう意味だろう。自分の何を見てそんなことを言うのだ。

こめかみの辺りで、何かがプチリと音を立てた。見透かしたような言い草は、正直なところ愉快ではない。

だが、一応は平静を装う。

「なぜ、そう思われたのですか」

エステラは片頬にだけ笑みを浮かべた。

「超自然現象を信じない、怪奇現象は現実ではない、一度そう思ったら、絶対に信じないと心に決めているのでしょう?」

不愉快が、痺《しび》れにも似た焦《あせ》りに染まっていった。顔が蒼ざめるのが自分でも分かる。当たり障《さわ》りのない表情をしたいが、頬の強張《こわば》りを解くことができない。

「……オリエが、そう、言ったのですか」

「いいえ。オリエは何も言わないわ。ただ、今日一日あなたを見ていて、私がそう感じたの」

そんなことが顔に出てしまっていたのか。あるいは英語のニュアンスが、そう思わせたのか。

「すみません。私が何か、お気に障るような言い方をしたんでしょうか。気づきませんでした」

　エステラは「気にしないで」とかぶりを振った。

「あなたの英語は丁寧で分かりやすいし、私は、あなたのことがとても好きよ。本当にチャーミングな女性だと分かったわ。だから、私とのフィーリングの問題ではなくて、あなた自身の問題として、超自然現象について話し合いたいの。嫌かしら」

「……いえ、嫌では、ないですけど」

　瑞希は注がれたばかりのワインではなく、よく冷えていそうな水をひと口含んだ。

「何か以前に、こういう霊的な力について、嫌悪感を持つに至った出来事があったのではないかしら。もし嫌でなかったら、私に話してみない？　ミズキ」

　瑞希の脳裏を、ある一つの場面がよぎった。改めて思い出すまでもない。ここ数日、何度も記憶の蓋が開きそうになり、そのたびに無理やり閉じ込めてきた、あの事件だ。

「はい……」

　嫌な思い出だった。だが、自分はそれを乗り越えた。乗り越えたからこそ、今のこのスタンスがある。霊だのなんだのは信じない自分がいる。間違っているはずがない。ならば、話してもいいだろう。

「……分かりました。話してみます」

　エステラが、眠るような瞬《まばた》きと共に頷く。

瑞希はもうひと口、水を含んでから始めた。

「……私が、小学四年生の夏休みです。カヨコ・ナカジマというクラスメートの女の子が、ある日行方不明になりました。ご両親はきっとすぐ警察に届けたと思います。町の周辺では、大規模な捜索も行われました。町中にビラが配られ、電柱にもたくさん貼ってありました。ご家族はとても心配したでしょう。カヨコのお母さんは、毎日駅でビラを配っていました。でも、私は彼女の前を通ることができなかった……申し訳ない気持ちが、したんです。

実は、私とカヨコとは、事件が起こる直前に、ちょっと仲が悪くなっていました。むろん、行方不明については心配しましたし、怖いことだと思っていました。けれど……なんて言ったらいいんでしょう。私は、カヨコが行方不明になったことを喜んでいる、笑っていると、そのお母さんに思われるのではないかと、そんなことが心配で、近寄れなかったのです。分かりますか。こんな奇妙な気持ち」

ちゃんと意味が通じているか心配だったが、エステラは「よく分かるわ」と頷いてくれた。そのまま視線を下げ、アミューズ・ブーシュのウズラ卵料理を口に運ぶ。

前菜とスープが運ばれてきた。瑞希も少しずつ口にしながら続けた。

「むろん私も、心配はしていました。だから、というのも変ですけど、夢を見ました。不潔な感じの、長い髪の男が、カヨコを両手で捕まえている夢です。とても怖かった。漠然と、あれが犯人なのだろうか、さらわれたカヨコが、私に助けを求めているのだろうか、これは予知夢《よちむ》か、メッセージなのかと、一人思い悩みました」

中島賀世子《なかじまかよこ》の左手をかじる、白目を大きく剝いた男。その姿を思い起こすと、今も身震いを禁じ得ない。

「私の夢の話は、近しい友達を伝って、二学期が始まったときには、クラス中に広まっていました。散々馬鹿にされました。その後だったでしょうか、ちょうどこういう形式の、人捜しをしてくれるテレビ番組に、ご両親はカヨコの捜索を依頼しました。透視能力者も出演していて、どこそこ辺りにいるんじゃないかとか、まだ生きているとか、いろいろ言いましたが、結果からすればそれも、事件解決の助けにはならず、私への批判に上乗せされただけでした」

エステラはスープを口に運びながら目で頷いた。

「冬になって、犯人は逮捕されました。犯人の証言によって、カヨコの死体も発見されました。番組で透視された場所とは違っていましたが、それを責める声は、もはやありませんでした。

実は、私が見た夢には、元になるイメージがあったのです。友達が貸してくれた、心霊現象の話が載っている本の挿絵《さしえ》でした。長髪の巨人が、小さな人を抱き上げて食べている絵です。怖い絵でした。実際、とても印象に残っていました。どうやらそれが頭の中で結びついて、私は予知夢を見たと、勘違いしたようなのです」

なるほどね、とエステラが呟く。

瑞希は続けた。

「それ以来、私は霊的な力や、予知夢などに不信感……いえ、ある種の嫌悪感を持つように、なったのです。私は過去の記憶を、自分で都合よく拡大解釈していただけなのですから」

本当はもっと言いたい。他にも自分が負った心の傷について、洗いざらいぶち撒《ま》けたい。だがそうすれば、口汚くなるのは分かっている。それは、今は避けたい。

もう充分だ。ほとんどまだ初対面の外国人に、これ以上喋るべきではない。

「ごめんなさい、エステラ。あなたがそれを仕事としていることは分かっています。資料を読んで、たくさんの事件の解決に貢献《こうけん》したことも知りました。頭では、私も分かっているつもりです。でも心から、信じることはできないのです。分かってもらえますか、この気持ち」

エステラはナプキンで口の端《は》を押さえた。

「ええ、分かるわ。普通の人は、こういう力を易々《やすやす》とは信じないものだし、日本の警察が認めていない以上、一般市民がフェイクだと拒絶するのは仕方のないことだと思うの。ねえ、ミズキ。少し超常現象を離れた話題にしてもいいかしら。私はあなたのことを、頑なだと言った。つまりそれは、こういう意味なの……あなたは何か失敗すると、自分が駄目な人間のように思い込む癖があるのではないかしら。そういう部分が、頑なのではないかしら。

失敗は、誰でもするわ。そして誰にとっても、とても嫌な経験だわ。けれど誰にでも、一つくらいは、失敗しても進むべき道があるはずなの。もし今、ミズキにそれがないのだとしたら、それはまだ見つけていないからだと思う。もし見つけているなら、迷わず進みなさい。

でも、そういう道を見つける前に、失敗や敗北を怖がるだけの人間になるのは、とても愚かなことだわ。心を解放して、失敗や敗北は、呑み込んでしまうの。そうなったら人間は強いわ。負けを負けとして認めないんだから、あとは勝つしかないでしょう。

ミズキ。私はあなたが好きよ。だから、そんな顔はしてほしくないの。あなたは他人にどう見られ、認められているかどうか、いつも気にしているでしょう。でも、怯えてばかりのあなたに魅力はないわ。心を、解放しなさい。あなたには、あなたにしか見えない世界があるのよ。あなたにしか見えない世界を、あなた自身が認めないというのは、とても悲しいことだわ。心を解放して、あなたはあなたの世界を受け入れるべきよ」

失敗しても進むべき道とは、一体なんのことだろう。思い当たるとしたら、とりあえず自費出版だろうか。エステラは通訳ではなく、翻訳を一所懸命にやれと言いたいのか。あるいは負債を抱えてでも、自費出版を続けろと。馬鹿な。そんなことができるはずがない。定職にすら就いていない今の自分に、これ以上どこの誰が金を貸すというのだ。

いや、相手は所詮霊媒師だ。真に受けるのも反論するのも大人げない。

瑞希は結局、また適当に微笑んでやり過ごしてしまった。

4

乗り込んでさらに小一時間。漁船はようやく、暗黒の沖合いに停泊する一隻の貨物船に横づけされた。見上げるほど巨大なコンテナ船。闇の中では、その全容さえ定かにはならない。懐中電灯による合図で、縄梯子《なわばしご》が下ろされた。船と船の間に挟まれないよう、コンテナ船とは一定の距離が保たれている。手が届く距離に縄梯子はない。最短でも、二メートルほどは泳がなければならない状況だった。

俺の番がきた。

「哥哥《グウグウ》……」

玉娟《ウージエン》が泣き顔になる。

「お前、先に行くか。難しかったら、助けてやれる」

早くしろ、と老板《ラオパン》が急かす。

「いいわ、哥哥が行って。そして梯子で、少し待ってて」

分かったと頷き、真っ黒い海を足元に見下ろす。

俺だって、海に入るのは怖かった。俺たちが知っているのは、山の中で泳いだ川だけだ。

流れがあることに変わりはないが、何しろ深さが違うだろうと、そう思うだけで腰から下が外れて落ちるほど恐ろしかった。船の縁に括《くく》りつけられたタイヤに足を掛ける。その状態で、誰もが数秒、躊躇《ちゅうちょ》する。俺も例外ではなかった。

「おい、あとが詰まってるんだぞ」

言ったのは老板だ。同じ密航者は、他人を急かすような心境にはない。

「分かってる……」

俺は目を閉じ、開いて、そのまま飛び込んだ。

一気に頭まで浸《つ》かった。大小様々な気泡が全身にまとわりつく。服の中にあった空気と入れ替わりに、重く冷たい海水が染《し》み込んでくる。もがいてもがいて、なんとか水面から顔を出した。目を開くと、貨物船の甲板《かんぱん》に灯《とも》ったわずかな明かりが膨《ふく》らんで見えた。

慌てて手で水を掻く。縄梯子が指先に当たる。摑んだ拍子に安堵し、誤って水を飲んでしまった。塩の塊《かたま》りかと思うほどしょっぱい。喉が捲《めく》れそうだ。咽《む》せながら、必死で縄梯子を引き寄せる。ようやく肩まで、水面から出すことができた。

さらに体を引き上げ、足を掛ける。水面から体が脱するだけ上って、俺は振り返った。

「こ、来い、玉娟《ウージェン》」

老板が慌てて手を振る。

「駄目だ、二人は危ない」

「大丈夫だ。妹は軽い、絶対に大丈夫だ。いいから来い、玉娟、早くッ」

手を伸べると玉娟は、母親に抱いてもらおうとする子供のように、俺に、一杯に開いた掌を向けて跳んだ。

「ああッ」

叫んだのはどっちだったか。その手が、弧を描いて闇に落ちる。俺はとっさに梯子から手を放し、一本下に握り替え、玉娟の手をすくい取った。

「うっ……うぶっ……ぐっ、哥哥《グウグウ》ぅ」

「喋るな、水を飲むぞ」

渾身《こんしん》の力で引き上げる。水を含んだ妹の体は、予想を遥かに超えて重たかった。

「摑め、摑め、ここ、こっち」

俺の足元を示す。固く目を閉じたままの玉娟は、俺の手から梯子に持ち替えるのすら怖くてできないようだった。仕方なく、さらに引き寄せて梯子を握らせる。濡れた白い手が、探るように梯子の棒を摑む。

「ハッ……は、はぁッ……」

潮による痛みを堪《こら》え、瞬《しばた》いては開く玉娟の瞳は、こんな暗闇でも美しく、輝いて見えた。

八人の乗り込みは、なんとか成功した。老板は漁船に乗ったまま陸に戻った。これから先、俺たちを案内するのは貨物船側の老板だ。

「ここに一列に並んで、一人ずつ中に入れ」

甲板に並んだ巨大コンテナ。船の向きでいうと右側後方。その最後尾の箱と一つ手前との間には、わずかに隙間がある。二十五センチあるかないか。そこを通って、中程のドアからコンテナに入れと老板は言っている。

無理だ、できない、などと言う者は一人もいない。ここまで来て文句を言っても始まらない。通路を広げるためにコンテナを動かすなど人力でできるはずがない。通るのだ。それができないというのなら、夜明け間近の海に飛び込むしかない。

最初は女、次はその連れの男。三番目も男。彼はかなり苦労していた。彼はやや小太りだった。だが、その唸り声には、腹の肉を削ってでも通ってやるという強烈な意志が表われていた。実際、次に俺が通ったときには濃く血の臭いがした。

「こい、玉娟」

通路の奥から手招きしてみせる。甲板の鈍い明かりの中で、玉娟は不安げに頷いた。しかし、漁船から移るときのような苦労はなかった。するすると、順調な横歩きでドアに達する。

「よかった。今度は、大丈夫だったわ」

「ああ。俺が通れたんだから、玉娟なら大丈夫に決まってる」

だが、喜ぶのは早かった。

夜が明けると、ドアから射し込む外光で中の様子が見てとれた。

奥に長いコンテナの内部。特にするべきこともないので数えてみると、密航者は全部で四十三人も乗り込んでいた。俺たち八人が最後だったようだ。つまりそれ以前に、すでに三十五人が乗り込んでいた勘定になる。

壁際に居場所を確保する者、真ん中辺りに寝そべっている者、それぞれ好みがあるようだった。だが、どこでもいいというわけでもないらしい。

「そこは駄目だ。クソをする場所だから空けておけ」

あの小太りの男がドア側の角に座ろうとすると、中央の床に寝そべっていた男が低い濁声《だみごえ》で言った。俺たちは運よく、反対の角を確保していた。ここは便所ではないようだった。

四十三人入っても、決して窮屈《きゅうくつ》なコンテナではなかった。それぞれが寝転んでも、足が当たったりはしない。疲れたのだろう。玉娟は俺に寄りかかって目を閉じている。俺も、しばらくは目を閉じて体を休めた。

昼頃になって、水とパンが支給された。水は五百ミリリットルのペットボトルが、二人に一本。パンは両拳大のが、一人に一つずつ。それが一日分の食料だった。

勧誘員にきちんと説明を受けていなかったのだろう。不平を訴える者が多く出た。が、コンテナの出入り口は幅二十五センチの通路、ただ一つ。暴動を起こしても、棒きれ一本で簡単に鎮圧されてしまう。

「騒げばそれだけ、また腹が減る。無駄だ。やめておけ」

また、中央に寝そべった濁声の男が言った。それで騒ぎは収まった。

筋肉の硬そうな太い腕、分厚い胸。この男も血を流し、肉を削って通路を通ったのだろうか。あばただらけの頰、奥まった眼窩《がんか》、暴力的な響きの声色。多くの者が無言のうちに、彼を顔役と定めたようだった。

時間の経過を計るものは何もなかった。射し込む日の傾きすら、船が動いている以上、物差しにはなり得ない。唯一それらしい役割を果たすのは、食料の支給と、便意だった。

「……哥哥」

玉娟が眉根を寄せて見上げる。

「お便所は、あの角なの？」

「ああ、そうみたいだな」

「哥哥は、まだしないの？」

「俺は……うん。まだいい」

いや、俺もそろそろだった。

「そう。じゃあ私も、まだいい」

それからどれほど経っただろう。俺たちより先に乗り込んでいた男女が揃って立ち上がり、向かいの角に歩いていった。

女が角に向かってしゃがむ。男がその後ろに立つ。シャーッと、通り雨でも降ってきたような音がコンテナ内に響いた。用を終えた女が立つと、入れ替わりに男が尻を出して同じ場所に座った。腹でも下したのか、いきなり水っぽい大便をぶち撒けた。

沈黙は、一瞬だった。

コンテナのあちこちから、十数人が立ち上がって二人を取り囲んだ。気の早い者は立ったまま尻を出し、争うようにしゃがみ込んだ。

「一人ずつにしろッ」

あばたの顔役が怒鳴った。十数人は互いに顔を見合わせ、渋々列を作って並び始めた。玉娟はその列をじっと睨んでいたが、すぐには動かなかった。俺も、なんとなく様子を見ていた。用を済ませた誰もが、晴れやかな顔をしてみせた。列は伸び縮みを繰り返している。待っていても仕方がないと思ったのか、玉娟が体を起こした。

「……私も、したくなった」

俺は頷き、一緒に立って列に並んだ。

一人済むごとに一歩ずつ、俺たちも角に近づいていった。糞尿の臭いは、もう並んでいようと座っていようと、変わらないほどコンテナ内に充満していた。

覗くと、湯気を上げるクソの小山ができていた。辺りは水浸しだ。糞尿の汁は床の隅を伝い、俺たちが座っていたところにまで達しようとしていた。

玉娟の番になった。小さな尻を出し、糞の小山に向けて座る。真っ白い脚の付け根に、ほんの少しだけ恥毛《ちもう》が生えて見えた。まずクソをし、今度は尻をこっちに向けて小便を始めた。ふと振り返ると、コンテナのあちこちから男たちの視線が注がれていた。

人前で用を足すのは、我々中国人にとっては特に珍しいことではない。なぜ今日に限ってみんな、こんなにじろじろ見るのだろう。

俺の番になった。だがもう誰も、こっちを見てはいなかった。


夜になった。一切の明かりは入ってこなくなった。流れ込む空気も冷たくなり、誰かがドアを閉めた。が、すぐに糞尿の悪臭と密室の息苦しさに耐えかね、別の誰かが開けた。暗さは変わらない。それでも、外の空気と波、風の音は我々の心を落ち着かせた。

決して閉ざされた地獄にいるのではない。ほんの一時、黄金郷《おうごんきょう》にたどり着くまでの辛抱だ。船は確実に進んでいる。そう思うことで、俺たちはなんとか正気を保った。

あるとき、ちょうど向こうの角辺りからだろうか、かすかに人の呻《うめ》く声が聞こえた。苦しげな、たぶん、女の声だ。呼応する忙《せわ》しない衣擦《きぬず》れ。いや、衣擦れに呻き声が呼応しているのか。

しばらくして、ふいに玉娟が身を硬くした。

「やッ」

すぐそこで、ギッギッと、大きな蛙《かえる》が鳴くような声がした。

「や、いや、いやッ」

玉娟がしがみついてくる。

「なに、おい、なんだ」

俺は玉娟を抱き、その体に何が起こっているのか確かめようと、背中から尻を撫でた。骨ばった太い手首に当たった。

「よせよ、何してんだ」

思いきり振り払うと、

「いいじゃねえかよぉ。ちょっとくらい、触らせろよぉ」

まるで見えているかのように、二本の手が俺たちの間にもぐり込んできた。

「イヤァァアーッ」

玉娟の胸を揉《も》んでいる。もぎとらんばかりに、乱暴に握っている。

「よせ、やめろッ」

力ずくで引き剝がそうとすると、

「お、なんだなんだ」

「俺も混ぜろや」

「……なんだ」

「俺もだ。どっちだどっちだ」

「そうか、さっきの可愛子ちゃんか」

「そりゃいいな。俺もそろそろ、姦《や》りてえと思ってたんだ」

コンテナのあちこちから声が上がった。

パッと明るくなった。誰かが懐中電灯を点《つ》けたのだ。何人もの男がこっちを向いて立っていた。十人は下らない。こっちの位置を確かめ、明かりはすぐに消えた。

「い、いや、イヤァーッ」

「やめろ、やめろって」

闇だ。辺りは真の闇、無だ。なのに俺の脳裏には、十数人の男に入れ替わり立ち替わり犯される玉娟の白い肢体が、くっきりと見えていた。心とは裏腹に、股間は激痛を覚えるほど張り詰めていた。

「イヤァアアアーッ」

もう駄目だ。玉娟の人生は滅茶苦茶《めちゃくちゃ》だ。こんなところで、見ず知らずの男十数人に犯されたら、妹は、純真な玉娟は、たちまち狂ってしまうに違いない。

頼む、やめてくれ。改めて叫んだそのとき、グゲェッとか、そんな苦しげな声が聞こえた。

むろん玉娟ではない。そこそこ年配の、男の声だった。

間髪《かんはつ》を容《い》れず、大地にしっかり根を張った芋《いも》を、力ずくで引き抜くような音が聞こえた。

細い筋がまとめていっぺんに千切《ちぎ》れる、そんな音だ。

「ウギャァァーッ」

何が起こったのか分からなかった。だが、玉娟を奪い合っていた数々の手から、すっと力が抜けたのは確かだった。

「……そういうのは、日本に着いてから、汗水垂らして金稼いで、それから、てめえの甲斐《かい》性《しょう》の範囲でやるもんだぜ」

顔役の濁声だった。彼が、助けてくれたのか。玉娟を辱《はずかし》めようとした誰かを、やっつけてくれたのか。

重たいものがコンテナの床に落ちた。ごんッ、というのは、頭を打った音か。痛がる声はない。気絶したのか。顔役に何かされた誰かは、気を失ったのか。

そろりそろりと、男たちの気配が遠ざかっていく。

「……大丈夫か」

改めて抱き寄せると、玉娟は震えながら、俺の胸に頰をこすりつけて頷いた。

「よかった。とにかく……よかった」

玉娟が俺の耳に口を寄せる。

「抱いて。もう誰にも触られないように、哥哥が私を包んで」

息だけで囁き、玉娟は俺の膝によじ登ってきた。できる限り、もうこれ以上は無理というほど密着させてくる。弾力の強い尻に、俺の硬くなった一物が埋まった。気づかないでくれ。この硬い物は、骨だと勘違いしてくれ。俺はそう願いながら、柔らかな玉娟の体を抱きしめていた。

顔役のお陰か、あれ以来、玉娟の身に危険が及ぶことはなかった。気絶させられた男が誰なのかは、分からなかった。朝までには意識を取り戻し、どこかに這《は》っていったのだろう。紛《まぎ》れてしまうと、気絶させられたのが誰かというだけでなく、暗闇の中で誰がセックスを始めたのか、最初に誰が玉娟に触ったのか、続いて誰が伸《の》し掛《か》かってきたのかも、全て分からなくなった。今は、無事だっただけで善《よ》しとするべきだろう。また、明るくなってから改めて顔役に礼を言うこともしなかった。誰もが、昨夜のことなどなかったような顔をしてやり過ごした。

糞尿の悪臭にも慣れた。小山は何度か崩れ、そこで足を滑らせた者も、船が揺れて顔から突っ込んだ者もいたが、笑いは起こらなかった。笑うと疲れる。その方が今の俺たちには深刻な問題だった。

暗闇に淫靡《いんび》な声が漏れることもなくなった。そういう気分すら、このコンテナの中にはあり得なくなった。

空腹とその緩和だけが、たった一つの関心事だった。

食料の配給を受け、ゆっくりと、できるだけ時間をかけて食べる。それだけが楽しみ、というよりは、そういうふうにしか食べられなくなっていた。セックスは疎か、笑うことも、怒ることも、喋ることすら無駄で、虚《むな》しく感じられた。

思い返せば、あばたの顔役の言葉は、コンテナ内の全員に向けられた貴重な忠告ばかりだった。争わず、体力を使わず、ただじっと、進む船に身を委《ゆだ》ねていろ。たぶん、彼は密航が初めてではないのだ。親しくなって彼の話を聞きたいという思いはあったが、それはこのコンテナを出てからにしよう。今はただ、一日の明暗をできる限り短く受け流し、数えることをやめ、闇とともに「無」になろう。いや、そんなことすら考えないようにしたかった。

また一日が始まり、昼になり、食料の配給が始まった。

顔役が先頭に立って受け取り、二、三人がそれを手伝ってコンテナ内に引き込む。パンの入った麻袋と、ペットボトルの入った箱が順番に運び込まれる。今日は天候が悪い。ここに運ばれるまでにパンが濡れたら嫌だな、などと思ったそのとき、大きな揺れがきた。

「あっ」「うガッ」

ゴゴッ、とコンテナ全体が鳴った。同時に闇が訪れた。

「ギャァアーッ」

誰かの叫び声。なぜ暗くなった。なぜドアは閉まった。何が起こったのだ。叫び声は続いている。糞尿の悪臭を塗り替えるほど、濃密な血の臭いが鼻先に押し寄せる。

「ドアが、あ、開かないッ」

誰かが怒鳴った。今まで外に開いていたドアが、なぜ開かなくなったのだ。

もしかしたら、さっきの大揺れでコンテナが動き、通路が詰まってしまったのか。言うまでもなく、あのドアの他に出入り口はない。二十五センチの通路が塞がれてしまったのだとしたら、ドアの向こうにあるのが向かいのコンテナの壁面なのだとしたら、俺たちはここに、閉じ込められてしまったことになる。

「開けろ、開けてくれェ」

一人がドアを叩いて騒ぎ出す。二人、三人、十人、二十人。開けろ開けろの大合唱は、たちまちコンテナ全体を揺るがすほどに膨れ上がった。

俺たちは動かなかった。角を背にしたまま、玉娟と抱き合って座っていた。そこに、叫び声と血の臭いが転がってきた。

「ああっ、ああァアーッ、あ、あ、あがァーッ」

見えはしないが、あばたの顔役だと直感した。だが、それは俺が思っていただけのあだ名で、本名など知るはずもない。呼びかけるべき名前がない。暗闇の中で、転がってきた怪我人が顔役かどうかを確かめる術《すべ》はない。

「大丈夫ですかッ」

「うがッ、あ、はっ、くあ、あ、アアアァアァーッ」

のたうち回る。彼の頭は俺の腿《もも》に載っている。声の向きから察するに、仰向《あおむ》けになっているようだった。ばたばたと床を踏み鳴らす。とんでもない激痛が彼を襲っている。どうしたらいい。俺は介抱のつもりで彼の体に手を伸べた。が、

「ガアアアァァァーッ」

左肩がなかった。俺が触れたことで、激痛はさらに増したようだった。跳び上がるほどの海老《えび》反《ぞ》り、そんな重さを腿に感じた。血溜まりができているのか、飛沫《しぶき》が俺の顔にかかった。

「哥哥《グゥグゥ》、どうしよう、どうしたらいいの」

「分からない、分かんないよ俺だって」

周囲の騒ぎは勢いを増している。何も見えないが、もう全員が立ち上がって、壁という壁を叩いているとしか思えなかった。拳ではない、何か硬い道具で叩き始めた者もいる。彼らのどこにこんな活力が残っていたのか。いや、狂気だ。みんな狂ってしまった。閉ざされた闇の恐怖に、密航者たちはみな狂ってしまったのだ。

その騒ぎに反して、膝の上の叫び声は徐々に弱まってきていた。のたうつ動きも、伴って小さなものとなっていた。

「しっかりしてください、しっかり」

彼が、俺の言葉をどれほど聞いているかは分からない。が、それくらいしか俺にできることはない。

配給を受け取るため、彼は半身を外に出していた。そこでいきなりコンテナがずれ、おそらく、そのまま左肩を潰されたのだ。ということは、コンテナの外にいた配給係の老板《ラオパン》は、コンテナの間に挟まれたままということか。

叫び声は途切《とぎ》れ、荒い息に変わっていた。咳《せ》き込《こ》むと痛みがぶり返すのか、呻き、背中を反らせる。やがて、彼は初めて、手を伸ばして俺の腕に触れた。

「……め……ろ……」

周りがうるさくて聞こえない。耳を近づける。

「……やめ、さ、せろ。この、ままだ、と、息が、できな、く、なって、ぜん、いん……死ぬ」

聞こえたのだろう。玉娟が俺のシャツをキュッと握った。

「分かった、言ってみる」

だが動こうとすると、彼はその手に力を込めた。行くな、という意味にとれた。矛盾《むじゅん》しているように思ったが、俺も、彼のそばを離れたくはなかった。

「でも、みんなも馬鹿じゃない。すぐに、収まるかも……」

また袖を引っ張る。まだ何か言いたいのか。再び耳を近づける。

「俺は、密航で、妻……を、亡くし、た。お前は、日本、行け。ちゃんと、行け。その女、しあ、わ、せに……」

勘違いを否定する気にはなれなかった。俺は日本にたどり着いて、ちゃんと妻を幸せにすると、彼に約束した。

俺が諭《さと》すまでもなく、無駄と分かったのだろう、周囲の騒ぎは少しずつ小さくなっていった。

かつん、かつんと、道具で壁を叩く音だけがずっと続いていた。

もう、どうにも計りようのない時間だけが流れていった。

いや、時が止まっていたとしても不思議はなかった。

いつの間にか、壁を叩く音も止《や》んでいた。

闇と、低いエンジン音が、この世の全てになった。

自分が目を開いているのかいないのか、それすらももう、どうでもよくなっていた。

玉娟の存在も、顔役の体の重みも、あやふやに、遠くなっていった。

数日経ったのか。一日だったのか、数時間だったのか。

ふと、轟音《ごうおん》が鳴り響いていることに気づいた。

そんなことは、どうでもいいような、いや、とても重要なことのような。

思考は湯気のように立ち昇り、すぐに霧散した。

しばらくして、急に目が痛くなり、俺は最後の力を振り絞って強くつぶった。

だがそれが、光なのではないかと思い至り、徐々に力を緩《ゆる》めた。

瞼の赤い闇に、白い線が走った。痛い。

右の方に何か聞こえた。人のざわめき。外界の音。

少しずつ瞼《まぶた》の力を抜く。白い線は太くなり、もう戻ることはないと思っていた「視界」が、部分的にだが蘇《よみがえ》った。

目の前。赤黒く腐った顔役の死体。左隣。目を閉じたままの玉娟。大丈夫か。お前は無事か。その向こう。突っ伏した密航者たち。あれらは、生きているのか、死んでいるのか。

目が、次第に慣れてくる。

俺は思いきって開け、顔を右に向けた。

強烈な白い光の束が、大きく開いたドアから押し寄せてきた。

「あ、動いた……おい、生きてる、生きてるぞ」

ちゃんと聞きとれた。意味も分かった。間違いなく、俺のことを言っている。生きている、そう言われた。

どうやら俺が目覚めたのは、黄泉《よみ》の国ではなく、現実という、地獄の続きのようだった。

5

織江は無事、廃ビルの立入許可を取ってきた。

案の定、バブルの崩壊によって焦げついた物件で、建築途中で放り出された恰好だったらしい。現在の所有者は御多分《ごたぶん》に漏れず金融機関で、管理は不動産業者に委託されていた。フェンスは何度も何度も盗まれるので、最近はなくなったらなくなったでいいと、放ったらかしていたのだという。

「それでも買い手がつかなくなったら嫌だから、建物の全景は撮らないでくれって。中は勝手にやっていいから、って感じ」

かくしてロケ再開。どこまで使えるか分からないが、入り口を通るシーンからスタート。順調に工事が進んでいれば、一階は店舗か駐車場になっていたであろう造りだ。歩道に面した側にはほとんど壁がない。日当たりもいいので、オープンカフェなどにもってこいだ。

「一応、ぐるっと撮っといて」

室内には太いコンクリートの柱が三本。間仕切りはない。どれくらいの広さだろう。八畳が八つと考えたら、六十四畳か。もっとか。坪数でいうとどうなるだろう。瑞希には分からない。

建物右手には階段があり、並ぶ位置に上へと抜ける縦穴が開いている。エレベーターの設置も予定されていたのか。

エステラが階段を指差す。

「行きましょう」

織江を先頭にエステラ、瑞希、小野寺、中森の順に並んで進む。

二階。やや天井が低く、道路側に壁がある他は、特に一階と違わない。ここは店舗だけでなく、オフィスにも使える感じだ。エステラはさっと見ただけで先を急ごうとする。

三階——エステラは昨日、死体があるのは一番上か、あるいはその下の三階と言っていた。天気はいい。直射日光ではないが、どこも開口部が大きくとってあるので内部はとても明るい。少しも不気味《ぶきみ》な感じがしないので忘れていたが、そう、今日我々は、死体を探しに来ているのだった。

思い出したら、急に寒気がしてきた。こんな、細かい前後の事情など忘れていればよかった。どうせ上に行ったって、死体なんてないのだ。常識で考えよう。こんなところに死体を放置して、発見されないはずがない。裏には別のビルが建っている。覗けば見える。見たら、普通は通報する。そう、あるわけがない。死体なんて、そう滅多に見つかるものではない。

三階に着いた。

ぐるりと見回す。どんなに見ても、ないものはない。そうだ。あるはずがない。こんな都会のど真ん中に、死体なんて。

エステラはさらに上を目指す。頬が強張っている。きっと、自分の透視が外れることを怖れているのだ。でも、それならそれでいいではないか。昨夜、失敗や敗北は心を解放することで呑み込むことができると、そう言ったのはエステラ自身だ。そうすればいい。潔《いさぎよ》く、今回の透視は外れでしたと認めればいい。誰も、透視が外れたくらいで一々責めたりなどしない。

四階、最上階に着いた。

フロアの造りはこれまでと同じだ。コンクリートの柱が三本。階段から見れば左手に、道路に面した壁がある。建設用シートの類《たぐい》もないので山手通りが見下ろせる。向こう正面の壁にも開口部はある。隣のビルの壁面が覗いている。右側は、道路側よりは小さいものの、やはり四角く穴が開いている。腰の高さまでは、壁だ。

壁。その下に、ミイラは横たわっていた。

一社会人として立派に義務は果たしたと、とにかく瑞希は自分を褒めたい。

それが死後、どれほどの年月を経たものなのかは分からない。肉は腐り、腸《はらわた》は溶け、コンクリートの床に広がり、すでに染みとなっている。そこに腕と腕を重ね、脚と脚を重ね、ミイラは横たわっている。

瑞希は泣かなかった。ミイラを見ても、取り乱したり、慌てたりしなかった。そこを、まず自分で褒めたい。

「あたしだけでいい」

勇敢にも、最初に近づいていったのは織江だった。

ほんの五、六メートル先。織江はミイラの傍《かたわ》らにしゃがみ、

「これじゃあ、寒かったでしょう」

手を合わせた。とっさには意味が分からなかったが、なるほど、ミイラには着衣がない。今は春だが、こんなになるまで放置されていたのだ。全裸で冬を越したことは想像に難《かた》くない。

「中森、一一〇番」

その場で、携帯電話を取り出した中森が遺体発見を警察に知らせた。住所、発見状況、こちらが何者なのか、ある程度の事情も加えて説明する。いま危険な状態ではないです、触ってません、というのは二、三度繰り返していた。

織江がカメラに向き直る。

「どこまで使えるか分かんないけど、続けて」

黙っているのですっかりその存在を忘れていたが、野崎はちゃんと背後から、一部始終をカメラに収めているようだった。

死体がミイラ化していたのは、瑞希にとっては幸運といってよかった。中途半端な腐乱死体だったり、殺されたばかりの血だらけだったりしたら、嘔吐《おうと》と号泣で間違いなくパニック状態になっていた。

死体といえば、せいぜい父方と母方の祖母と、高校の恩師を葬式の棺の中に見たくらいで、事故や事件の類は写真ですら見たことがなかった。だがミイラなら、即身仏《そくしんぶつ》として見たことがある。修学旅行で本物も見た。オカルティックではあるが、死体としての生々しさはない。

助かった。巨大な干物《ひもの》と思えばいい。大丈夫だ。予想外に精神的なダメージはない。

しかし恐るべし。透視能力者、マリア・エステラ。

「いったん、外に出て警察を待ちましょう」

織江の指示で、スタッフは屋外に出た。

十分と経たないうちに四台のパトカーが到着した。三台は普通のセダン型、一台はワンボックスだった。制服警官が十人くらい降りてくる。私服は三人。青い作業服みたいなのは六人。

「ええと、発見されたのは、おたくらですか。代々木署の小田《おだ》と申します。お電話をいただいたのは、どなたかな」

刑事であろう四十代の男性は、金メダルみたいなバッジ付きの身分証を見せた。織江が会釈しながら前に出る。

「通報したのは彼女ですが、指示したのは私です。テレビ太陽の名倉と申します。責任者です。取材の一環で、所有者にも許可を得て立入調査をしていました」

刑事は名刺を受けとり、裏までゆっくり読んでいた。

「……プロデューサー」

「はい」

渋い顔で口を尖《とが》らせる。
「ま、とりあえず、発見現場を確認しますか。代表ってことで、名倉さん、ご一緒くださ
い」
その頃には鑑識だろうか、青い作業服のグループが、歩道や階段にゴムシートのようなも
のを敷き始めていた。あれを四階まで、ずっと敷くつもりなのだろうか。
歩道はすでに『KEEP OUT/警視庁/立入禁止』の黄色いテープで囲われ、青いビ
ニールシートまで掛けられていた。まるでニュースで見た事件現場だ。いや、まさにここが
事件現場なのか。
織江と刑事が階段に消えた。すぐに別の刑事が中森の前に立つ。
「とりあえず、あなたから事情をお聞かせください。他の方も順にお伺いしますので、ちょ
っと端に寄って待っててください」
中森がパトカーに連れ込まれた。瑞希たちは歩道から車道に出された。待っている間、エ
ステラにある程度の事情を説明しようとしたが、
「そこ、申し訳ない。私語は遠慮していただきたい」
残っていたもう一人の中年刑事に言われた。
「どうしてですか」
瑞希が睨むと、刑事は困ったように、歯の間からシーッと息を吸った。

「……こちらとしてはですね、慌てて何かご相談なさるくらいでしたら、今のありのままをお聞かせ願いたいんですよ。変に話し合われて、他の方の意見に影響されて、自説を曲げてしまう方もいらっしゃいますから」

釈然としない説明だが、意地を張って逆らっても得はなさそうなので、エステラには「心配ないわ」とだけ短く言って済ませた。

中森の次に呼ばれたのは小野寺だった。どうだった、と中森に訊きたいのは山々だったが、刑事がちらちら見ているのでそれもやめた。

そんな頃になって、織江がビルから出てきた。後ろをついてきた最初の刑事が誰にともなく言う。

「駄目駄目、さっぱり分かんねえや。えーと、そちらの方は全員、代々木署までご同行願いますわ。おーい、オダァ、監察医の先生はまだかァ」

隣で渋面《じゅうめん》の織江が頷く。

「けっこう大事《おおごと》。下手したら放送できないかも」

訳して伝えると、エステラは「馬鹿げてるわ」と、初めて怒った顔をしてみせた。

つまり警察が聞きたいのは、瑞希たちがどうして死体の発見に至ったのかという、その経緯のようだった。スタッフは当然として、発見の中心的役割を担ったエステラにも事情聴取は行われる。

連れていかれる直前、エステラは言った。

「これではまるで犯人扱いね。私は、事件の解決に貢献しようとしているのに」

ご尤《もっと》も。でもこれが、日本警察の実情なのです。

普段の瑞希ならむしろ、この警察側の論理に共感を覚えるところだ。透視によって死体を発見したなど、真に受ける方がどうかしている。事前情報か何かがあっての自作自演か、そもそもスタッフが犯罪に加担しているのか、自分が警察ならそんな線を疑う。

だが、今回は事情が違う。自身が疑われる側に立っている。どんなに怪しくても、どんなに不可解でも、透視によって発見したのは事実なのだから、そこのところはしっかりと釈明しなければならない。超能力の是非はこの際さて措く。とにかく今は、エステラを守らなければ。

瑞希は通訳として同席することを申し出た。しかし、英語の堪能な警官がいるから大丈夫だと断わられてしまった。そればかりか、瑞希まで別の取調室に入れられてしまった。

三畳ほどの狭い部屋。代々木署の建物が新しいせいか、テレビドラマほどジメジメした感じはないが、ドアを閉められると孤立感というか、閉塞感を強く覚えた。ワープロを据《す》えて構えた刑事に質問を浴びせられると、何やら嘘発見器にかけられているような錯覚に陥り、不快な緊張に頬が強張った。

「本当に、死体があることはご存じなかったんですか」

相手は、現場では見なかった刑事だ。

「ですから、何度も申し上げました通り、私たちはマリア・エステラの透視に基づいて現場に行ったんです」

刑事は同じような質問を、何度も何度も何度も、少しずつ違う言葉で、しつこく繰り返した。

「でも、昨日もカメラを持っていったわけでしょう。死体があるかどうかも分からないのに、重たいカメラを抱えてですか」

馬鹿馬鹿しい。

「私は通訳です。カメラは抱えません」

「でも、カメラマンはいたんでしょう？」

「いました。ですから、いましたってさっきも言ったじゃないですか。ちゃんと聞いててくださいよ。ワープロで打てばいいじゃないですか」

瑞希は決して、自分が短気な性格だとは思わないが、これ以上理不尽な対応が続くとキレずにいられるかどうか自信がない。

「ですからね、死体がない場合のことは考えなかったんですか、って話ですよ」

「私は通訳ですから、エステラのコメントを日本語にするだけですから、あるいはスタッフの要求をエステラに伝えるだけですから、死体が出ようが出まいが関係ないんです」

「いやいやそうじゃなくて、スタッフの話の持っていき方にですね、最初から死体が出ることを想定しているような、そういう動きは感じられなかったかとか、そういうことが聞きたいんですよ」

自分でも知らぬ間に、刑事を睨みつけている。

「知りませんよ。っていうか、ないです。はい、ありませんでした。少なくとも私は感じませんでした」

「なんか、さっきと違いませんか」

「違いませんよ。全然違いません。最初から、私たちはエステラの透視によって死体の発見に至ったと言ってるじゃないですか。エステラだって来日したのは昨日が初めてなんですから、透視という言葉が受け入れ難いと仰るなら、偶然でもなんでもけっこうですけど、とにかく昨日はビルの前で引き返して、所有者に許可を取って、それから今日改めて調査に入って、それで初めて発見したんです」

刑事が片眉だけをひそめる。

「エステラさんの来日が初めてだというのは、間違いないですか」

何やら、とてつもなく重大な質問のように聞こえた。

「……は？」

「マリア・エステラさんは、昨日初めて日本の土を踏んだのだと、そう断言できますか」

「それは、たぶん、そうだと……」

「おや、頼りないですね。はっきりしてもらわないと困りますよ。間違い、ないんですね？」

「私は、そう、聞いてますけど」

「誰から」

「は？」

「誰から初来日だと教えられたんですか」

教えられた？　初来日だと言ったのは、確か織江だ。エステラ本人も、そんなことを言っていた覚えがある。だが、ここで個人名を出すのは、なんとなく賢明ではない気がする。

「えっと、それは、資料に」

「なんの」

「ですから、エステラの経歴とかを記した、資料ですけど」

「そんな書類があるなんて、さっきはひと言も言ってなかったじゃないですか。初耳ですよ、私は」

刑事が、ここぞとばかりに身を乗り出してくる。

「それは、ちょっと、言う機会がなかっただけで……」

「出してください」

「へ？」

「その資料をここに出して、見せてください」

指先で机を叩く。それだけで反射的に尻が縮む。

「い、今は、持ってません」

「どこにあるんですか」

「ホテル、か、じゃなければ、自宅かな……」

「小金井市のご実家ですか」

「かも、しれないです。はい」

「取りに帰りますか」

またか。それは勘弁してもらいたい。

「あー、ホテル、かもしれないです」

「京王プラザでしたか」

「ええ。でも分かんないですよ、見てみないと。っていうか、エステラが初来日かどうかって、そんなに重要なんですか？」

刑事が背筋を伸ばす。

「重要でしょう、常識的に言って」

「透視でも予言でもなんでもいいですけどね、彼女は発見現場に白骨死体があることを知っていたわけでしょう、結果的には」

「……はあ」

どうやら、あれをミイラとは呼ばないらしい。

「これではね、彼女は死体遺棄に関与した可能性があると、そう思われても仕方ないわけですよ。でもあなたは彼女を初来日だと言う。暗に関与を否定している」

「別に……」

そこまで大袈裟《おおげさ》に言わなくてもいいだろう。

「彼女が関与してないとしたら、あなた方スタッフの誰かが関与している可能性が出てくる」

まあ、そう考えたくなるのも無理はないと思う。だが現場にいた側としては、それは違うと言わざるを得ない。

「それって、死体を遺棄して、自分たちで発見して、放送しようとしたってことですか？」

「あり得ないことではないでしょう。視聴率を吊り上げるために偽の番組をでっち上げた例だってある」

「そんな……だって、それとはレベルが違うでしょう。じゃあ死体はどこから持ってきたんですか？　まさか、番組のために殺したとか思ってるんですか」

「それを調べているんじゃないですか。ですからちゃんと答えてくださいよ。本当は、死体があることを知っていて、あそこに行ったんじゃないんですか」

駄目だ。また最初の質問に戻ってしまった。


結局、全員が帰ってよしとなったのは夜の十一時過ぎだった。

明日も任意で事情聴取があるという。つまり、一応拒否する権利もあるということだが、さて、織江はどうするつもりだろう。


「まあ、収録したものに関しては処理を加えて放送できるよう、許可は取ったから」

スタッフから「さすが」「名倉さんスゲー」と声が上がる。

またエステラ一人が蚊帳《かや》の外になっていたので、瑞希は「オリエが、映像の使用許可を得てきたそうです」と伝えた。

「そう。オリエは、なかなかのプロフェッショナルね」

「あ、ええ……そう、ですね」

プロフェッショナル。

エステラの言葉に、特別な意味はなかったと思う。だがそれは瑞希の中で、思わぬ言葉に結びついていた。

あり得ないことではないでしょう。視聴率を吊り上げるために偽の番組をでっち上げた例だってある――。

まさか。視聴率をとるために、本物の死体を使ってヤラセのロケをするなんてことが、現実にあり得るだろうか。

6

四十三人の密航者の内、生き残ったのはたったの五人だった。三十八人の死亡者は、二酸化炭素中毒というのだろうか、息ができなくなって死んだのがほとんどだったという。死体は全て、海中に遺棄《いき》された。

俺たちは下手に騒がなかったのが幸いしたのだろう。二人揃って生き残ることができた。死んだ顔役には、どんなに感謝してもしきれない。

また、壁を壊そうとする者がコンテナ奥に集中したのに対し、俺たちは閉ざされたドア付近に居続けたのもよかった。わずかではあるが、空気が流れ込んできていたのだ。それを一番に吸うことができた。思えば他の生存者三人も、みなドア付近に寝ていた顔ぶれだった。

コンテナから出てしばらくは、自力で歩くこともできなかった。特に玉娟《ウージエン》の衰弱は深刻で、一時は本当に死んでしまうのではないかと案じた。だが、次の漁船に移る頃にはかろうじて回復していた。とにかく、生きてコンテナを出られただけよかった。

それから、日本船籍の漁船に乗った。老板《ラオパン》は中国人だが、操縦しているのは日本人だった。彼は弱りきった俺たちに優しかった。ありったけの食べものを与え、できるだけ快適な居場所の提供を心掛けてくれた。

「俺っちの船にゃあ、全部で七人だって聞いてたからよ、十人分っくらいの食いもん、積んできたんだ。ほれ食べろ。たぁんと食べろ。んでよく眠れ。毛布もあっから」

正確な意味は分からなかったが、その表情と声色《こわいろ》から、人柄の温かさは充分に感じとれた。

初めて会った日本人が彼で、本当によかった。

次に連絡用の艀船《はしけぶね》に乗り移った。ここで他の三人と別れ、俺と玉娟の二人になった。地獄のようなコンテナ内での体験を共有した仲間。別れはつらかったが、互いに大きな目標を持っての旅だ。笑顔と固い握手で再会を誓った。

艀船には半日。長楽《チャンラー》を出たときのように、深夜の闇を待った。

老板は遥か遠くの陸を指差した。

「近くまで行ってやるから、あとは泳げ。真っ直ぐ行くと、黒いワンボックスが迎えに来ている。それに乗って、東京に行け」

東京。夢にまで見た、日本の大都会。陸に上がり、黒い車に乗り込んだら、もう東京か。

「哥哥《グウグウ》……」

いつ以来だろう、玉娟が笑みを漏らす。

「ああ、もう少しだ。泳ぐのは、大丈夫か」

玉娟が頷く。かなり痩せたが、表情はむしろ逞《たくま》しくなったように見えた。

老板の携帯電話が鳴った。

「モシモシ……ワカッタ、イマイク」

日本語で言って電話を切る。

「よし、上陸だ」

日本に、上陸。東京に、行く。震えるほどの達成感が胸に充《み》ちてくる。

「車を運転するのは日本人だが、心配するな。東京に着いたら、ちゃんと工頭《コントウ》に引き合わせてくれる」

工頭とは、密航の手引きから隠れ家の提供、仕事の斡旋《あっせん》までしてくれる、密航者の親代わり的存在だ。李何某《リなにがし》という名で、正剛《ツンガン》と親交の深い人物だと聞いている。

艀船が陸に近づいていく。浜は砂地だった。すぐ向こうは道路になっているのか、一定の間隔で街灯が立っている。闇に慣れた俺たちの目にはひどく明るく見えたが、向こうから俺たちが見えるかというと、それはないように思えた。

老板がこっちを見る。

「ここまでだ。あとは泳げ」

「ありがとう」

自然と、俺たちの声は揃った。

「いいから行け」

頷き、脱いだ靴をシャツの中にしっかり収める。船が揺れないよう、注意して水に入る。冷たかったが、怖くはなかった。自分たちは着実に、目的地に近づいている。そう実感できることが、むしろ嬉しかった。

俺も玉娟も、荷物は背中に括《くく》った袋一つだ。俺が平泳ぎでひと掻きすると、玉娟は頭を浸けてクロールで泳ぎ始めた。長楽沖で、漁船から貨物船に乗り移るときはあんなに怯えていたのに。

すぐに足がつくところまで泳ぎ着いた。尖った岩でもあったのか、立ち上がった玉娟は足を押さえていた。

「痛い、痛い」

それでも顔は笑っている。

「哥哥も気をつけて。早く靴を履いた方がいいわ」

靴を履いたら、あとは歩くだけだ。念のため、身を屈めて進む。

水の重みで靴が脱げそうになる。服の濡れも、体の動きをいっそう鈍くさせた。だが苦にはならなかった。喜びの方が勝っていた。この重みを振り払って、俺たちは日本にたどり着くのだ。

膝《ひざ》から脛《すね》、足首へと水面が下がっていく。最後の一歩を踏み出し、波が退《ひ》くと、体が完全に海から脱した。

玉娟が大きく胸を張る。

「……やったよ。日本だよ。ああ、いい匂いがする」

俺の鼻には長楽の漁港と何も変わらないように臭ったが、玉娟がそう言いたくなる気持ちも、分からなくはなかった。

「さあ、行こう」

俺は正面、堤防のようなコンクリートの壁に向かって歩いた。近くまで行くと、見上げるほど高い。その向こうは、木が生い茂る闇だ。近くの、コンクリートの階段から上の道に出ると、エンジンをかけたまま停まっている車の後ろ姿があった。黒いワンボックス。向こうも気づいたのか、左側の引戸が開いて、人が降りてきた。

「ええっと、なんだ……ニーハオ？　二人、二人？　ツー、東京、オウケーイ？」

俺たちは中国人だ、英語で話しかけてどうする、とも思ったが、どんな人だか分からないので、とりあえず頷いておいた。

「ワタシ、フタリガ、トォキョウ、オネガイシマス」

意味が通じたのか、男も大きく頷いた。

「なぁーんだ、日本語喋れるんじゃん。オッケーオッケー。ほら乗って乗っ……」

俺の肩に触れた彼は、急に眉をひそめた。

「あ、駄目だよ、濡れたまんまじゃ。いや、シートが濡れるとかケチな話じゃなくてよ、風邪ひいちまうぜ。カーゼ、オーケイ？　コンコン、ゲホンゲホン、分かりマスかァ？」

早口で全く分からない。ただ、俺は早く着替えたかったので、自分の濡れた服を引っ張って意思を伝えた。体も冷え始めている。

「いや、だから駄目だって。そのまんまじゃ風邪ひくって。カーゼ、カゼカゼ、分っかんねえかなァ。ぶるぶる、ぶるぶる、って言っても駄目か。おい、ノブ、風邪って英語でなんていうんだよ」

助手席から別の男が顔を出す。

「つつーか、そいつら中国人だろ」

「そんなのは俺だって分かってんだよ。じゃテメェ中国語喋れんのかコラッ」

車内で笑いが起こる。目の前の男も笑っている。怒鳴っていたのに、すぐ笑う。何を考えているのかさっぱり分からなかった。とにかくこのままでは寒いので、俺たちは道を渡って背中の荷物を下ろした。車の後ろでも着替えはできるが、排気の煙が臭くて嫌だったのだ。

木の陰で俺が脱ぎ始めると、玉娟も隣でそれに倣《なら》った。男は何も言ってこない。その代わり、車内から声が上がった。

「おおっ、脱いでますよ脱いでますよ」

「どれ、見せろ……オオッ、可愛いお尻ちゃんじゃねーか。おーい、こっち向いて、こっち向いてよぉーん」

「くへエーッ、たーまんないっすねこりゃ」

「かーのじょーッ、イッパツ姦《や》らしてぇーッ」

下卑た笑いが起こる。俺は玉娟に言った。

「気にするな。ちょっと、酔っ払ってるんだ」

「運転するのに、酔っ払ってて大丈夫なの？」

そうか。あまりいい嘘ではなかった。

「いいから着替えろ」

「もう終わった」

玉娟は白いシャツにベージュのズボン、紺の上着を着終わっていた。もたもたしているのは、むしろ俺の方だった。

着替えをすませ、脱いだ服と布袋をビニール袋に入れ、車の後ろで待っている男のところに戻った。

「トォキョウ、オネガイ、デス」

男は指先で輪を作った。

「オッケー。けっこう通じるもんだな。よしよし、東京、東京行こう。レッツゴーだ。あ、これも英語か……」

俺たちは引戸から一番後ろの席に通された。その前には今の男。運転席と助手席にも一人ずつ男が乗っている。

「よし。カズ、出せ」

車が走り出す。暗い海に沿って弧を描く道は、故郷の山間のそれに少し似ていた。まだ、懐かしいとは思わなかった。やっと日本という黄金郷にたどり着いたのだ。これから俺たちは、この国で、東京という大都会で、大金持ちになるのだ。郷愁は無用だ。

「……彼女、顔もすっげぇ可愛いっすね」

運転手が何か言った。

「よせよ。けっこう話分かってっぞ、こいつら」

最初の男が答えると、助手席の男が玉娟を振り返った。

「え、そーなの？　彼女、日本語分かんの？」

玉娟が助けを求めるように俺を見る。代わりに答える。

「ニホンゴ、スコシ。イモート、モットスコシ」

「え、なに、恋人じゃなくて、兄妹なの？」

さらに助手席の男が何か言ったが、意味が分からなかった。答えられない。

「うわー、なんかヤッベえなそれ。勃《た》ってきちゃった勃ってきちゃった」

「ノブさん、もしかして姦《や》っちゃいますか」

「よせよッ」

最初の男が、ちょっと怒鳴った。

「……一応、客なんだぜ」

「かまやしねーって。どうせ中国人クラブでウリやらされんだ。なあー、俺が優しくしてやっからさ、さっきの可愛いお尻ちゃん、もいっかいここで見してくれよぉーん」

なんだか楽しそうな連中だ。よく分からないが、嫌われては困るので適当に笑っておいた。

玉娟も、隣でそれとなく笑みを浮かべている。

「あ、笑った笑った、オッケーなんだよオッケーなんだよ。おい、カズ、停めろ。適当にそこらの道端でいいからよ」

「っていうか、暗くて何やってっか分かんないっすよ、こんなとこじゃ」

「バッカ、ヘッドライトで照らしゃいーだろーが」

「あ、それマジヤバいっすね。姦っちゃいますか」

「やめろってッ」

また最初の男が怒鳴った。この人、怒りっぽい。

「シロー、堅いこと言うなよ」

「客だっつってんだろ。ノブ、オメェだって知ってんだろ。吉川《よしかわ》組の安藤《あんどう》さん、殺《や》ったの中国人だって話だぜ。本名かどうか分かんねえけど、『ユエ』って、名前分かってて、歌舞伎町歩いてんのみんなが見てて、それで落とし前つけらんねえんだぞ。連中、マジで何すっか分かんねえんだ。こういうセコい仕事でもな、きっちりやっとかねえとなに言い出すか分かんねえんだよ。この女と姦りたけりゃ、クラブに出されてからにしろや」

最初の男が言い終わると、助手席の彼はつまらなそうに前を向いた。それからは、極端に車内が静かになった。俺たちのことで、何か揉め事になっているのでなければいいのだが。

俺たちの泳ぎ着いたのがどこの浜辺だったのかは分からないが、東京からはかなり遠い場所だったようだ。広い道路をひたすら猛スピードで走った。ときおり渋滞にはまり、辟易《へきえき》したが、賑やかな駐車場での休憩は楽しかった。

「まずションベンしとけ、ションベン」

また意味が分からない。連れていかれたのはやけに広い便所だった。すごく綺麗だった。

「あ、違うよ、イモートはあっちだ、こっち入ってくんな」

名前を覚えた。怒りっぽいのがシロー。彼は玉娟を追い払った。ちなみに他の二人は別行動だった。なぜかは分からない。

「哥哥《グウグウ》、私も行きたいよ」

先に入って中を見た俺には、シローが玉娟を追い払った意味が分かった。

「なんか、ここは男しか使っちゃいけないみたいだ」

故郷ではこういう場合、男女の区別はなかった。

「女は、外でしなきゃいけないの？」

そんなはずはないだろう、と思って見ると、向かいには女の人ばかりが出入りしていた。中間の壁には、赤と青の人形の絵が描いてある。赤はスカートをはいているように見える。つまりこっちは男、あっちは女、という意味だろう。もっと分かりやすく、漢字で「男」「女」と書いてくれればいいのに。

「お前はあっちだ」

「私、一人で行くの？」

「そりゃそうだろう。女はお前だけだ」

「ずるい。哥哥だけシローと一緒で」

「男同士だからな」

肩を押すと、玉娟は渋々女便所に入っていった。こっちはこっちで用を足す。

便器の一つひとつは、村に設置されるようになっていた形と大差なかった。が、こんなに何十個も並んでいるのは初めて見た。しかも、前に立つと黒い窓に赤い小さな明かりが点き、離れると消え、蛇口をひねってもいないのに水が流れ出す。驚いていると、隣でシローが笑い出した。

「なんだぁお前、水洗便所初めてか。うっひゃっひゃっひゃ」

周りの日本人たちも、にやにや笑いながら俺を眺めていた。

急に、自分が密航者だと分かってしまうのではないかと怖くなった。もしこの中に入国管理官がいたら、捕まってしまうかもしれない。そうなったら玉娟はどうなる。玉娟、そっちは大丈夫なのか。

「ニイちゃん、ちゃんと手ぇ洗えよぉ」

何か言われたが、俺は無視して便所を出た。

玉娟が心配で堪《たま》らなかった。女便所の入り口に立つと、出てきた女たちにたくさん睨まれたが、俺は居ても立ってもいられなくて、ずっと中を覗いていた。

やがて玉娟はそんな心配をよそに、晴れやかな顔で出てきた。

「日本のお便所は、とっても綺麗ね。大好きになったわ」

それからシローは、俺たちを屋台に連れていってくれた。中国と同じ饅頭《まんじゅう》があるのには驚いたが、見た目がどうにも不味そうだった。

シローは建物の中を指差した。

「うどんとか食うか、うどん。うっ、ドーンッ」

一人で何か言って、一人で笑っている。シローはいい人みたいだが、ちょっと頭がおかしいのかもしれない。怒りっぽいし。

「カレーはどうだ。辛いの駄目か。生まれどこだよ。四川《しせん》だったら、辛いの平気なんじゃねーのか。あん？」

シローが指差したものは、ちょっと、コンテナの隅の小山に似ていて嫌だった。玉娟も激しくかぶりを振る。

「しょーがねーなぁ、わがままだなぁ。こういうときはカレーが一番なんだけどなぁ」

すると玉娟は、白と黄色の、尖った何かが重なったものを指差した。俺ではなく、シローの目を見てだ。

「ん、これがいいのか。これ、ソフトクリームだぞ。腹の足しになんねーぞ。でも、まあいいか。女の子だもんな。こーゆーの好きなのは万国共通か。そーだそーだ。これ食ってから他の食ってもいいんだしな」

たぶん玉娟は、あれはなんだと訊きたかっただけだと思うが、シローはすぐに買って、玉娟にくれた。買い方も難しかった。最初に、機械の中に金を入れて、それからボタンを押して、券が出てきて、それを厨房の人に渡して、それから食べ物が渡された。日本人は直接売り買いせず、いちいち機械に仲介させるのか。

「ほら、なんだよ、食えよ。がぶっと。ペロペロしてもいいけどよ」

玉娟はしばらく困っていたが、やがて、シローの真似をして舐め始めた。

「んッ……冷たいよ、これ」

その顔を見て、またシローは笑った。

「あーんだ、知らねーで頼んだのか。そりゃびっくりだなあ、なあ？」

玉娟が半分くらいで俺に渡すので、俺も舐めてみた。本当に、すごく冷たかった。ただ冷たいだけではなくて、すごく甘くて美味《おい》しかった。故郷はとても進んだ村だったはずだが、こういうものはなかった。やはり日本はすごい。下の持ち手まで食べろとシローが示す。食べると、スカスカの花正酥《ファゼンスウ》みたいな感じだった。上顎《うわあご》にくっついて嫌だったので、玉娟に返した。玉娟は下の方が美味しいと言っていた。

その後、シローの奨《すす》めでラーメンを食べた。ひどく不味《まず》かったが、なんとなく嬉しかった。


夕方には高速道路を降り、街中《まちなか》を走り始めた。

「もうスコシ、だからよ。スコシ、分かるんだろ」

俺たちが頷くと、シローは嬉しそうに笑った。

その街は、テレビで見たほど綺麗ではなかったし、賑やかでもなかった。シローの言葉が本当なら、ここはもう東京の近くのはずだが。それとも「スコシ」の意味が違うのか。

「これからよぉ、大変かもしんねーけど、がんばれよ」

ガンバレ。意味は分からないが、いい響きだと思った。

「……ガン、バレ、ヨ」

「そう、頑張れ。お前たち、頑張るんだ。な？」

「ガンバレ、ガンバル」

「そう、頑張るんだぞ」

シローが両拳をこっちに向ける。力強い感じがした。

「けっ、馬鹿臭《くせ》え」と助手席の男、ノブ。

「ま、いいじゃないっすか」と運転手。名前はカズ。

ほどなくして車が停められた。シローが降りてシートを倒し、俺たちにも降りろと示した。従うと、すぐそこのビルに入ろうとする。

「来いって、ここなんだから」

手招きするのでついていく。玉娟はまた臆病者に戻っていた。俺の袖をぎゅっと握っている。ビルの階段を上り、シローは二階の部屋のドアを叩いた。

「松浪《まつなみ》組の恩田《おんだ》です。客人、お連れしました」

開けると、中には十人以上の男が立っていた。みな上等な背広を着ていて、短髪で、目つきが鋭かった。ただ一人だけ、雰囲気の違う男が混じっていた。薄汚れた作業服を着ている。

その顔を見て、俺は思わず息を呑んだ。

「……小顧《シヤオグウ》」

顧少秋《グウソウチエ》。正剛の手引きで最初に日本に渡った、俺の従兄だった。

第二章

番組が始まった。ちょうど生姜焼《しょうがや》きもできあがった。

「はい、どうぞ」

「いただきます」

ひと切れ口に運びながら、何やら騒がしいテレビに目をやる。

《……当番組スタッフが東京都渋谷区内で、来日中の超能力者、マリア・エステラの透視に基づいて某所に立入調査をしましたところ、その透視通りに、白骨死体を発見いたしました》

喋っているのは津山何某《つやまなにがし》という、フリーのアナウンサーだ。

《超能力捜査班は、警察と協調を図りながら、独自の捜査を敢行《かんこう》しました。まずは発見に至るまでの経緯をご覧ください》

あとを続けたのは二時間ドラマ系の女優、西田千尋《にしだちひろ》だ。十年くらい前は、けっこうファンだった。

「ああ、テレビ局員が白骨死体発見って、これだったのか。何日か前にやってたよ。ニュースで」

にわかに妻が「見よう見よう」と乗り気になった。死体が発見されたと聞き、俄然《がぜん》興味を示すというのもどうかと思うが。

まずは再現VTR。とあるOLの体験談だ。

夜の不気味なオフィス街。彼女は大通りの歩道で、しきりに「寒い、寒い」と訴える男の幽霊に出会う。よせばいいのに彼女は、その幽霊に「私にどうしてほしいの？」と訊く。彼は「寒い」と繰り返す。なぜか彼女は「私には、あなたを暖めてあげることはできないの」と彼を突き放す。その後も彼女は二度、同じ幽霊を見るが、言葉を交わしたのは最初だけだったという。

スタッフの周辺調査により、同様の証言が十数件も得られた。中には車に乗っていた目撃者もいて、あわや大事故というケースまであったらしい。

《番組スタッフは超能力者、マリア・エステラに、多くの証言が得られた交差点周辺での透視を依頼した》

映像はロケ風景に切り替わる。

場所は渋谷区内ということだが、ボカシが入っていてどこだかは分からない。分かるのは、首都高速のような立体交差があるのと、周りがビルだらけであるのと、晴れていることくらいだ。
銀髪の太った外国人女性と、若い日本人女性が映る。彼女らの周りだけボカシが晴れる。
《……そう、あのビル周辺に、とても不吉なものを感じるわ》
彼女の示した建物にカメラが向く。むろんボカシまくりだ。
スタッフと共に、その建物に向かう。銀髪女がビルを見上げて何か言う。「このビルですが、中に入れますか」と若い日本人が通訳する。わりと可愛い顔をした娘だ。
《今すぐは、ちょっと無理ですね。所有者に許可を得る必要がありますから》
《では、是非そうしてちょうだい。三階か、一番上まで上がってみる必要があるわ。かなり、決定的な状況だと思うの》
銀髪女の言葉で、現場はやや困惑した雰囲気になった。
《決定的な状況とは、どういう意味でしょうか》
弦《げん》か何かを無理矢理こする効果音。ここからが怖いですよ、という演出だ。
《死体があるはずだわ。あの女性に、寒いと訴えた男性の死体だと考えて、まず間違いないでしょう。彼女が霊と言葉を交わしたのも、この辺りだったたんじゃないかしら》
死体発見のニュースや番組の前振りを知らずに見たら、さぞや驚いたに違いない。だがすでに、こっちは全てを承知の上で見ている。むしろ通訳の娘が「え?」と、まるっきり素の表情で驚いているのが微笑ましい。まあ、可愛いから許す。というか、この娘をもっと映してほしい。

そういえば番組冒頭で、この銀髪外国人霊能者をスタジオに招くようなことを言っていた。

つまりこのまま見ていれば、この娘がもっと映る場面も見られるということか。

俄然、テレビから目が離せなくなった。

1

警察の事情聴取という思わぬ足止めを喰らい、エステラを交えての調査活動はその予定を大きく狂わされていた。

番組側は初台幽霊のケースと、埼玉県秩父《ちちぶ》郡《ぐん》両神村《りようかみむら》山中で発見された他殺体のケースを主軸に、もう二、三件の失踪人捜索をラインナップしてスペシャルを構成する予定でいた。

当初の予定は十日間。それが双方の都合で七日になり、ここにきての死体発見、警察での事情聴取である。織江はぼやきっ放しだった。

「他のネタがまとまりゃしない。こりゃ、よっぽど初台ネタで引っぱらなきゃ、二時間枠埋まんないわ」

死体発見というインパクト抜群の素材も、こうなってしまったらかえって面倒、ということか。

エステラの来日四日目、三月十三日日曜日、午後二時。

瑞希たち撮影スタッフ一行は、以前に死体が発見されたことがあるという、埼玉県両神村の山中でワンボックスカーを降りた。

今回のメンバーに織江はいない。小野寺と中森はいるが、運転手もカメラマンも前回とは違う人だった。織江がいないのは不安材料である反面、仕事と割り切って挑むことができるという利点もあった。ホテルに居残らせてしまった夜以来、中森とはちょっとした雑談をする程度には気心が知れている。小野寺も「瑞希ちゃん」と気安く呼んでくれる。むしろ伸び伸びできる感すらあった。

「一応、情報からするとこの辺りということなので、テストを兼ねて、エステラの第一印象コメント録《ど》りって感じでいってみましょう。よろしく」

仕切る小野寺まで活き活きして見えるのは気のせいか。

今回のケースの概要はこうだ。

腹部を七ヶ所刺されて死亡した四十代と思《おぼ》しき男性。遺体が発見されたのは昨年秋。未舗《みほ》装《そう》の道路から山側に百メートルほど入った場所に遺棄されており、死後五日から二週間程度と推定された。身元が確認できる所持品、なし。埼玉県警が歯型を調べたが、該当者なし。全国の歯科医師に広く協力を要請中。血液型B型。身長百七十センチ、体重七十キロ前後。がっちりした体型。ペンダコから左利きと推定。虫垂炎《ちゅうすいえん》の手術痕あり。右前腕外側に、長さ八センチ幅三センチの楕円形《だえんけい》の火傷痕あり。後頭部、毛髪に隠れる位置に六センチ、中央から左耳後ろに向かう古傷あり。眼鏡使用。

瑞希はエステラの横に並んだ。

「どうですか」

林を覗き込んでいたエステラは小首を傾げた。

「……うぅん、まだ遠いわ。もっと先ではないのかしら」

瑞希は小野寺を呼んだ。

「あのぉ、エステラはもうちょっと先じゃないかって言ってますけど、どうしましょう」

スタッフの準備を手伝っていた小野寺が振り返る。

「あ、それってどれくらい先なのかなぁ」

エステラは、耳を澄ませるように目を閉じていた。

「先とは、どれくらいですか。車で移動しますか」

「いいえ。車からだと集中できないから、歩いた方がいいわ」

「車はここに置いて、歩いていくということで、いいですか」

「そうね。それがベストだわ」

「分かりました……小野寺さーん、歩きでお願いしまーす」

小野寺が「オッケー」と返す。瑞希も手を振って、了解と示した。

い出すかもしれない。

今回はもう死体が発見され、警察の調べも済んでいるケースだ。怖いことはない。まさかエステラが行く場所行く場所で、毎回新しい死体が発見されるわけでもあるまい。

いや、楽観は禁物か。エステラは透視を始めたら、また何か、ぞっとするようなことを言い出すかもしれない。

「ここで殺されたのよ。本当は仲間だったけど、お金のトラブルで口論になったのよ。でもそれは突発的なことではなくて、犯人は最初から諍《いさか》いが起こるようだったら殺すつもりでここに誘ったのよ。グサッ、グサッ、グサッ――」

「……秋川さん、顔色、悪いですよ」

急に肩を叩かれた。中森だった。

「あ、ああ、大丈夫。なんでもないの……」

いけない。勝手に想像したら、気分まで悪くなってしまった。

エステラが横から覗き込む。

「ミズキ。心を解放しなさい。気持ちを楽にするの」

「ああ……はい」

また「心の解放」か。

瑞希は肩の力を抜き、軽く頭を振った。気だの霊だのはまやかしだ。ここは雑木林だから、車内と違って、ちょっと空気がひんやりしているだけだ。つまり、霊気ではなく冷気。常識で考えれば、どうということではない。

その考えは、同時に一つの矛盾を瑞希の中に作り出した。

霊や透視がまやかしだとしたら、初台での遺体発見はなんだったのだ。まさか、本当にヤラセなのか。あの刑事が言ったように、スタッフはあらかじめ遺体の存在を知っており、エステラに霊視芝居をさせ、それによって発見したように振舞っていたというのか。

「はいィ、こっちスタンバイオッケー、そっちオッケー？」

すると、織江とちょっといい感じになっているあの小野寺も？　いやむしろ、織江こそが、死体を使ってのヤラセ演出の首謀者なのか。実の叔母が、瑞希を騙してその片棒を担がせていたというのか。

もう、頭の中がぐちゃぐちゃになりそうだった。

とりあえず、やめよう。今こんなことを考えても仕方がない。相手が霊媒師だろうがペテン師だろうが、通訳の仕事に変わりはない。自分は自分の仕事をすればいいのだ。

瑞希は無理矢理自分に言い聞かせ、エステラに向き直った。

「じゃあ、始めてもいいですか」

「いいわ、始めましょう」

「はい。こっちもオッケーです」

瑞希が手を上げると、小野寺は早速スタッフに指示を出した。立ち位置が決められ、カメラの調整が終わると、歩き出すようキューが出された。

道の左右は両方とも雑木林だ。左が谷側、右が山側。斜面はさほど急ではなく、ガードレールも設けられていない。エステラは右側を見上げながら歩いた。

二百メートルかそこらきて、エステラは歩を緩めた。

「ここから、真っ直ぐ登った辺りだと思うわ」

瑞希がカメラに伝えると、背後の小野寺が頷いた。中森がさっと前に出て、危険がないようエステラの手を引く。瑞希を含むスタッフは全員スニーカーだが、エステラはいつものパンプスを履いている。肥満体質というのもあり、足場の悪いところを歩かせるのには少々不安があった。

柔らかい土の斜面を登る。案の定というべきか、エステラが「オウ」と小さく漏らし、中森の手をキュッと握った。そんなことを繰り返し、黙々と上を目指す。

「もうすぐだわ」

「もうすぐだそうです」

編集の段階でテロップフォローや吹き替えが入るから、何から何まで訳さなくてもいいとは言われていたが、瑞希は、やれることは全部やっておこうと決めていた。番組のテーマがなんであろうと、これが通訳初仕事であることに変わりはない。それくらいの意気込みはあってしかるべきだろう。

やがてエステラは、中森の手を引いて立ち止まった。

「この辺りだわ」

「この辺りです」

見回したが、これまでと特に変わった様子のない斜面だった。

「発見されたのは、その辺りね」

二メートルほど先を指差す。途端、そこに横たわる男性の遺体を想像してしまうから嫌になる。血だらけの白いシャツ。四十代男性というだけで、ジーパンではないと断ずるのは偏見か。下のイメージはスラックスだ。

小野寺は資料と風景を見比べていた。だが、警察から捜査資料をもらっているわけではないという。発見現場の写真はないはず。今ここだと断定する材料は、エステラの透視以外にはない。

「最初は、三人のグループだった。ここには、濃い色の、大きな自動車に乗ってきたわ」

エステラは目を閉じ、あたかもそこに死体があるかのように、宙を撫で回した。瑞希も逐一訳してはいるが、実は、さっきまでの意気込みは早くも萎《な》えかけている。林の木々の不気味さ、エステラの声の重さが、瑞希の心に直接伸《の》し掛《か》かってくる。

「彼らは重要な何か、とても多くのお金か、それに類するものを、この辺りに隠していたわ。

もしかしたら、隠したのは殺された男性で、二人をこの在《あ》りかに案内したとか、そういうことかもしれない。

最初から殺す意思があったのに、殺した方も、とても怯えていたわ。何度も刺したのは、そのせいね……男性二人の顔が、ぼんやり、見える……それから殺された男性の名前も、なんとなく、分かる……『D』と『N』は確実に入ってる。それから『ろ』も。つながりまでは、ちょっと分からないわ」

だが訳しながら、瑞希は急に、不気味《ぶきみ》さという呪縛《じゅばく》から解放されていく自分を感じた。なんと言ったらいいのだろう。つまり単純に、馬鹿らしくなったのだ。

何か、もっと凄いこと言うのかと思っていた。

こんな景色だ。誰だって何か隠すことくらいは考える。それを死体発見の事実と結びつければ、誰だってそれくらいのストーリーは考えつく。事実、似たようなことを瑞希も想像した。そう、この景色から考えつくストーリーなど、結局その程度に限られるのだ。それをエステラは、まるでこの場所から、目に見えない力で読みとったかのように語る。しかしそれは、本当に透視と言えるのか。

犯人の顔まで分かる。被害者の名前まで分かる。それは確かに、「無能力者」にはあり得ないことだ。しかし「D」も「N」も「ろ」も、日本人男性の名前には極めて多く使われる音だ。被害者の名前が判明し、その中に二つでも入っていたら、番組的には「的中」を声高にアピールするのだろう。だがそれで、超能力の存在を証明したことになるのか。驚くほど明らかで確かな能力なのか。当てずっぽうのまぐれ当たりと、どれほどの差があるというのだ。

そこまで反感が高まると、初台幽霊の件はどうなんだという自問が、また頭をもたげてくる。

あれがヤラセだったとしたら、実際はどういうカラクリになっていたのだろう。まずあのビルに白骨死体があるという情報が、なんらかの事情によってテレビ局に持ち込まれる必要がある。それをそのまま通報はせず、エステラを呼び寄せてから撮影に入るという段取りになるだろうか。瑞希は何も知らぬままそれに協力させられた、いわば作られた目撃者というわけだ。

その、遺体があのビルにあるという情報が、事前にもたらされる仕組みとは何か。真の第一発見者は、なぜ警察に通報せず、テレビ局に知らせたのか——。

その後、周辺の写真などを撮り、一行は小一時間で両神村山中をあとにした。

翌日は似顔絵師をホテルに招き、二人の犯人の顔をスケッチしてもらった。変な顔だった。こんな顔の人はいないだろう、というのが正直な印象だった。これもヤラセの一部なのだとしたら、下手に実在の人物に似てしまってはいけないから、わざと変な顔に描かせたとも考えられる。

その日はエステラが「疲れた」と言い出したため、それだけでスタッフは帰っていった。

「……ミズキ。私はしばらく休むから、あなたは買いものにでも行ってくるといいわ。あなたにも、気分転換が必要でしょう」

このまま買いものに出たら、エステラと二人分の食費をすべて洋服に注ぎ込んでしまいそうで怖かったが、少し距離をとった方がいいのは確かだった。

瑞希はその言葉に甘え、二時間ほど新宿を散策した。かろうじて散財することもなくホテルに帰り着き、エステラと美味しい日本料理を食べてその日を終えた。

翌、来日六日目。この日もホテルにて収録。数枚の写真について透視が行われた。若い女性、男性、女子小学生、中年男性など、全員が失踪人ということだった。若い男性はけっこう好きな顔だった。もし見つかるものなら、会ってみたい気はする。

「本当は、失踪人の家族にも会ってもらいたかったんだけど。ま、仕方ないわね。何しろ時間がないんだから」

久し振りに会う織江は、警察との折衝《せっしょう》に神経をすり減らしているらしく、普段よりも表情に張りがなかった。それでも、いったんカメラが回り始めると、両目に強い光を取り戻す。凄い集中力だった。本当にこの仕事が好きなのだろう。こういう顔を見ていると、ヤラセなんてないのかも、と考えてしまう。だが、ヤラセがないとなったら、逆に霊能力はありという結論に達する。それはそれで認め難い。

いや、やめよう。今こんなことは考えても仕方がない。

そして七日目。ついに迎えた本番当日。

瑞希たちはいつも通り、ホテルのレストランで朝食をとった。ただし、いつになくゆっくりと。

これまでのスケジュールだと、早ければ八時にホテルを出る日もあったが、今日は夕方四時まで何もない。織江たちは二時間枠分の映像素材チェックなど、最後の追い込みに忙しい。

さすがの織江も「あんたらの相手してる暇はないのよ」とまでは言わなかったが、昨夜、携帯電話に指示をよこした。

『昼過ぎまでどっか案内してあげてよ。上野の美術館とか、巣鴨《すがも》のお地蔵さんとかさ。でもサンシャインは連れてっちゃ駄目よ。昔あの辺りは処刑場だったから、敏感な人はなんか拾っちゃうかもしんないしね。何より本番前に体調崩されるのが一番困るから』

これまで散々《さんざん》、死体絡みのビルや山の中を連れ回しておいて、今さら、元処刑場くらいでなに言ってるのよ、とも思ったが黙っておいた。

「エステラ。どこか行きたいところ、ありますか。あまり遠くなければ、どこにでもご案内しますよ」

朝食を終え、部屋に戻ってから訊くと、エステラはゆっくりとかぶりを振った。

「私はあの、初台の交差点がとても気になるの。少し考えたいこともあるから、不都合がなければ、この部屋でじっとしていたいのだけれど。かまわないかしら」

一番楽なプランではある。

「不都合とは、たとえばどんな？」

「ここを、チェックアウトしなければならないとか」

妙なところに細かい気配りをする人だ。だったら自分の帰国スケジュールくらい把握しておくといい。

「いえ、明日のお帰りまでもう一泊ありますから、それは大丈夫です。でも、何か気分転換をした方が……たとえば、ヒーリングになるような、緑のある公園とかは、いかがですか」

エステラはくすくすと笑い始めた。

「ミズキ。あなたがヒーリングに私を誘うとは思わなかったわ。そういうエナジーを、一所懸命否定しようとしているあなたが」

ぞくりと、冷たい血が背中に染み渡った。

瑞希は最初の夜に、その是非はともかくとして、霊能力は信じていないとエステラに告げた。その上で彼女は瑞希に透視内容を語り、身の回りの世話をさせてきた。

どんな気分だったろう。悔しかっただろうか。苛立《いらだ》っただろうか。やるせなかっただろうか。それとも、ペテンを見破られはしまいかという、怖れを抱いただろうか。

エステラは、優しく瑞希の目を覗き込んでいた。慈愛《じあい》に充ちた目で周囲を見ていた。瑞希
思えばいつもそうだった。彼女は常に穏《おだ》やかで、霊能力を否定された嫌悪感など、微塵《みじん》も表には出さなかった。

に対しても同じで、

「……ねえ、ミズキ。私は言ったでしょう。失敗や敗北は恐れず、呑み込んでしまいなさいと。あなたは心を解放して、自分の見るべき世界を受け入れる必要があるのよ」

またその話か。

「私の見るべき世界とは、なんのことですか」

少し、声が震えた。通訳の仕事を滞《とどこお》りなく続けたいという思いと、霊能者に対する嫌悪感が、心の中でこすれ合った。

「そのままよ。説明は不要なはずだわ。あなたは見ている。受け入れていないだけなの。分からないのは、受け入れる覚悟ができていないからに過ぎないわ」

「受け入れるとは、つまり、あなたの能力を、という意味ですか」

そしてペテンに目をつぶれ、というのか。

「いいえ。心を解放し、あなたがあなたの見るべき世界を、受け入れるということよ」

全ッ然、分かんないんですけど。っていうか、寝言は寝て言えって日本語、ご存じありません？　などと言えたらどんなにすっきりするだろうと思いながら、瑞希は小首を傾げてや

り過ごした。

迎えは出せないからタクシーで来い、と織江には指示されていたが、エステラがどうしてもというので、地下鉄で六本木までやってきた。そこまでは問題なかった。

だが局に着いてみると、どうやって入っていいのか勝手が分からない。直接来るのは今日が初めてなのだ。織江に電話すると「駐車場から入ればいいでしょッ」と怒鳴られた。が、歩いて駐車場から入るのは危険過ぎる。

「違うの、地下鉄で来ちゃったの」

『なんでよ。タクシーで来いって言ったでしょ』

「だって、エステラが地下鉄に乗りたいって……」

『んもォ、めんど臭い人だなァ。受付に言っとくからパスもらって入ってきて。地下の休憩ロビーに控え室の部屋割り貼り出してあるから、それ見てそこ入って待ってて』

聞こえたのだろう、隣でエステラがにやにや笑っている。あなたのせいで怒られたんですけど、とは思ったが、むろん言いはしない。

溜め息を堪えて自動ドアを通る。真正面に警備員が立っており、何か言われるかと思ったが、それはなかった。

広いロビーのあちこちには、様々な大きさのテレビが仕掛けてある。てんでんバラバラの内容を流しているが、きっとどれかが現在放送中の番組なのだろう。グッズの売店やカフェもある。そういえばちょっと喉が渇いた。が、今は我慢するとしよう。

織江の指示通り、ロビー中央にある受付で名前を言うとパスがもらえた。首に掛けるストラップ付きだ。何やら、急に業界人にでもなった気分だった。ちなみに瑞希のパスケースはみぞおちでぷらぷらしているが、エステラのは胸の谷間にピッタリとはまっている。軽く百センチを超えるであろうバストトップ。さすがに、そこまで大きいと羨ましくもなんともない。

関係者エントランスを通ってエレベーターに乗り、地下に降りる。織江の言っていた休憩ロビーはすぐに見つかった。

分厚いガラスで仕切られた広い部屋。あちこちにテーブルや椅子があり、同じように首からパスを下げた人たちが思い思いの姿勢でくつろいでいる。名前は出てこないが、テレビで見たことのある人もいる。

自動ドアを入って辺りを見回す。控え室の部屋割りが貼り出してあるというが、壁は番組宣伝のポスターばかりで連絡事項は見当たらない。どこにあるのだろう、などと思っていると、

「……ですから、リハーサルが終わった時点で改めてご相談しますから、今は勘弁してください」

奥から織江が、がなりながら大股で歩いてきた。まだこっちには気づいていない。

「しかしあなた、復顔《ふくがん》を出すか出さないか決めないうちにリハーサルやったって意味ないでしょうが」

抗議しながら追いかけてきたのは、初台の現場に最初にきた中年刑事だった。後ろから似たような恰好の男もついてくる。初めて見る顔だが、あれも刑事なのだろう。垢抜《あかぬ》けないスーツが、テレビ局という華やかな場所にはなんともそぐわない。

「生放送なんですから、駄目となったら本番中だって止められますから、とにかくそういうことはあとにしてください」

「名倉さん、ちょっとあんた待ちなさいよ」

刑事が、出口に向かおうとする織江の肩を摑む。三人が目の前で立ち止まる。織江は中年刑事と睨み合っていて、まだこっちには気づいていない。が、初顔の刑事はなぜだか瑞希の方を見た。まだ若い、ひょろりとした男だ。こっちが覚えていないだけで、彼は瑞希のことを知っているのかもしれない。一応、失礼のないよう会釈はしておく。

織江は依然、中年刑事を睨んでいる。

「そっちの復顔が遅いからこっちで手配した専門家にやらせたまでです。お気に召さないならどうぞこちらからの情報は無視してくださってけっこうですから」

「それがのちのちの捜査の混乱に繫がると言っているんだ。あんたらは放送して視聴率が稼げればメデタシメデタシかもしれんが、こっちは殺人事件となったら逮捕、起訴までが仕事なんだ」

「だから、駄目なら駄目ってちゃんと上から通達いただければ、こちらはいつでも対応しますって言ってるでしょう。遠慮できないかとか曖昧《あいまい》なこと言ってるから、遠慮だったらしませんって言ってるんです」

「その結論を待ってもらえないかって頼んでるんじゃないか」

「だから、まだリハーサルなんだから問題ないって言ってるでしょう。何度も何度も同じこと言わせないでください。本番までまだ時間ありますから、ゆっくり偉い人と話し合ってきてくださいなッ」

勢いよく踵《きびす》を返し、織江は肩を怒らせて休憩ロビーを出ていった。そのまま通路を横切り、正面の重そうなドアを開けて入っていく。織江の振り回した髪が当たったのか、中年刑事は「イッてえなもう」と頬を押さえた。

下手に捕まっても具合が悪いので、

「……行きましょう」

瑞希は小声でエステラに促した。初顔の刑事がこっちを見ているような気もしたが、気づかぬ振りで歩き出した。

2

シローに案内された事務所で、俺たちは従兄の顧少秋《グウソウチエ》と再会した。

事務所には日本人に混じって、受け入れ側の老板もいた。今回の密航では多くの死者が出た。どうやら、報酬の授受に問題が生じているようだが、俺たちには関係のないことだった。

二、三の連絡を済ませ、少秋に連れられて事務所を出たときには、もうシローたちはどこにもいなかった。それが、少しだけ寂しかった。

俺たちが案内されたのは、あの有名な新宿のすぐ近く、大久保という町のアパートだった。小さな台所とトイレ兼シャワー室。部屋は日本畳が六枚という狭さ。これからここで、俺たちと少秋と、さらにもう二人の同居人、全部で五人の大人が暮らすことになる。

「蘇《スウ》夫妻だ」

少秋が二人を紹介してくれた。

「林守敬《リンソウチン》、妹の玉娟《ウージエン》です。よろしくお願いします」

「よろしくお願いします」

「よろしく。困ったことがあったら、相談してくれ」

その日はみんなで一緒に食事をし、すぐに寝た。早速、翌日から仕事をすることになっていた。

蘇夫妻はいい人たちのようだった。

「よろしくね、小林《シャオリン》」

日本は十年ほど前まで「バブル経済」という好景気に沸き返っていたのだと少秋は言う。よく分からないが、どうやら土地の担保価値を大幅に超える融資が爆発的に流行したらしい。一時は誰もが大金持ちになれたかのように錯覚した。が、そんなまやかしが長く続くはずはない。泡のようにその好景気は消えた。日本はいまだ、その「バブル崩壊」のツケを払い終えていないのだという。

「日本人はまだいい。状況が厳しくなって一番困るのは、俺たち外国人労働者だ。パスポートもビザもない密航者は、働き口さえ見つからないのが当たり前になっている。出入りが自由な台湾人の多くは、もう見切りをつけて日本から出ていった。だから、お前たちは恵まれているといってていい。住居も職も手にできたんだ。うんと頑張って、一日も早く老古《ラオゴウ》に恩返ししなければな」

俺は、少秋と一緒に建築現場で働き始めた。玉娟は中華レストランでウェイトレス。終わったら、夜は三人一緒に歌舞伎町《かぶきちよう》のクラブで働く。俺はホール見習い兼食器洗い、少秋《ソウチエ》はホールでウェイター、玉娟《ウージエン》はホステスだ。

玉娟だけは夜の十二時で帰る。深夜を過ぎると、店は経営者が替わって売春クラブになる。玉娟に売春はさせたくない。その思いは少秋も同じで、深夜過ぎの経営者に「あの娘も入れられないか」と何度も相談を受けていたが、そのたびに玉娟は駄目だと断ってくれた。

ガムシャラに働いた。日本語も大して喋れず、建築現場でもクラブでも見習いの俺は、とにかく休まずに働いた。一日の稼ぎは少秋の半分以下だった。最初は玉娟よりも少なかった。早く一人前にならなくては、せめて玉娟より稼げるようにならなくては、正剛《ツンガン》に顔向けできない。

「おーい、リンくーん。こっち入って、これ持っててくれ」

それまで、屋外でのゴミ処理と資材の上げ下ろししかさせてもらえなかった俺が、初めて現場の中に呼ばれたのは、ひと月ほど経ったある日のことだった。

「リンくん」と呼ばれれば自分のことだと分かったし、日本語の音にも少しずつ慣れてきていた。故郷の学校で習ったことと、実際の日本語が自分の中で少しずつ重なり始めていた。

「はい、なんですか」

それが口癖になっていた。そう訊けば、相手は用事を教えてくれる。分からない顔をすれば、身振りを交えて説明してくれる。

「これ乗って」

大工のハルさんが脚立《きゃたつ》を指す。上れと言っているようだった。

「バンザイして、持って押さえてて。バンザーイ」

石膏《せっこう》ボードという、九十センチ×百八十センチの板材を天井に貼りつける。それを俺に持って、押さえていろということだった。

「はい、分かりました」

言われた通りにすると、ハルさんは石膏ボードの周りに拳銃《けんじゅう》のような形の電気ドライバーで、ガガガガガガガッとネジを留め始めた。

簡単そうに見えた。ハルさんの一日の稼ぎは俺の三倍以上のはずだが、教えてくれさえすれば俺にもできそうな仕事ばかりだった。それを少秋《ソウチエ》に言うと、「お前はまず道具を買え」と言われた。

「お前がいま持ってるのはカッターナイフと手袋だけだろ。まずは玄翁《げんのう》、金槌《かなづち》が欲しいな。あとノコギリ、巻尺《まきじゃく》、差金《さしがね》。だが何より大工に必要なのは、インパクトドライバーだ。丸ノコ、あの電動の回転ノコギリも重要だが、それより先にインパクトドライバーだ。あれがないと、ハルさんのやってたボード貼りもできない」

少秋の助言は何より重要だった。正剛《ツンガン》と親交の深い老李《ラオリ》が俺たちの工頭《コントウ》だが、実際には会ったことすらなく、仕事も住居も面倒はすべて少秋が見てくれていた。俺にとっては、少秋が工頭も同然だった。俺はいつしか親しみと尊敬を込めて、少秋を「大哥《ダアグウ》」と呼ぶようになっていた。

そういった意味では、夜の商売の方がやさしかった。皿洗いは世界共通、どの国に行ってもある仕事だ。汚れを洗い流し、食器が綺麗になりさえすればいい。

だがホールのウェイターとなると、かなり日本語のできる者でないと勤まらない。その点でも、少秋は尊敬に値した。小学校もほとんど行っていないのに、俺の耳には日本人と同じくらい喋れているように聞こえた。

「お客様。当店ではそのようなサービスは提供しておりません。ご遠慮ください」

酔った客が玉娟に抱きつくと、真っ先に飛んでいくのが少秋だった。そして耳打ちするのだ。

「……お客様のご希望には、むしろ十二時以降の方が、お応えできるかと思います」

むろん誰にでも言うわけではない。様子を見て、警察やマスコミ関係者ではないとの確証を得てから教えるのだ。

少秋は優秀な勧誘員だった。その意味では、深夜前より深夜後の経営者に気に入られていた。東京新宿、歌舞伎町という暗黒街に深く関わりを持つ、少秋の裏の顔も次第に見えてきた。

それでも彼は、俺たちの大切な「大哥」だった。

あれは、日本で迎えた最初の秋。玉娟のいない、深夜後営業のときだった。

初めて見る顔の日本人が二人で来店していた。雰囲気は日本語でいうところのチンピラで、むろん目的は中国人女性の買春だった。

彼らは席に着くなり、ホステスのチャイナドレスを捲《めく》って頭を突っ込み、下卑《げび》た笑い声をあげては「いくらだ、いくらだ」と騒ぎ始めた。後ろから抱え、両手で胸をまさぐる。他に客がいるのもかまわず、押し倒して尻に股間を押しつける。放っておくと、金も払わずここで姦《や》り始めそうな勢いだった。

売春クラブとはいえ、いくらなんでもやり過ぎだ。俺は止めに入ろうとした。が、なぜか少秋《ソウチエ》に止められた。

「なぜだ。女の子たちは、みんな嫌がってる」

少秋はかぶりを振るだけだった。いつもなら、俺より早く制止に動く少秋が、なぜだかこの夜に限ってはそれを黙認した。相手がヤクザだろうと怖気《おじけ》づいたりしない、あの少秋が。なぜだ。

納得がいかなかった。振り返ると深夜後の経営者が、おろおろした顔で少秋とチンピラたちを見比べていた。経営者が直接この手のトラブルを解消しに動くことはないが、少なくとも、いつもなら少秋をつついて「いけ」と命じた。だが、それがない。狼狽《うろた》えてはいるが、少秋を動かそうとはしない。

不穏な空気が店内に流れ、しばらくしてドアの呼《よ》び鈴《りん》が鳴った。また新たに客が来たのだ。

していた。

だが俺が応対に出ようとすると、また少秋は制し、自分が行くと言った。ひどく険《けわ》しい顔を
　相手を確認した少秋がドアを開ける。戸の向こうに立っていたのは、見たことのない男だった。背が高く、痩せていたが、肩幅が異様に広かった。目はどこを見ているのか分からないほど細く、石像のように無表情だった。衣服は上から下まで真っ黒だ。

　少秋が戸口から体を避けた。すると、風に揺れたカーテンの如く、ふわりと男の体が動いた。女たちを弄《いじ》り回してはしゃいでいる、チンピラたちめがけて。

　気配を感じたのか、手前のチンピラが振り返った。すぐ背後に迫った男を見て、彼は慌てた様子で両手をかざした。男は横殴りするような動きで、そこに何かを叩きつけた。

　ゴチッ、と鈍い音がした。見ると、鉈《なた》のような大型サバイバルナイフが、鼻筋をまたいで水平に、チンピラの両目をかち割っていた。ぽろぽろと、豆粒のような物が床に落ちる。刃を避けようとして切断された、チンピラの指先だった。ナイフはまだ、チンピラの顔に喰い込んだままだ。

「キャァァァーッ」

　弄られていた女も、そうでない者も、みな悲鳴をあげて散った。

　指を失い、両目をかち割られたチンピラは、意味不明な動きで男に抵抗しようとした。

　男は、チンピラの顔からナイフを引っこ抜いた。すぐに屈もうとするチンピラの、目の傷

口に左手をかける。ぐいと引き寄せ、背もたれに仰《の》け反《ぞ》らせる。その体勢で今度は顎の下、左耳から右耳に、ごく小さな動作で、ぐるっと一本線を入れた。

孔雀が羽根を広げたように、血飛沫《ちしぶき》が噴き上がった。

すぐにだらりと、チンピラの体から力が抜け落ちる。

店内にいっそう大きな悲鳴が爆《は》ぜた。

もう一人のチンピラは腰を抜かし、ボックス席のソファとテーブルの間にはまり込んでいた。さっさと逃げればよかったのだろうが、そんな間もなかったといえばなかった。

「……イシゲノ、事務所カラ盗ンダ、バッグ、返セ」

初めて声を聞いた。その人間離れした低音は、耳で聞くというより、床を伝い、足元から這い上がってきたように感じられた。

生き残ったチンピラは答えない。いや、怖くて答えられないのかもしれない。すると男は、またナイフを振り上げた。が、宙で握り返し、刃の裏側の、ギザギザした部分でチンピラを叩いた。

「ヒキャァァアーッ」

何度も、何度も何度も何度も、男はナイフの背でチンピラを殴りつけた。繰り返すうちに、刃に何か絡むようになった。振り上げた勢いで、それが俺の足元に飛んできた。髪の毛や、皮膚や、指だった。

チンピラの悲鳴が徐々に小さくなっていく。男が質問を繰り返すことはなかった。死にたくなければ喋れ。男の行動は、言葉よりも正確に、そう繰り返していた。

やがて男は殴るのをやめた。背を伸ばしてチンピラを見下ろす。息も乱れていなかった。改めて、くるりとナイフを握り直す。そのまま、なんの予備動作もなく真下に突き下ろす。チンピラは、断末魔の声すらあげなかった。すでに事切《こと き》れていたようだった。

男は踵を返し、テーブルとソファを迂回してこっちに歩いてきた。少秋の前で立ち止まる。隣に立っていた俺は、その顔を直視することもできなかった。

「掃除屋に、心当たりはあるか」

台湾訛《たいわんなま》りの中国語だった。少秋が頷くと、内ポケットから輪ゴムで留めた札束を出した。血だらけの指で一万円札を五枚抜き出し、少秋に押しつける。

「足りなければ立て替えておけ。三日経ったら、ここに電話を入れる。不足についてはそのときに聞く」

男は、俺たちが背にしていたカウンターの中に手を伸ばし、客用の白いおしぼりで顔と手を拭《ぬぐ》った。服も髪も真っ黒だから、それだけで外を歩ける恰好に戻った。男は真っ赤になったおしぼりも少秋に渡した。

「邪魔したな」

男が出ていった。

途端、BGMの「女子十二楽坊《じょしじゅうにがくぼう》」が耳に雪崩《なだ》れ込んできた。ずっとかかっていたはずなのに、聴こえていなかった。極限にまで高まった店内の緊張を、軽快なリズムが洗い流していった。

意識して息を吐くと、落ちてきた天井に押し潰されるような疲労感に襲われた。その場にへたり込む。膝を床に打ちつけた痛みすら、何やら他人事のように遠かった。方々から、女たちのすすり泣く声が聞こえる。玉娟がいなくて本当によかった。怖がりの玉娟がこの場にいたら、もっと厄介なことになっていただろう。

見回すと、他にいたはずの客と経営者の姿がなかった。たぶん、機転を利かせた経営者が奥に避難させたのだろう。

少秋は、男に渡された五万円を握ったまま立っていた。奥歯を喰い縛り、最初に殺されたチンピラを睨んでいる。

俺は何度も唾を飲み込んでから訊いた。

「……大哥《ダアグゥ》。なんだったんだ、今のは」

少秋は短く溜め息を切り、俺の隣に尻を落とした。

「月《ユエ》だ。一匹狼の台湾流氓《リウマン》だ。金の取り立て、恐喝《きょうかつ》、拉致《らち》、殺し、なんだってやる。どういう素性なのかは、誰も知らない」

流氓とは、日本人のいうところの「チンピラ」と「ヤクザ」の中間みたいなものだ。

「なんで『月』なんだ」

「いつもどこからか見ている。だがその姿は雲に隠れて分からない。見えたときには、もうすぐそこまで迫っている。だから『月』だ。

月が、その二人のチンピラを捜しているという噂は、前々から耳にしていた。店に来たら知らせる、俺はそう約束させられていた。だから、知らせた。来たのに知らせなかったと分かったら、奴は何をしでかすか分からないからな。いや、たぶん、こんなふうに殺されるんだ。

奴は、要求を一度しか言わない。脅して従わないと、躊躇《ちゅうちょ》なく殺す。それを徹底している。そういう噂が広まれば広まるほど、奴の仕事はしやすくなる。こいつらが、誰から何を盗んだのかは知らないが、いま持っている奴は、月が追っていると知ったら、気が気じゃないだろうな。持っていれば、確実に殺される。早く誰かに渡して、月が来たら、誰々に渡したと、そう答えるしかないだろう。それでも、殺されるのかもしれんが……」

少秋が険しい目で俺を見た。

「守敬《ソウチン》、お前は関わるなよ。あいつは歌舞伎町で、いま最も危険な男なんだ」

言われなくても、関わる気などさらさらなかった。

3

控え室の並ぶ通路を見ていくと、番組ロゴと「マリア・エステラ様、通訳様」と書かれた貼り紙を見つけた。その部屋に入る。テレビで見たイメージから、控え室は畳の和室だとばかり思っていたが、実際はパンチカーペットの敷かれた洋室だった。とりあえず、エステラにパイプ椅子を勧める。幾分、表情が硬いように見えた。

「少し、疲れましたか」

するとなぜだろう、エステラは怪訝《けげん》な顔をした。

「あなたは大丈夫なの？　ミズキ」

「は？　私は、ええ、大丈夫です。どうしてですか？　織江の機嫌が悪そうだったからですか」

エステラはかぶりを振った。

「……そう。あなたが大丈夫なら、いいわ。すぐに織江もここに来るでしょう」

それは予知か、あるいは単なる推測か。

だが実際、ものの一分とたたずに織江は現れた。

「んあーッ、もぉーッ、あったまきちゃう」

入ってくるなり髪留めのゴムをとり、ワサッとひと振りして再びまとめる。

「なに、警察、なんか言ってきた？」

余計なこととは分かっていたが、訊かずにはいられない雰囲気だった。織江が鼻の穴を膨らませる。

「そのまま放送はしないから、死体検分の写真だけはちょうだいって言ったら、あっさりくれたのよ。身元不明の白骨死体の写真なんて、そのままテレビ局が持ってたって役に立たないじゃない。加工するに決まってんじゃない。そしたら復顔するってくらい察しがつくじゃない。なのに今になって、警察が作る復顔とこっちが作った復顔が全然違う人相だったらあとあと困るから、放送で流すのは遠慮してもらえないかって言うのよ。それも正式な通達じゃないのよ。現場レベルの打診だっていうのよ。だったら遠慮はできませんって言ってやったら、あたしのことずーっと追っかけてきて、失礼しちゃうのよ、今もそこの休憩ロビーであたしの肩掴んで」

瑞希は遮った。

「それ、見てた。私たちいたんだよ、そこに」

「え……あ、そう。全然気づかなかった」

織江は目をぱちくりと瞬《しばたた》いた。それから、まるでいま気づいたというように、エステラに顔を向けた。

「あ、今日はありがとうございます」

それだけ英語でいい、

「お疲れではありませんか」

日本語で付け足した。むろん瑞希が訳した。

「私は大丈夫よ、オリエ。あなたこそ、とても精神的に疲れているようだけど、無理はしないでね。今日の主役は、あなたではないのだから」

一瞬、なんと言うべきか迷った。プロデューサーが主役でないことくらい、織江なら言われなくても分かっているはずだ。それをあえて言ったエステラの意図が分からない。逆に、だったら誰が主役なのかと訊きたい気もしたが、言葉尻を捉えて問答するのも気がひけた。

瑞希は意訳するに留めた。

「ああ、あたしは大丈夫よ。今日は長丁場《ながちようば》ですから、あなたも無理しないように、って」

織江はエステラに愛想笑《あいそわら》いで返し、台本を差し出した。文節が短くなっていることにすら気づいていないようだった。

「ええと、それじゃ二、三、要点だけ」

瑞希も一冊もらった。表紙を開いてみる。

「本日は二時間を都合四件で構成していきます。最初に初台白骨死体のケース、次に両神村の死体遺棄事件、失踪人に移って若い男性のケース、それから女子小学生と。今回は白骨死体のケースをメインに考えていますので、番組に寄せられる情報次第では、女子小学生のケースはカットせざるを得ない状況になるかもしれません。その場合は、来月以降の通常枠で取り上げます。透視していただいた内容も、そのときに使う予定でおります……その、初台白骨死体の件ですが、こちらは独自に復顔を試みました。ちょっと、見ていただけますか」

織江がエステラに写真を向ける。復顔といっても、昔のような粘土細工ではない。コンピュータ・グラフィックスで合成したものだ。

「ほら、どう思うか訊いてよ」

織江は写真を揺すって急かした。

「ああ……いかがですか、この出来は」

エステラはしばらく睨んでから頷いた。

「形としてはいいけれど、たぶん知り合いでも、これでは誰だか分からないんじゃないかしら」

そのまま織江に伝える。

「どういう意味よ。だから似てんの似てないの」

「雰囲気が違う、って意味じゃないの？」

「だったら、どうやったら似るか訊いて」

「……どうしたら、もっと似た感じになりますか」

エステラは写真の頬の辺りを撫でた。

「そうね、この人は、もう少し普段から肌が黒かったはずよ。こんなに色白じゃないわ。それから髪も、少し長くするのが好きだったんじゃないかしら。今から修正できる？　それでかなり印象は変わるはずだけど」

「肌はもっと地黒で、髪も長くしてたみたいだって。今からでも修正した方がいいって」

織江は溜め息をついた。

「……分かった。間に合うか分からないけど、やらせてみるわ。できたらエステラにも立ち会ってもらいたいけど。その時間は、ちょっとないかな。

それから瑞希、注意事項ね。段取りにある感想とかはそのまま訳していいんだけど、エステラに、何か新たに重要なものが見えたり、感じとったりしたら、それはそのままは訳さないでね。

これからランスルーっていう、Vとかを端折《はしょ》って、ああ、VってVTRね。分かるか。まぁリハやるから分かるだろうけど、出演者が映ってない時間ってけっこうあるのね。そんときはスタジオ暗くするから嫌でも分かると思うけど、エステラが何か新しく見えたって言ったら、それは直後のVとかCMを待って、そんときに近くのスタッフまで知らせてね。

くれぐれも、そこだけは気をつけて。エステラが言ったからって、いきなりモニター指差して『この人はもう死んでます』とか言わないように、ってこと。それだけは頼むわ」

なんだか、急に重大な選択を任されたような気がしたが、常識的に考えれば、「この人死んでます」がいきなり言っていいことかどうかの判断はつく。要は自分が視聴者であった場合を想定して、それが非常識でないかどうかを考えればいい、ということだろう。

「うん。それくらい、大丈夫だよ」

「ほほう。自信満々じゃない」

織江の、疲れた笑みが痛々しい。しかし、それもすぐに消える。

「……まあ、ランスルーやってみて疑問があったら、またそんときに訊いて。基本的にはコメンテーターと一緒だから、感想を求められたら、今まで言ったことを繰り返すつもりで答えればいいから。まあ、あんたが台本に目を通しておけば、まず難しいことは起こらないはずよ。ただ、くれぐれも衝撃度の高い発言は避けるように。新しい見解は、こっちの了解を得てから、ってことで。むしろその手続きが、今回の瑞希の仕事かな」

今回の、仕事。

ああ、なんといい響きだろう。俄然《がぜん》やる気が出てきた。

ランスルーとは言葉通り、まさに「ラン」して「スルー」、走り抜けるようなリハーサルだった。

ただし、不具合が生じるとすぐに止められる。

「ちょっと時間くださーい。調整しまーす」

指示を出すのはディレクターの小野寺で、

「調整しまーす」

それを繰り返すのはAD、中森の役目のようだった。

服の柄がよくないとか、後ろに並んでる電話嬢の配置が悪いとか、端っこまで均等にライトが当たってないとか、様々な理由でストップがかかる。

その、トラブルを解決しようとする小野寺の仕事振りが、なんとも珍妙だった。いきなり一人で喋り始めるのだ。

「ここ？　この娘？　はい、分かりました。ちょっと君、前に出てね。ここまで、うんそう……いい？　どう？　オッケー、ハイこれでいってみまっしょう」

むろん、彼がインカムを通じて、調整室と相談しながら作業しているのは分かる。が、一人で喋り始めて一人で納得して、ハイいってみよう、と声を張り上げる。その様子ははっきりいって、かなり滑稽だった。

出演者同士は適当に雑談したりしている。カメラマンは自分の機械を弄《いじ》ったり、その他のスタッフもそれぞれ担当の仕事をこなしている。そんな中で、小野寺一人が大声で独り言を言っているのだ。他の場所で見かけたら、かなりアブナイ人と思うに違いない。

「はい、じゃ台本四十三ページ、V明けからいきまーす」

「四十三ページ、V明けからでーす」

かくしてリハーサル再開。

「はい十秒前……八、七、六、五、四、三……」

とはいっても、自分には関係ない展開がほとんどなので、瑞希はただ黙って座っているだけだった。なんとなく、辺りを眺めて過ごす時間が多くなる。

スタジオはテレビで見るよりずっと狭いのよ、と織江には聞かされていたが、そう言われてイメージしていたよりは、だいぶ広く感じた。小さな体育館くらいあるのではないか。

中心となるのは出演者の座っているセットだ。

進行役はフリーアナウンサーの津山大二郎《つやまだいじろう》、女優の西田千尋《にしだちひろ》の二人。コメンテーターに元警視庁刑事の太田伸明《おおたのぶあき》、ジャーナリストの湯川春美《ゆかわはるみ》、小説家の石野勝男《いしのかつお》、元東京都監察医務院院長の平原雅之《ひらはらまさゆき》。この六人が弓形《ゆみがた》のカウンターに並んで座っている。台本には「ブーメラン」と書かれている。これがレギュラー陣の定位置。並びは左から太田、湯川、メインの津山と西田、そして石野、平原だ。

その右端、一人掛けの真っ赤なソファにエステラが座らされている。瑞希はさらにその後ろのパイプ椅子。通訳なんてこんなものだろう。背後は銀色、岩肌のようなセット。下から当てられる照明で七色に輝く仕組みになっている。

瑞希の正面、ブーメランの向こう側には長いカウンターが三つ、階段状に設置されている。

ちょうど大学の教室みたいな感じだ。そこにずらりと電話機が並んでいる。一段に七台、全部で、サンシチ二十一台だ。そこに電話嬢が座っている。みんなおそろいの白いブラウスを着ている。

その前は情報担当アナウンサーの立ち位置。綺麗どころの局アナ。名前は、そう、川田友《かわだとも》美《み》。台本を見て初めて知った。

だが何より圧巻《あっかん》なのは天井である。三階か四階分くらいの吹き抜けになっている。その巨大な空間、上空に、建築中の鉄骨ビルと見紛《みまが》うような物体が浮かんでいる。無数の金属パイプで組まれた照明セットだ。角度によっては、ほとんど鉄の塊りに見える。あれが落ちたら死ぬな、などと考えていたら仕事にならないのだろうが、見上げた感想は「凄い」より「怖い」だ。

織江がいる調整室は、ここからは見えない。てっきり上の方に窓があって、そこから見ているのだろうと思っていたが、実はそんな窓はどこにもない。スタジオを囲む三方の壁は黒い幕で覆われている。ということは、こっちの様子はカメラを通じてモニターしているのか。調整室というのは、実際どうなっているのだろう。

フロアのスタッフは、ざっと三十人くらいか。みんなパーカやスウェット、ニット、着崩したシャツ、そんなラフな恰好をしている。腰とか首に、色々道具もぶら下げている。決しておしゃれではないが、なんとなく忙しそうなのが恰好いい。業界人が板についている。これはプータローの妬《ねた》みか。

他に面白いものといえば、そう、あの刑事たちだ。スタジオの端、天井から下げられた暗幕の下で、じっとリハーサルの様子を窺っている。スタジオ内で、二人を取り巻く空間だけが異様に浮いている。警察の方も見えています、などと言って映すこともあるのだろうか。だとしたらあの若い方、腰巾着《こしぎんちゃく》刑事の、あの野暮ったいスーツはなんとかしてやるべきだろう。見苦しいことこの上ない。

急に、エステラが振り返った。

「ミズキ、あなた、気分は大丈夫？」

「え？　私ですか？」

「あ、ああ……いいわ、大丈夫ならいいのよ。気にしないで」

さっきも控え室で訊かれたが、一体、自分のどこがそんなに調子悪く見えるのだろう。

「私、そんなに顔色が悪いですか？　体調は、全く問題ないんですが」

エステラは慌てたように手を振った。

「いいのよ、ミズキ、いいの。あなたは何も気にしなくていいわ」

だったら変な心配しないでよ、と思ったが、もちろん言いはしなかった。

本番直前に流される、あの短い番組宣伝は「ジャンクション」というらしい。そのリハーサルと本番の間だけスタジオから出されたが、トイレに行って戻ってきたら、またすぐ入るよう命じられた。

レギュラー陣も席に着き、エステラと瑞希もブーメランの端に座り、二十一人の電話嬢もそれぞれヘッドセットをかぶった。全部で五台あるカメラは、レギュラー出演者を個々に捉えたり、距離をとって全員を収めたり、電話コーナー前に立つ川田アナを下から上に舐めて撮ったり、最後の最後までその首を振って動きを確かめていた。

ブーメラン前の液晶モニターを見れば、いま誰が映っているのかが分かる。最初に自分が映ったとき、瑞希は思わず頬を緩めてしまったが、それがやけに不謹慎に見えて嫌だった。本番ではできるだけ笑わないように気をつけたい。

「はい、本番一分三十秒前でーす」

ランスルーやジャンクションの前後でも思ったが、テレビの現場というのは始終ディレクターが秒読みをしていて、なんとも雰囲気が忙《せわ》しない。ヨン、サン、まで言って、ニィ、イチ、はもう無言、ゼロが「キュー」で、誰かが何かを始める。カウントダウンが重要なことは瑞希のような素人にも容易に察しがつくが、それにしても忙しない。「中継明け十秒前」などと言われると、その十秒、ずっと固まってカウントダウンを聞き入ってしまう。ゼロになったからといって瑞希にすべきことは何もないのだが、それでも緊張してしまう。最初は息まで止めていた。

「本番十五秒前」

スタジオが暗くなった。いま自分がクシャミをしたらひんしゅくを買うだろうか。

「十秒前」

このパイプ椅子、直前でズッコケたりしないだろうか。コケたら誰か助けにきてくれるのだろうか。

「五」もうすぐだ。

「四」

「三」

最初はなんだったか。ああ、ＶＴＲか。
二、はもう言わない。あとは指で悟れと。
一。

キューだ。

いきなりすごい効果音。同時にモニターに、エステラの顔写真がアップで映る。ＦＢＩに捜査協力して数々の難事件を解決。驚異の透視超能力者、緊急来日。今回、彼女が挑むのは。オフィス街をさまよう幽霊の謎。やけに怖そうな再現フィルム。【なんと番組スタッフが、白骨死体発見！】の文字。衝撃度抜群の演出。

「Ｖ明け三十秒前」

モニターには、埼玉県両神村で発見された男性の死体、その新聞記事。エステラも現地で透視。森の風景に、ほんのちょっと瑞希の後ろ姿が映る。でも一々喜んではいけない。

「V明け十五秒前」

スタジオが明るくなる。

成長した弟が叫ぶ、生き別れになった兄に会いたい。失踪したお兄さん、ちょっと好きな顔の人だ。わずか二十秒の間に、自宅前から少女が消えた。これは、番組の進み具合によっては流せないかもしれない。

「五」もう、さっきので慣れたから大丈夫だ。

「四」大丈夫。

「三」いや、やっぱり緊張する。

二。ああ、くるくる。

一。この沈黙が緊張する。

キュー。

CGの稲妻が四方から寄り集まり、画面中央で合体して番組ロゴになる。視界の端、恐竜が鎌首をもたげるように、クレーンのカメラがセット上空に昇る。モニターを見るとすでに映像は切り替わっており、正面のカメラが捉えたメイン二人が映っている。

まず、津山大二郎が喋る。

「『解決！　超能力捜査班』。本日は二時間の拡大スペシャル版でお送りいたします。まず、冒頭からもお伝えしております通り、またニュース等でご覧になって、すでにご承知の視聴者の方も多いかと思いますが、今一度申し上げます。当番組スタッフが東京都渋谷区内で、来日中の超能力者、マリア・エステラの透視に基づいて某所に立入調査をしましたところ、その透視通りに、白骨死体を発見いたしました」

小野寺が、また指でカウントダウンしてみせる。

津山の補足をするように、西田千尋が話し始める。

「超能力捜査班は、警察と協調を図りながら、独自の捜査を敢行しました。まずは発見に至るまでの経緯をご覧ください」

ゼロ直前に彼女が言い終わり、再びスタジオは暗くなった。瑞希は思わず、フウとひと息吐き出した。だが、レギュラー陣はみな真剣な顔でモニターに見入っている。

「V明けまで七分でーす」

そう、スタジオの終わりはVTRの始まり、その終わりは再びスタジオの始まりだ。そしてまたVTR、スタジオ、何回かに一回はCMを挟み、またVTRかスタジオ、ときには中継と、一秒の隙間もなく番組は進行していく。

ああ、これは堪《たま》ったものではない。この調子で二時間、ずっと続けなければならないのか。開始三分で、学習塾のひとコマの何倍も疲れた。

モニターの映像は、すでに死体発見の日に進んでいる。

ランスルーでは省略したため、レギュラー陣はいま初めてこの映像を見ることになる。みな興味津々《しんしん》だ。無理もない。以前にもこの局の番組スタッフが、やはり透視能力者の協力を得て死体を発見したケースがあったらしいが、それはもう三十年近くも前の話だそうだ。むろん瑞希は生まれていないし、織江もこの番組を任されるようになって初めて知ったと言っていた。レギュラー陣でも、リアルタイムで知っているのは津山、元刑事の太田、元監察医務院院長の平原くらいだろうか。

「……驚いたでしょ」

一番席の近い平原が、体を傾けて瑞希に囁いた。そうか。VTRを見ている間は、適当に喋ってもいいのか。

「はい、もう……泣きそうでした」

困った顔で言ってみせると、平原はいかにも好々爺《こうこうや》といった笑みを浮かべた。ふとヤラセ疑惑が脳裏《のうり》に蘇り、もしそうなら、この人も関わっているのだろうか、などと考えた。

「これなに、行っていきなり発見しちゃったの」

訊いたのはその向こうの小説家、石野だ。もしかしたらこの人も？　いや、やめよう。一々考えてたら、頭がおかしくなりそうだ。

「あ、もう、そうです。エステラの透視通り、行ったら、あって。わたし最初、うわミイラだ、って思ったんですけど」

平原は、あははと笑った。

「そうだね、もうちょっと乾燥が急速に起こってれば、ミイラになってたかもね。でもまあこれは、一般的な白骨死体の範疇《はんちゅう》だなぁ」

これは、といっても画面に白骨死体が映っているわけではない。ばっちりボカシがかけられている。平原は事前に生VTRか、写真を見たのだろう。

モニター画面の中央、織江がしゃがんで手を合わせる姿だけがはっきり映っている。

《スタッフは警察に通報し、その指示に従った。当初は番組スタッフが死体遺棄に関与した可能性を疑われたが、詳しい事情聴取の結果、透視による発見であるとの見解に、警察サイドも納得せざるを得なかったようだ》

本当にそうなのだろうか。警察は、この一件を透視によるものと、完全に信じたのだろうか。

あの刑事たちはどんな顔をしているのだろうと思い、スタジオの端に目をやった。腰巾着の若い刑事はぼんやりと無表情、織江の肩を摑んだ中年刑事は、何かの陰になっているのか表情までは見えなかった。

「V明け三十秒前です」

明かりが点く。一斉にレギュラー陣が姿勢を正す。

「津山さんのコメントキューで川田さん、タッチパネルです」

「V明け十五秒前」

川田アナはスタンド式の液晶テレビと並んで立っている。あれをタッチパネルと呼んだのだろうか。どうやら、ただの液晶モニターではないらしい。

モニターには、スタッフが白衣の男性に数枚の写真を渡す姿が映っている。パソコンをいじる白衣の男。法医学者、復顔、血液鑑定のスペシャリスト、本郷修司《ほんごうしゅうじ》。

「五秒前」ときたきた。

「四、三……」はい、スタート。

ずいっ、とモニターに津山、西田が大映しになる。見比べていると、現実的な距離感があやふやになってくる。

「番組は警察と歩調を合わせながらも、独自の調査を敢行してまいりました。まずご覧いただきたいのが、こちらです」

言い終わりがキュー、で次は川田アナ。タッチパネルを手で示す。

「はい。こちらが番組サイドで作製いたしました、白骨死体の復顔写真です。あらかじめお断わりいたしますが、これは当番組が独自に作製したものですので、今後警察から発表される復顔写真、あるいは模型とは、若干雰囲気が異なっている可能性があります。これはどちらが正しいというものではなく、あくまでも遺体頭蓋骨から、こういう顔だったのではないかと推測されたものであり、現状ではそれがふた通り考えられると、視聴者の皆様にはご理解いただきたいと思います」

そうですね、と津山が割り込む。

「死亡する直前が、太っていたか痩せていたかでも、かなり印象は変わってきますからね」

公開された復顔画像には、エステラのアドバイス通り、若干の変更が加えられていた。

再び川田アナ。

「はい。司法解剖の結果では、性別は男性、年齢は二十代前半から四十歳前後、身長が百七十三センチほど、体重は六十キロから七十キロ程度。残念ながら死因は特定できませんでした。ただし、他殺であると仮定したならば、死亡に至るような大きな外傷が骨格には見当たらないというのと、絞殺ではないということは分かっています。ですから、出血によるショック死、あるいは他殺ではないとすると、泥酔しての凍死などが考えられるそうです」

「この方は、全裸で亡くなっていた、ということでいいんでしょうか」

西田が割り込む。一瞬モニターが彼女を映すが、すぐに川田アナに戻った。

「はい。発見時、遺体に着衣はありませんでした。発見現場付近からも見つかっていません」

再び津山。

「すると、都心のオフィス街を、全裸で歩いていたというのは考えづらいですから、これは太田さん、どういうことになるでしょう」

太田は元警視庁刑事だ。

「これはもう、死亡当初に誰かが脱がせて持ち去ったと考えるのが妥当でしょう。そうなると、他殺の可能性が極めて高くなってくる。全裸の死体一つだけが発見されて、身元を示すような所持品が周囲にないとなれば、これは他殺と考えて、ほぼ間違いないでしょう」

平原があとを引きとる。

「たとえばその、死体があったとして、偶然この現場に入った誰かが、衣服だけ剥ぎとって持っていくというのは、ちょっと考えづらいですからね。死体から着衣を剝ぎとるというのは、これは死後硬直の度合いにもよりますが、なかなか大変な作業なわけですよ。ですが死亡直後に、刃物か何かを使って生地を裂いてしまえばですね、案外簡単にできますから」

「普通、善意の第三者だったら通報しますしね」と小説家の石野。

「いずれにしても、それは死後時間が経ったら難しい、ということですよね」と西田。

平原が頷く。

「難しいですね」

段取りからすると、この二つ三つあとにエステラのコメントが予定されている。透視でも他殺のように見える、被害者はあのビルに逃げ込んで殺された、という線で喋る予定だ。

ここまで、エステラには太田や平原のコメントを意訳して伝えてきたが、特にこれといった反応はなかった。そろそろです、くらい伝えようと思い、瑞希はエステラの右肩に手を掛けた。

が、その瞬間、彼女の頭、もこもこした銀髪が、

「ひっ……」

カクン、と右に傾《かし》いだ。

「エステラッ」

瑞希は思わず声に出し、彼女の横に回って支えた。

まさか、急に具合でも悪くなったのか。

見れば一応、呼吸はしている。目も開いている。振り返ると、レギュラー陣が緊張した面持ちでこっちを覗き込んでいる。周囲からスタッフが数人近づいてくる。だが、誰も助けには入ってこない。なぜだ。これは、緊急事態だろう。

「……エリ……イラ……キー……」

エステラが何か囁いた。半分つぶった目は焦点を失い、頬も痙攣《けいれん》するように震え始めた。

「エステラッ」

瑞希はその丸い体を抱いて叫んだ。なぜ誰も来てくれないのだ。小野寺も中森も、なぜそこで距離をとって、様子を見ているのだ。

「エステラッ」

手を握ると安堵したのか、エステラの体から力が抜けていった。でも、まだ何か言っている。

「エリ……ヴィラー……アキー」

英語ではない。ポルトガル語だ。

Ele vira aqui.

脳内言語が瞬時には切り替わらず、瑞希は解釈に戸惑《とまど》った。

Ele vira aqui.

ええと、つまり、
彼が、来る。

そんな意味だ。だが「彼」とは誰だ。エステラは何を言っているのだ。

近づいてこないスタッフに目をやる。小野寺はインカムで、必死に調整室と交信している。

瑞希はふいに思い出した。エステラは頭のモードが切り替わっていると、英語ではなくポルトガル語を口走る癖があるのだった。ということはエステラは、いま何か特別な状態にあるということなのか。

ささっと、スケッチブックを持った中森が目の前にすべり込んできた。書いてあることを示す。

エステラと話してください――。

助けにきてくれたのではないのか。瑞希はできないとかぶりを振った。だが中森は、負けじとスケッチブックに書き加えた。

大丈夫。エステラと話してください――。

絶対にこうしろ、と言わんばかりに睨んでくる。

エステラを見る。息が荒い。何が大丈夫だ。会話できる状態でないのは一見して明らかではないか。

中森が「大丈夫です」を丸で囲み、指で叩く。その強い姿勢に、ふと織江の影を感じた。

そうか。織江が、助けずに喋らせろと命じているのか。

ひどい――。

他のスタッフは、遠巻きに瑞希たちを見守るだけだった。それでもカメラは向けられている。横目でモニターを見ると、エステラを抱く自分の姿が映っていた。

これじゃ、見殺しじゃない――。

だが、こうやって黙ってエステラを抱いているだけでは、何も事態は進展しない。

もう、どうなったって、知らないから――。

瑞希は、改めてエステラを抱き起こした。

「……Estella, quem e ele?」――エステラ、彼って、誰?

彼女は静かに目を閉じた。そして、これまでにない、低い声で言った。

「E um assassino……」

予想外の返答に、瑞希は言葉を失った。

中森がまたスケッチブックを示す。

訳してください――。

いや、言えない。こんなこと、生放送で言っていいはずがない。

瑞希は激しくかぶりを振った。中森は納得できない顔で、インカムに指示を仰いだ。

殺人犯が、ここに、来る――。

そんなこと、生放送でいきなり言っていいはずがない。

「名倉、名倉を呼んでください、早くッ」

瑞希はエステラを抱きしめ、力の限り叫んだ。

4

俺たちの工頭《コントウ》が請け負ってくる仕事は、ほとんどが店舗の改造だった。専門外なのか、一戸建やマンションなどの住居はまずやらない。現場は新宿、渋谷、上野辺りの雑居ビルがほとんどだ。

少秋《ソウチエ》は俺のことを、呑み込みが早いと褒めてくれた。

確かに、インパクトドライバーを買ってからは石膏ボード貼りや、ドア枠の組み立てなどもやらせてもらえるようになった。伴って日給も上がった。少秋と同じというわけにはいかないが、それでも一日に一万二千円もらえるようになった。

みんながコンプレッサーと呼んでいる、これまた拳銃のような釘打ち機械も貸してもらえるようになった。それがあると、ベニヤを床に貼ったりするのも実に簡単だった。バシュッ、バシュッ、と当てるだけでいい。面白いように仕事が進んでいく。

だが便利な一方で、やはり機械は怖い。使い方を間違ったときの怪我がひどい。俺は一度そのコンプレッサーで、自分の腿に釘を打ってしまった。

「あーあーあー、だーからリンくん、慌てるなって言ったじゃない。あんたら、健康保険もなんもないんだから、怪我するのが一番駄目なんだよ」

ハルさんは言いながら、俺の腿に刺さった釘を抜き、手当てをしてくれた。ハルさんは優しかった。いつのまにか、俺も彼を仕事仲間と思うようになっていた。だがこういうことが起こると、やはり俺たちは違う種類の人間なのだと思い知らされる。決して仲間などではない。

俺たちには保険もパスポートも、何もない。この日本という国にいるはずのない人間なのだ。仕事に没頭していると、ついそのことを忘れる瞬間があるが、絶対に違う。俺たちと日本人は、全く違う種類の生き物だ。

俺たちは、この国にいてはならない人間なのだ。

夜もクラブで働いているときはいい。ただそこに行く途中、大久保のアパートから歌舞伎町に歩いていく途中が、つらい。

俺だって、本当はもっと洒落た恰好をしたい。恰好いいスーツを着て、髪型だって美容院で綺麗にしてもらって、色だって茶色くしてもらえば、胸を張って新宿の街を歩ける。

自分が恰好悪いことは自分で分かっている。どんなに俺より顔が不細工でも、背が低くても、太っていても、日本人であるというだけで、みんな恰好よく見えた。みんな清潔で、みんな知的だった。向こうも同じように思っているのだろう。中国人は恰好悪くて、汚くて、狡《ずる》くて、卑《いや》しいと。その証拠に、日本人は俺たちを見ない。まるで目には見えない幽霊のように、俺たちを視界に入れない。口には出さないが、日本にいる中国人はみんな密航者だと馬鹿にしているのだ。いるはずのない人間だと思って無視しているのだ。

ただ日本人は、外見が変わるだけで容易に見方を変える、ということも分かってきた。俺はクラブから遣いに出ると、たまに、日本人のホステスから声をかけられた。

「どこの店の人ぉ？　いやーん、カッコいいーッ。今度ウチの店に遊びにきてよ。安くするからぁ」

お世辞だと、俺も最初は思った。悪い冗談だろうとも考えた。が、彼女たちは本気で言っているようだった。少なくとも、俺が返事をするまでは。

「私、ずっとシゴトです。オカネないし……」

俺の日本語を聞くと、彼女たちはいっぺんに笑顔をなくす。黒服を着ている俺はそこそこ恰好よく、日本人と変わらなく見えるらしいが、喋ると中国人丸出しなのだった。

「そっかそっか、じゃ駄目だよね。残念ッ」

嘘でもいい。もっと誘ってほしかった。芝居でもいい。ずっと笑っていてほしかった。俺は日本人に憧れながら、少しずつ憎むようにもなっていた。俺はここにいるのに、俺はここに生きているのに、こんなに一所懸命働いているのに、日本人は、誰も俺のことを認めてはくれない。

いっそ十万円くらい遣って、完璧なお洒落をしてやろうかと思うこともあった。が、結局はできなかった。日本で遣う十万円は、十万円の価値しかない。しかしそれを中国に送れば、十倍以上の価値になる。十万が、向こうでは百万にも百五十万にもなる。それを考えると、無駄遣いはできなかった。日本で稼いだ金を、日本で遣うほど馬鹿らしいことはない。

俺は、日本人の魂ですらある「金」をかすめ取り、故郷の楽園に送り続ける、密航者という名の、悪霊だった。

そんな俺たちに興味を抱く日本人も、中にはいる。

「あいつには何も喋るな」

ある夜、少秋は深夜前のクラブで俺に耳打ちした。「あいつ」とは、細長い顔をした日本人客のことだった。そのときは玉娟《ウージエン》が相手をしていた。

「なに、警察？　入管？」

その二つが、俺たちには何より恐ろしい。

「いや、マスコミみたいだ。月《ユエ》のことを知りたがっている」

月。あの、人殺しの台湾流氓《リウマン》のことか。

「なぜ日本のマスコミが、月のことなんか」

あれ以来、俺も月の噂をしばしば耳にするようになっていた。ヤクザを何十人も殺したとか、麻薬の密売人の両手両足を切りとって海に沈めたとか、警察官の首を縄で括ってビルから突き落としたとか。

「いいから、玉娟を呼び出して、余計なことは喋るなと言え。他の女たちにはもう言ってある。知らないのは玉娟だけだ」

「分かった」

俺は代わりのホステスを連れ、二人のいるボックス席に向かった。

「お客様。少し、レイナをお借りしていいですか。代わりに、ナンバーワンのヘレンを、連れてきました」

レイナは玉娟の源氏名だ。

「あ、ああ、かまわないが……」

「ごめんなさい」

俺は玉娟を店の奥に引っ張っていった。

「……なに、哥哥《グゥグゥ》、痛いよ」

化粧をして綺麗な服を着た玉娟は、直視できないほど美しかった。ヘレンをナンバーワンと言ったのは大嘘だ。誰がどう見ても、深夜前のナンバーワンはレイナ、玉娟だった。仮に深夜後営業のホステスに混じったとしても、やはり玉娟が一番だろう。俺はそう思っていた。

「玉娟、あれはマスコミの人間だ。迂闊《うかつ》なことは喋るな」

玉娟の、整えた眉の間に小さな皺が寄った。

「マスコミ、って、テレビ？」

「いや、そうじゃないと思うけど。台湾流氓《リウマン》の月について調べているらしい」

「月、って、あの……」

さすがにこの頃になると、奴の噂は玉娟の耳にも届いていた。

「そうだ。もしこの店の誰かが月について喋ったとなったら、奴にどんな目に遭わされるか分からない。下手したら殺される。他のホステスには言ってある。あとはお前だけだったんだ。くれぐれも、余計なことは喋るなよ」

玉娟は泣きそうな顔でしがみついてきた。

「哥哥、私、怖いよ」

なんだかんだいっても、玉娟はまだ子供だった。俺は、玉娟はまだ処女だと、確信すらしていた。


日曜と祝日は大工の仕事が休みだ。夕方までゆっくり休んで、クラブにだけ行けばいい。その日は玉娟も中華料理店の仕事がなく、蘇《スウ》夫妻もアパートにいて、五人で一緒に昼飯を食べることになっていた。

俺と玉娟が買いものに行った。最近稼ぎが安定してきたので、みんなに何かご馳走したかったのだ。が、俺も玉娟も料理は苦手だった。結局、作るのは少秋ということになった。

少秋は料理も上手い。日本に来た当初は料理店の厨房で働いたのだそうだ。料理、大工仕事、接客。自ら手を染めることはないが、裏社会にも通じている。少秋が知らないことは何もない。少秋ができないことは何もない。俺は心からそう思っていた。

「大姐《ダアジエ》は、どうして小蘇《シヤオスウ》と結婚したの？」

玉娟や俺は、亭主の蘇大容《ダオロン》を「小蘇」、奥さんの蘇斉金《チージン》を「大姐《ダアジエ》」と呼んでいた。

「それは、なんかこの人が、頼りなかったから」

斉金が言うと、大容《ダオロン》は大袈裟に顔を歪め、怒ってみせた。

「そんなことはない。お前が、俺がいなかったら生きていけないと言ったんだ」

「それはあなたが言ったの。逆よ逆」

「逆じゃない。お前が言ったんだ。みんな、騙されるなよ」

ときどき喧嘩もするが、蘇夫妻はおおむね仲の良い夫婦だった。

同居するようになった当初、俺は玉娟と大容が二人きりになるのが嫌で堪らなかった。俺と少秋にはクラブの深夜後営業がある。玉娟だけが先に帰る。斉金《チージン》の働く中華料理店は明け方まで営業しているから、遅番のときは部屋に大容だけということになる。そこに玉娟を一人で帰すのだ。

鋼材の運搬を長年やってきた大容は筋骨隆々《きんこつりゅうりゅう》、いかにも精力絶倫という感じで、斉金が留守の間に玉娟を犯してものにするなど雑作《ぞうさ》もないように思えた。

だがそれは、まったくの杞憂《きゆう》だった。

一週間も密入国者としての生活をすれば分かる。一所懸命働いていればなおさらだ。故郷で多額の借金をし、それを返済するため、身を粉にする毎日。アパートに帰ったら、寝る以外には何も考えられないし、したくもなくなるのが普通だった。

「うん、帰ったときは大体寝てるよ。着替えるのに明かり点けても全然平気。グゴォォォーッて、畳《たたみ》が震えるくらいイビキ掻いてる。だから私、いつも押入れで寝るのよ」

俺はてっきり、玉娟が大容を警戒して押入れに閉じ籠《こも》っているのかと思ったが、そうではないようだった。

「……はーい、できましたよぉ」

自分で作ったわけでもないのに、玉娟が自慢げに料理を運んでくる。

「うわぁ、美味しそう」

斉金は少秋の料理が大好きだ。

大容が麻婆茄子《マーボーチエズ》を指差す。

「おお、俺の好物だ」

他にも山盛りの青椒肉絲《チンジャオロースー》、八宝菜《パーパオツァイ》。日本でもお馴染みの料理だが、少秋《ソウチエ》のはひと味違う。どことなく故郷の味がする。少し酢を多めに使っているのかもしれない。香りもいい。あの山間《やまあい》の楽園を思い出す。

俺たち五人の生活は、切り詰めに切り詰めたものだったが、月に一度は、こんなふうにご馳走を食べた。仕事に差し支えない程度にならビールや紹興酒も飲む。百円ショップで買ってきた使い捨てカメラで写真を撮る。密航者だって、たまには華やいだ雰囲気を楽しみたいのだ。

そんな中、突如玉娟が「みんな聞いて」と切り出した。

「私ね、実は日本人に……結婚を、申し込まれてるの」

一瞬の沈黙のあと、斉金の発した「ええーっ」には驚き、大容の「ほーっ」には冷やかし、少秋の「ほんとかよ」には落胆、そんな心情が感じ取れた。

「洋服工場の、社長の息子なの」

「社長の、息子ぉ……」

斉金が溜め息を漏らす。

玉娟は頬を染め、誇らしげに頷いた。

「大きな工場ではないの。ほんと、小さな工場なんだけど、有名な会社の、作業服を作ってるみたい。だから、こんな不景気でも、仕事はちゃんとあるんだって……真面目な人なのよ。夜じゃなくて、お昼、私がウェイトレスやってる店によく来る。そのうち、話しかけられるようになって、仲良くなった。何回もお茶に誘われて、いつも、正式に交際しようって言われる。私、悪いなって、ずっと思ってた。だって、私は密航者でしょう。いつ捕まるか分からないでしょう。思いきって嘘ついて、あなたのこと嫌いですって、言おうかと思ったけど、それも悪いなって思って。私、彼のこと、ちょっと好きになっていたし、いい人だから。だから、怖かったけど、正直に言ったの。実は私は、密航者なんです、パスポートもビザも何もなしで、隠れて働いてるんですって。そしたら彼、なぁーんだ、って笑ったの。だったら僕と結婚しようよ、そうしたら日本国籍も得られるし、一石二鳥じゃないかって」

「ほんとかよ……」

少秋はそれしか言わなかった。

「小姐《シャオジエ》、よかったじゃない。おめでとう」

斉金《チージン》たちは玉娟を「小姐」と呼ぶ。

「それだったら、相手の気が変わらないうちに、早く手続きをした方がいい。一日も早くした方がいい。高い金払ってでも、日本人と偽装結婚したいって奴はたくさんいる。それが、タダなんだろ？　だったら、今すぐした方がいい。一緒になって、もし上手くいかなくなって離婚したって、国籍は残るんだろ？　違うのか？」

大容がまくし立てると、

「今からなに言ってるの、縁起でもない」

斉金がぺしゃりと大容の額を叩いた。

四人は笑った。楽しそうに。

だが俺は違った。笑えなかった。

「……駄目だッ」

立ち上がって、怒鳴ってしまった。

「なによ、哥哥」

途端、玉娟の顔に不安が広がった。

「おい、守敬《ソウチン》」

なだめようとする少秋の手を、俺は振り払った。

「玉娟……お前は、お前は、騙されてるんだ」

根拠はなかった。半分くらいになったビールの缶を畳に叩きつけると、大容が「落ち着けよ」と俺の手を押さえた。俺はそれも払い除けた。

「そいつは、お前の体が目当てなんだ。お前の体が欲しいだけなんだ。遊ばれて終わりだぞ。お前がなんにも知らなそうな顔してるから、タダで遊べそうな女だと思って狙ってるんだ。結婚なんかしないぞ。遊ばれて捨てられるだけだぞ」

目を吊り上げた玉娟が立ち上がる。低い卓袱台《ちゃぶだい》を避けてこっちに回ってくる。その途中で、俺の視界は激しく揺らいだ。

目の前に、固く握った拳と手首があった。

あとから激痛が襲ってきた。少秋に、殴られたのだ。

その手首を何かが叩き落とした。玉娟の華奢な手だった。

「やめて大哥《ダアグウ》ッ」

俺と少秋の間に割って入る。

泣いていた。俺も、玉娟も。

「待って哥哥《グウグウ》ッ」

部屋から飛び出すと、アパートの階段を下りた辺りまでは玉娟の声が追ってきた。だが、そこまでだった。

俺は何もかも振り払うつもりで、ただ走った。

どこをどう走ったのか、俺は山手通りまで出てきていた。

道路工事もこんな日は休みなのか、大型のクレーンやダンプトラックは道の真ん中、フェンスの中で死んだように夕日を浴びていた。

車の往来は激しかった。タクシーも乗用車も、誇らしげに夕日を照り返しながら走っていた。正剛《ツンガン》が故郷に凱旋《がいせん》したときに乗ってきた車を思い出した。あのときは初めて見る日本車に、息を呑んで見入った。だが日本に来てみると、それがこの国では当たり前なのだと思い知らされた。

俺はこの国に、何を求めてはるばるやってきたのだろう。

正剛に騙されたと思ったことは一度もない。だが何かが違うとは常々感じていた。正剛が渡航前に教えなかったことは山ほどある。服装の違い。髪型の違い。言葉が不自由な者への激しい差別。賃金の安さ。職業に対する偏見。

しかし、そんなことではないのだ。空気だ。全てはこの、俺たちを取り巻く、言い知れない冷たさを秘めた空気だ。

目には見えない、だが確実にある冷気。それが壁となり、俺たちを日本人の視界から遠ざけている。同じ地表に立ちながら、決して交わることはない。彼らは避ける。俺たちを、ではない。冷気を避ける。だから交わらない。ぶつからない。冷気に取り囲まれている俺たちはその存在すら認知されない。するとこれは冷気ではなく、霊気か。

この霊気を突き抜けるにはいくつかの方法がある。

暴力。流氓《リウマン》となって力を示せば、一般人は疎《おろ》か、ヤクザでさえも一目置くようになる。だが、これまでに流氓が起こしたトラブルの数々が俺たちを取り巻く霊気の正体なのだとしたら、それを上塗りするような真似はしたくない。しかも、正剛は流氓を極端に嫌う。正剛に見放されることは、日本からも中国からも孤立することを意味する。それは、今の俺にとっては死にも等しい。

あるいはセックス。体を差し出せば、日本人は瞬時に俺たちの存在を認知する。うっかりしていた、今まで気づかなかったが、いま初めて気づいた。そんな顔をする。おぞましいことだが、それは男にもできる行為だった。むろん、俺は嫌だからしなかった。玉娟《ウージエン》にもさせたくなかった。

もう一つは、法的に日本人になってしまうという方法だ。

戸籍を買う。偽装結婚をする。どちらも莫大な金が必要だ。

ふと気づく。俺は、玉娟が日本人になる、そのことに嫉妬していたのかと。

漠然と、俺は玉娟を連れて凱旋する日を夢見ていた。俺たちの稼ぎで新しくなった家を見て、老人会に迎えられ、やがては正剛のような仕事を任される。横には玉娟がいる。妹だということは分かっている。それを飛び越えて妻にしたいだなどと、馬鹿げたことは考えない。そんな安っぽい関係ではない。生死を懸けて共に日本の地を踏んだのだ。魂の兄妹なのだ。俺たちは不可分なのだ。

暗くなってきた。予定ではそろそろクラブに向かわなければならない時刻だが、そんな気には到底なれない。

求婚を受け入れようとしている玉娟。

その肩を持つ少秋。

仲間はずれの俺。

一緒に働くなどご免だ。顔も合わせたくない。だが足はアパートの方に向いていた。帰ってどうする。二人はいないぞ。おめでとう、ありがとう、よかったな。きっと、そんな甘ったれた言葉をやり取りしながら、ぶらぶらと歌舞伎町に向かっている最中だ。

蘇夫妻に慰めてほしいのか。違う。弱い奴だ。どうして少秋のように、玉娟が求婚されたことを喜んでやれなかったのだ。いっそ、そう責められたい。

児童公園の角を曲がる。真っ直ぐ行って路地に入ったら、二軒目が俺たちの部屋のあるアパートだ。

珍しい。路地の入り口に黒鉄色《くろがねいろ》の車が停まっている。通れないことはないが、迷惑な停め方だ。

そんなことを思ったとき、

「イヤァァアーッ」

突如、体を引き裂かれるような叫び声が聞こえた。玉娟だ。反射的に走り出そうとした、その刹那《せつな》、公園の植え込みから出てきた何かに手首を摑まれた。

「俺だ、守敬《ソウチン》」

少秋《ソウチエ》だった。

「大哥《ダアグウ》、今なんか、玉娟の声が」

「来い」

植え込みに引っ張り込まれる。

「なんだよ、いま玉娟の声がしたんだ、行かなきゃ」

だが、少秋の次の言葉は、俺の動きを封じるに充分な衝撃を持っていた。

「無駄だ。奴らは、入管だ」

入管――法務省入国管理局。摘発された不法滞在外国人は、国外強制退去を命じられる。

「なんで、なんで玉娟が、入管に」

少秋はかぶりを振った。

「玉娟だけじゃない。小蘇も大姐《ダアジエ》も捕まったはずだ。玉娟はお前を捜しに出ようとしていた。それを俺が止めた。代わりに俺が捜しに出た。だが見つからなかった。戻ろうとしたら、あの車が路地を塞いだ。嫌な予感がした。少し様子を見ていたら、あの通りだ」

「でも、だからって、なんで」

今一度、少秋がかぶりを振る。

「分からない。向かいのアパートにだって鴨子《ヤージ》はいるが、狙ったように俺たちの部屋に入っていった。考えられるとしたら……」

「したら、なんだよ」

少秋はぐっと奥歯を噛んだ。

「玉娟だ。あの調子じゃ、昼の店でも相当浮かれてたことだろう。そうでなくても、日本人に求婚されたことについて、同じ店の者なら根掘り葉掘り訊いたかもしれん。玉娟は素直だ。訊かれたら喋っただろう。密告による摘発は珍しくない。嫉妬した同胞は入管に密告する。俺も、これまでは偶然難を逃れてきたが、実のところ、こういうとばっちりは三度目だ。決して珍しいことではない」

とばっちり。その言葉が、やけに冷たく響いた。俺は少秋のことを、初めて少し嫌いになった。

「玉娟のことは諦めろ。とりあえず、別のねぐらを工頭《コントウ》に手配してもらう。ついてこい」

いいから来い、と三回言われて、終いには頭を叩かれて、俺は少秋に従った。つまり俺も、玉娟を、見捨てたのだ。

今日という日、俺は決定的に、自分という人間が嫌いになった。

5

中島賀世子とは、三年生までは仲が良かった。幼稚園から一緒で、家も近所だからしょっちゅう行き来していた。母親同士も顔を合わせれば、学校や、子供の身の回りのことについて情報交換をする程度の仲ではあったと思う。

三年から四年になるときはクラス替えがなかったので、瑞希と賀世子はまた一年、同じクラスで過ごすはずだった。五歳のときから続いていた付き合いをもう一年、何事もなく重ねるのだと、考えるまでもなくそう思っていた。

仲が悪くなったきっかけは、実に他愛《たあい》ないことだった。

あれは四年生になった頃からだったか。仲の良いグループの中で、誰か一人を無視するのが流行《はや》り出した。他のグループがどうだったかは知らないが、少なくとも瑞希と賀世子を含む五人の仲間内では、そんなことが日常的に繰り返されていた。

最初は、その日に履《は》いてきた靴下が恰好悪いとか、そんなことで一日からかう程度だった。やがて、髪を切り過ぎて猿のようになった子を、猿とは喋れないとか、そんなふうに無視するようになった。

遊びとしてそれが定着してしまうと、授業のドッジボールで顔面に当てたとか、きっかけはなんでもよくなった。一回一回のそれはどれも大したことではなく、一人について行われる無視も、三日とか四日とか、せいぜいそんなものだった。

みんな、いつ自分の順番が回ってくるのか戦々恐々としながら、自分ではない誰かを無視し、陰口を叩いていたのだと思う。他ならぬ瑞希がそうだった。ホームルームで掃除当番の怠慢を指摘され、あとで仲間内でからかわれ、だがそれが無視に繋がるのを恐れて、別の誰かの弱点を指摘した。

あんただって日直のとき、黒板消し窓際で叩いて先生に怒られて、泣きながらやり直しの掃除させられてたじゃないの。あのときザリガニの水槽どかすの手伝ってあげたの誰だと思ってるの。

転嫁《てんか》が成功し、一時は無視を免れる。だがそれで終わったわけではない。結束する四人と、孤立する誰か一人。その図式に飽きたら、四人の中で次の生贄《いけにえ》が定められ、新たな無言の攻撃は始まる。いつのまにか許された一人は、何事もなかったように無視する側に加わる。その繰り返しだ。

「やったぁー、あったしひゃっくてーん」

瑞希は一学期末のある日、社会のテストで満点を取り、その答案を迂闊《うかつ》にもひらひらさせ、自慢してしまった。

「でも、私も百点ですけど」

直後に迎えた休み時間、対抗して答案を突きつけてきたのが賀世子だった。

「じゃ理科は？　私が八十三点だったとき、カヨは七十七点だったじゃん。やっぱ私の勝っちーッ」

得意げにバンザイしてみせると、賀世子は悔しそうに口を尖らせた。

「え、ちょっと……」

口籠《くちご》もり、何か反論を考える。だが無駄だ。

ほとんどのテストで瑞希は賀世子より高い点数を取っている。他の仲間、たとえばクラス女子では一番の秀才、弘美《ひろみ》から横槍《よこやり》が入れば対抗のしようもないが、それはそれでまた別の問題だった。他の子、一恵《かずえ》は賀世子とどっこいどっこいだし、いま無視の対象となっている優子《ゆうこ》はその下だから、これも恐るるに足らずだ。

瑞希はそのとき、意地悪く勝利を確信していた。

しかし、意外なことに賀世子は、攻撃の角度を微妙にずらしてきた。

「そういう、なんかそういうふうに、人が見せてもないテストの点、勝手に覗いて覚えてるって、なんかヤラしくない？」

その言葉は、瑞希に向かって発せられたのではなかった。他の仲間、弘美、一恵、輪から外れながらも遠くには行かない優子、彼女たちに向けてのものだった。

「……ああ、なんか、ちょっと嫌かも」と一恵。

「うーん、瑞希って、ちょっとそういうとこあるよね。なんかしんないけど、いっつもちゃんと見てて、あとから思い出して言うっていうか」と弘美。

　すると、

「あ、あ、分かる分かる。あったあった、私もそういうこと」

　輪から外れていた優子までもが、にわかに調子づく。

　体温の通っていた下着を、手品のように一瞬にして引き抜かれる。そんな喪失感に、瑞希は言葉を失った。だが、早く何か言い返さないとマズい。

　これくらいのこと、いっつも言ってるじゃない。カヨだって私のテスト勝手に見たりしてたじゃない。そういうの許すのが友達なんじゃないの？　今までそんなこと、嫌とか全然言わなかったじゃない。今日だけ言うなんてズルいじゃない。

　弘美、そういうとこあるって、それなんのこと言ってんのよ。

　一恵、ちょっと嫌かもって、賀世子の肩持つっていうの？　昨日マンガ貸してあげたばかりじゃない。

　優子、あったあった私もって、勝手に話に加わってこないでよ。

　だが、瑞希に反論の機会は与えられなかった。

「あ、昨日横浜の叔母さんが来てぇ、なんかケーキっていうか、タルト？　持ってきてくれたんだけどぉ、なんか全部食べきれなくて、四個くらい残ってたから、四人限定ってことで、誰か三人遊びに来なぁい？　ウチにぃ」

四つ限定。四人限定。ターゲットを定め、無視を始めるときのキーワード。

「あ、行く行く」「私もぉ」

一恵と弘美が飛び跳ねると、

「……私も、いい？」

恐る恐る、かつ図々《ずうずう》しく、優子が近づいてくる。

「いいよぉ、あったり前じゃなぁーい」

上機嫌な声。裏腹に、賀世子は瑞希に冷たい一瞥《いちべつ》をくれた。

優子が抱擁《ほうよう》を求める。

「やったぁー、ありがとうカヨぉーッ」

賀世子が応じる。これで、優子の復帰は決定した。そして瑞希は、何日か彼女たちと口を利けない、孤独な日々を送ることに決まった。

失敗だった。何が。満点のテストを自慢したことか、過去の成績まで持ち出したことか、あるいは単純に自分の喜び方か。いや、そのいずれであるのかはもはや問題ではない。とにかく、自分はしくじった。

仲間内で優位に立つ行為と、孤立を招くそれとは常に背中合わせだ。さっきだって、最初に一恵が賀世子に同調しなければ、弘美が瑞希の味方をしてくれれば、賀世子が孤立する立場になっていたかもしれないのだ。

でも、もう遅い。こうなってしまった以上、今すぐはどうにもできない。他ならぬ自分が、今の今まで無視する側にいたのだから、それはよく分かっている。

瑞希は鼻から長く息を吹き、溜め息の代わりとした。

普通なら三、四日。長くても一週間。誰かが失敗するか、何かで自分が同情を買うかすれば、いずれは瑞希も復帰できる。それまでは他の四人の行動に目を光らせる必要があるが、かといって自分から揚げ足をとるような言動は慎《つつし》まなければならない。なに言ってんの、と一蹴され、無視が長引く結果となるからだ。こういう場合、大人しく成り行きを見守るよりほかにない。

ただ、もうすぐ一学期が終わる。もしこのポジションのまま夏休みを迎えたら。それを考えると、瑞希は少なからず焦りも覚えた。

賀世子が行方不明になったのは、夏休みが始まってすぐ、七月末のことだった。

クラスの連絡網で、中島賀世子が家に遊びに行っていないかという問い合わせが回ってきた。来てない、来るはずがない。仲間外れのまま夏休みを迎えた瑞希は、どうせ賀世子は他の三人とどこかに行っているのだろうくらいにしか思っていなかった。

「知らない。私、この頃あんまりカヨと遊んでないし」

だが、電話をとった静江の慌て方は尋常ではなかった。

「この頃って、いつから？　仲良かったじゃないの、ずっと」

そんなこと、言いたくない。無視されていたなんて、仲間外れになっていたなんて、親には知られたくない。

自分が最初の被害者で、一方的に無視されていただけなら、瑞希は静江に事情を話したかもしれない。だが実態はそうではない。自分も面白半分にやっていた。すでに遊びとは言い難かったが、その延長で自分もやっていたのは動かしようのない事実だ。

無視されたときの寂しさや、クラスでの身の置き場のなさを知っていればこそ、次は無視される側には回るまいと気を引き締める。隙のない態度をとりながら、四人で仲良しムードを満喫する。そういうゲームだった。

この子、こんなひどいこと言うのか。そう思うことも珍しくなかったが、似たようなことは自分もやっていた。みんな普通の子なのに、何かにとり憑かれたように、みんなが一様に意地悪くなった。その一人が自分だった。だから、逆に親には言えない。自業自得は百も承知だった。

「知らないよ。だって、夏休みになってから、会ってないもん」

静江も、それ以上は何も訊かなかった。

今から思えば、この時点での騒ぎがそれほどでもなかったのは、警察が営利誘拐の可能性を考えて表立った捜査を控えていたためだろう。夜間、町内会が二十人ほどで近所を捜索したというが、小学四年の瑞希がそんなことを知るはずもない。

賀世子の行方不明が具体的に瑞希の身に関わってきたのは、さらに一日あとのことだった。一時的にはどうであれ、世間は瑞希を中島賀世子の幼馴染と認知していた。学校に呼び出され、弘美、一恵、優子と一緒に、賀世子の母親と話をしなければならなくなった。

その面談を翌日に控えた夜、弘美から電話があった。

『……あ、私、弘美。久し振り』

らしくない、ぼそぼそとした口調だった。

「うん、久し振り」

会話と会話の間に、何か綿埃《わたぼこり》でも詰まっているような、不愉快と気まずさを感じた。そのくせ、喋れるというだけで礼を言いたくなるほど嬉しい。弘美が電話をしてきた用向きは察しがついていたが、それでも瑞希は、これで無視が終わるという予感に安堵を覚えていた。

『あの、夏休み前のこと、なんか、ごめんね。ほんとは、こんな長くするつもりじゃなかったんだけど、なんか、夏休みとかなっちゃって、そのまんまっていうか、なんかそんな感じになっちゃって。でも、友達ってのは、変わってないじゃん。だから、明日、よろしくね』

明日、よろしくね。つまり、私たちが瑞希を無視してたなんて言わないでね、ということか。この電話も、一恵と優子と相談して、弘美が代表ですることに決まったに違いない。仲間だったのだから、それくらいは察しがつく。

そして、その申し出を断る権利は瑞希にはない。

「うん、ああ、なんか、こっちも、ごめんね。いいんだけど、そんな、なんか、心配しなくて」

弘美の「だよね」のひと言が腹立たしい。こっちは無視されたまま、誰にも誘われないまま二学期になるのかと、毎晩震えていたのに。

でも、それも今日で終わりだ。

『で、明日、行くでしょ、学校に』

弘美は、とにかく明日のことが気になって仕方ないようだった。

「うん、行くけど、私は特に何も知らないんだけど、弘美とかって、どうなの？」

『え、あ、私は、一恵と二人で一回遊んだのと、三人で優子んちに行ったのと、それ二回だけ』

二回も。

「心当たりとか、ないの？」

『うん。だって、カヨがいなくなったのって一昨日でしょ。四人が集まったのって五日前だから、それからは誰も、カヨには会ってないんじゃないかな』

さすが、仲間同士はよく事情が通じている。

『どこ行っちゃったのかな、カヨ』

「……うん、心配だね」

自分で自分の言葉に嘘臭さを感じた。弘美の声も、なんだか遠い。冷えて涸《から》びた自分の心は、握れば手の中に隠れるほど小さくなっているに違いない。そんなことも思った。

『なんか、ウチの親が言ってたんだけど、脅迫電話とか、身代金とか、そういう感じはないみたいなんだよ。なんか、今日から警察も出て捜査し始めたとか言ってたし』

そのとき出た「警察」のひと言は、やけに大きく耳に響いた。これは一大事だと、初めてそのとき、認識したように覚えている。

「え、じゃなに、これって、本物の誘拐事件、ってこと?」

弘美は息を呑み、口調を転じた。

『そりゃそうだよ、だってもういなくなって二日経ってるんだよ。事故だったらこの近辺捜せば分かるし、警察だってそういうふうにするでしょ。誰も何も知らないで、カヨがいなくなっちゃったわけだから、誰かが連れてったに決まってるじゃん』

「でも今、身代金とか、言ってこないって……」

『だーかーらぁ、もっとアブない話なんじゃないかってみんな騒いでるんじゃない。ロリコンとか、オタクとか、そういうのをみんな心配してるんだよ。ほら賀世子って、背はちっちやいけど、顔は大人っぽくて可愛いじゃん。ウチのアニキとか言うんだよ、あの子だったら、けっこうそういう趣味の大人は狙うかもって。親にこっぴどく怒られてたけど』

弘美は、さらにショッキングなことを付け加えた。

『アニキ言ってた。瑞希もけっこう可愛いから、そういうのに狙われないように気をつけた方がいいって。ああいうのは、一人やると見境《みさかい》がなくなって、次から次に狙うからって。マジで、夜は外とか出ない方がいいかもよ。でもアッタマきちゃうの。お前は全然そういうの平気だから、これからコンビニ行ってアイス買ってこいだって。ちょっと、ひどいと思わない？』

途中からは、あまりちゃんと聞いていなかった。

身代金目的ではなく、大人の男が性的な動機で、自分の同級生を誘拐した。さらに、自分自身もその対象となり得る。そういうことが世の中にあることは薄々知っていたし、早い子はもう生理が始まったりしていたから、男女のそれについても基礎的なことは知っていた。けれど、今この現状の自分が、そういう性的な対象として見られているなどとは、瑞希は全く、思ってもいなかった。

急に、自分の体が汚された気がした。

夢を見たのはその夜だ。

暗い部屋。薄汚い長髪と、焦点の合わない見開いた眼。大きな裸の男が、同じように裸の賀世子を、食べていた。両手で抱えられた賀世子はやけに小さかった。左手を齧《かじ》られながら、こっちを振り返って「助けて」と言った。

目が釘付けになった。賀世子は、もう顔が半分になっていた。それでもこっちを向いて「助けて、助けて」と繰り返していた。体はぐったりしていて、干された大根のように真っ直ぐ垂れているのに、半分になった顔だけで振り返って、「助けて、助けて」と訴えていた。

翌日の面談で、特に瑞希から話すことはなかった。他の三人は、みんなで一度優子の家に集まったことを語った。でもそれだけだった。瑞希はなぜ加わらなかったのかと尋ねられたが、家の用事があったから行かれなかったと、簡単に答えて済ませた。

賀世子の母親はすっかりやつれていた。

一緒に遊んだときはどんな様子だったか、公園とか、道を歩いているときに誰か近くにいなかったか、声を掛けられたりしなかったか、知らない人と話しているのを見たことはないか、そんなことを必死で訊くのだが、もうその目が、完全に普通ではなかった。

瞬《まばた》きを忘れたように瑞希たち四人を見回し、手がかりになりそうなら糸屑ほどでも引っ張りだし、そのまま目の中にねちねちと埋め込んでしまいそうだった。

面談は三十分ほどで終わった。わざわざ呼び出して帰りに何かあったらいけないからと、担任が家まで送ると言い出した。が、賀世子の事件を知らない他の学年の子供たちは、いつも通り公園などで遊んでいる。それに、賀世子がいなくなったのは夜七時過ぎだという。今はまだ昼過ぎ。最終的には弘美が「大丈夫です」と断わり、四人で学校をあとにした。

そのまま別れるのもなんだからと、四人でカウンター席のあるコンビニエンスストアに入った。それぞれが小遣いでアイスクリームを買い、座って食べた。

「なんか、とんだ夏休みになっちゃったね」

一恵がアイスキャンディの袋を破りながら呟いた。優子が頷く。

「もう三日だって……ちょっと、ヤバいよ、カヨ」

「私たちも気をつけようね。特に、瑞希」

弘美は、また昨日の話題を繰り返すつもりなのか。

「なんで私なのよ。そんな、連続なんとかじゃあるまいし」

「分かんないじゃない。これから連続するかもしんないんだから。絶対気をつけた方がいいって」

深刻な声色《こわいろ》とは裏腹に、弘美は美味しそうにカップアイスをひと口頬張った。

瑞希は、透明なプラスチックケースに入ったソフトクリームを、開けずに持ったまま見つめた。買ってはみたものの、他の三人のようにぱくぱく食べる気にはなれなかった。

わざわざ言われるまでもない。瑞希は今朝、目覚めてからずっと、次に狙われるのは自分なのではないかという妄想に怯えていた。

夢は、特に覚えているそれは、時として現実と変わらない生々しい体験として、体に、心に宿る。昨夜の夢がそうだった。あの男が次に狙うのは自分かもしれない。あの大きな手が、この町のどこからか伸びてきて、自分を暗がりに引きずり込み、服を脱がし、そのまま持ち上げて齧り始めるかもしれない。

妄想は、もうすぐ自分の前にあの男が現われるという予感にまで成長しようとしていた。

「……どしたの？　溶けるよ」

弘美が覗き込むと、優子と一恵もそれに倣《なら》った。

「そんな、つまんなそうな顔しないでよ。一学期のことはもういいって、昨日、瑞希だって言ったじゃない」

一恵と優子が頷く。

「そうだよ。今それどころじゃないじゃん」

「そうだよぉ、んもう、瑞希ぃ」

それでも瑞希は黙っていた。

今この場で打ち解けたふうにできないのは、長らく仲間外れにされていたから、というのも確かに理由の一つだ。二週間近く口を利いてもらえず、顔も見ずにいると、本当にこの子たちは自分の友達だったのか、という疑問すら湧いてくる。今さら友達になんて戻れなくてもいい。そんな冷めた思いも少なからずある。

だが、いま瑞希の心を占めているのはそんなことではない。あの夢について、自分はどう折り合いをつけるべきか。その方がよほど深刻な問題だった。

「どうしたの、瑞希。なんか変だよ」

優等生の弘美は、他人の心配をしてあげるのが得意だ。恩着せがましく思うことも少なくなかったが、このときは、取っ掛かりとしては適当であるように思えた。

瑞希は大きく息を吸い込み、胸の底から深く吐き出した。気分は、変わらなかった。この思いは、誰かに語らなければ胸につかえたままなのだ。それを、ただ確かめたにすぎなかった。

瑞希はもう一度、短く息を切ってから言った。

「……ねえ。ちょっと変なことなんだけど、言ってもいいかな」

まず弘美が「なに」と応えた。他の二人もそれに続いた。無視を解除した直後は、以前よりむしろ優しくする。そんな、奇妙な習慣がある。

「うん……あの、これは、ただの夢なんだけど」

瑞希は、三人の様子を見ながら昨夜の夢について語った。

暗い部屋。長髪の裸の男が、やはり裸の賀世子を食べている。左手と頭を齧られた賀世子が、こっちを向いて「助けて、助けて」と繰り返している。

「いやだぁ……」

あからさまに顔をしかめたのは優子だった。

「それってなに、予知夢？」冷静な弘美。

「え、なに、超能力？」なぜか嬉しそうな一恵。

それは瑞希が、もしかすると、と考えていた解釈だった。

予知夢。超能力。

瑞希はこれまでにも、たとえば友達が何か言う前に、その内容を察知してしまうことがあった。誰かが「昨日ね」と言ったら、買い物に行ったときに、と頭に浮かび、「買い物に行ったときさ」と実際に相手の言葉が続く。そんなことが何度もあった。だがそれは、単なる当てずっぽうだと思っていた。

前日の下校後に起こった出来事など、母親との買い物か、塾かテレビか、そんな程度に限られている。だから、せいぜい三十パーセントかそこらの確率で当たるものなのだと、小学生なりに論理的に理解して済ませていた。

しかし、今回は違う。賀世子の悲痛な叫びが、いかなる理由で、いかなるきっかけでかは分からないが、自分の意識の中に流れ込んできた。あるいは次に狙われるのが自分だから、もう死んでしまった賀世子が夢に現われて教えてくれた。そんなふうに感じられてならなかった。

「やっぱり、そうなのかな……」

瑞希が呟くと、弘美と一恵は「そうだよそうだよ」と囃《はや》し立てた。自分では不思議に思うに留めていたが、二人にそう言われると、やっぱりそうなのかなと考えるようになった。

そのとき優子が黙っていたことについては、あまり注意を払っていなかった。


八月に入って、弘美からは何度か誘われた。二、三度は近所で会い、その他のときは用事があると言って断った。

実のところ瑞希は、弘美や一恵と会っても楽しくなかった。依然あの夢の不気味さを拭えずにいたから、何かにつけて「瑞希は気をつけた方がいい」としたり顔で忠告する弘美を煙たく思い始めていた。それが態度に出ていたのか、中頃からは誘われなくなった。

そして迎えた九月一日。二学期の初日。

瑞希はいつものように、後ろの扉から教室に入ろうとした。

異変には、すぐに気づいた。教壇の黒板。白、黄色、赤のチョークをふんだんに使った、巨大な落書き。

インチキ超能力者、秋川瑞希――。

横には絵も描かれている。

ぼさぼさの長い白髪。大きく見開いた焦点の合わない眼。大きな裸の男が、裸の女の子を両手で抱えて食べている。その子には「私は超能力者なのに、どーして食べられちゃうのよ、助けてー」と吹き出しがついており、矢印で「秋川ハナ瑞希ったねー」と注釈が加えられていた。よく見ると、ちゃんと鼻水も描いてある。

立ち竦んでいると、背後から誰かがぶつかってきた。小沼《こぬま》という体の大きな男子だった。

「うわやっべ、超能力者とぶつかっちまったよ。うわー、頭が割れるぅー、ひえぇーッ」

小沼は頭を抱え、くねくねと踊るように歩きながら窓際まで進み、そこで「ドバーンッ」と、頭が破裂する芝居をしてみせた。周りにいたクラスメート、男女合わせて十人分くらいの笑いが爆ぜた。手を叩き、腹を抱え、吉岡《よしおか》という男子が「大丈夫か、小沼ァ」と芝居に加わった。

「頭がなくなっちゃったから喋れなぁい」

「喋ってんだろ、バカ」

今一度笑いが起こり、それが収まると、今度は彼らの目が一斉に瑞希に向いた。いや、すでに入室していたクラスメート、全員の目だった。

明らかな侮蔑《ぶべつ》の視線。止むことのない集中砲火。瑞希はそれが逃避なのか、抵抗なのか、自分でも分からないまま、一学期に座っていた自分の席に進んだ。

そこに一冊の本があった。机に、あるページを開いたまま伏せられていた。表紙に覚えがあった。ずっと前に優子から借りた、心霊現象に関する本だった。

見ろ。そういう意味だろう。

瑞希は汗ばんだ指先を、ページとページの間にできた扇形の隙間に差し込んだ。引っくり返すと、左ページの絵に目が留まった。いや、その絵は目を突き抜け、頭を射貫き、背後の壁に脳味噌をぶちまけるほどの衝撃を持っていた。

それは、瑞希が見たあの夢だった。

それは、黒板に描かれた落書きだった。

自分は、優子から借りた心霊本の挿絵と、賀世子の事件を、いつの間にか混同していたのだった。

勝手に夢の中で混ぜ合わせて、勝手に怯《おび》え戦《おのの》いていたのだ。

後日、瑞希は忸怩《じくじ》たる思いでその絵について知ることになる。十八世紀のスペインに生まれた画家、フランシスコ・デ・ゴヤ。彼が一八二〇年前後に描いた油絵「我が子を食うサトゥルヌス」こそ、その心霊本の挿絵、瑞希が見た悪夢の正体だったのだ。

いつのまにか優子が隣に来ていた。彼女はグループの中で、最も賀世子を慕《した》っていた。

「……人の不幸で、こういうこと言うのって、最低だよ」

目には涙が浮かんでいた。あまり面白いことも言えない、仲間内では一段格の落ちる、そんないつもの優子とは別人のような、強い口調だった。

「わ、私、そんなこと……」

「言ったじゃない、これってやっぱり超能力なのかなって、アイスクリーム食べながら嬉しそうに言ってたじゃない。カヨのお母さん、毎日駅前でビラ配ってるんだよ。会社行く人とか帰ってくる人とかに、ぺこぺこ頭下げて、お願いしますお願いしますって、夏休みの間中ずっと、毎日毎日泣きながらビラ配ってたんだよ。いつもじゃないけど、弟の幹夫《みきお》くんだって、休みの日はお父さんだってやってたんだよ。私だって何回か一緒に手伝ったよ。

そういうことしなきゃいられない、家でじっとしてなんていられない家族がいるってのに、それなのに、超能力って何よ。全然違うじゃない。私の貸した本の絵を思い出して、それっぽく言ってただけじゃない。そんなに私たちの気ぃ引きたかったの？　それともカヨにちょっと言われたから、それでこんなこと言って仕返ししてんの？　ひどいよ瑞希。カヨが、今頃どこでどうなっちゃってるか、みんな本気で心配してんのに、こういうことで目立とうなんて、あんた最低だよッ」

違う、そんなんじゃない。私だって怖かったの。怖かったから言っちゃったの。超能力だなんて、自分からは言ってないよ。最初に言ったのは弘美だよ。それに、弘美が私のこと危ないって言うから、それもあって怖くなっちゃったんだよ。違うよ優子、そんなこと私全然思ってないし、言ってもいないよ――。

だがまたしても、瑞希に反論の機会は与えられなかった。

小沼と吉岡、優子を中心とした瑞希へのバッシングは、その後も延々と続いた。他のクラスメートがそれに加わることは稀《まれ》だったが、かといって瑞希の肩を持ってやろうなどという慈悲深い級友は皆無だった。結局、瑞希はクラス全体から無視される破目になった。

冬になり、賀世子を誘拐・殺害した犯人が逮捕され、その証言から賀世子の遺体が発見された。だがもはや、それがどんな人物であるのかは、優子たちの関心事ではないようだった。むしろ、賀世子の両親が出演した番組の超能力者、彼が語った透視内容が、あまり事実を言い当てていなかったということが、瑞希への批判を一層厳しくしていった。

瑞希は次のクラス替えがあるまで、ずっと「インチキエスパー」と呼ばれ、だが返事をすることもできない日々を過ごした。

あれ以来、瑞希は「超能力」という言葉自体に深く嫌悪を抱くようになった。そういう力が現実に存在するなんてことは考えるのも汚らわしかったし、タイトルに盛り込むような番組も、テーマとして取り上げるフィクションも大嫌いになった。「霊魂」も「透視」も同義であり、憎悪の対象になった。

そんな自分が、透視能力者マリア・エステラの通訳をやっているとは、なんたる皮肉だろう。しかも彼女は、ここに犯人が来るとまで予言した。

瑞希に十六年前の、あの悪夢からやり直せというのか。

もっとリアルで、逃げ場のないこの状況で、犯人と対峙《たいじ》しろというのか。

第三章

やはり、発見された死体は映らなかった。

「なぁーんだ、つまんないの」

「当たり前だろ。映すはずないって……」

ひと口、ごはんを頰張《ほおば》る。

テレビ画面には、番組が独自に製作したという復顔写真が映っている。昨今はこういう方面でもCGが主流なのか、ゲームキャラクターのような顔が映し出されている。やや面長《おもなが》で、まあまあ整ってはいるが、これといって特徴のない顔だった。

「なんか、大家さんの息子に似てない？」

なんと無責任な発言をするのだろう。

「一昨日会って喋ったよ。白骨死体になる暇はないと思うぞ」

「あら残念」

もはや無責任を通り越して不道徳。これでもうすぐ母親になるというのだから恐れ入る。

《都心のオフィス街を、全裸で歩いていたというのは考えづらいですから、これは太田さん、どういうことになるでしょう》

司会の津山が、太田という元刑事に振る。

《これはもう、死亡当初に誰かが脱がせて持ち去ったと考えるのが妥当でしょう。そうなると、他殺の可能性が極めて高くなってくる。全裸の死体一つだけが発見されて、身元を示すような所持品が周囲にないとなれば、これは他殺と考えて、ほぼ間違いないでしょう》

それくらいは素人にだって考えつく。元刑事なら元刑事らしく、もっと犯人像辺りまで言及してもらいたいところだ。

あとを受けた元どこかの院長という老人も、これといって興味深い意見は述べなかった。この白骨死体について、番組はどういう方向で展開していくつもりなのだろう。

急に、画面の中で出演者たちがあたふたし始めた。黒いスウェットの背中がカメラ前を横切る。何もコメントしない司会者のアホ面が大映しになる。

数秒後にカメラが定めた被写体は、緊急来日したという霊能者だった。どうしたのだろう、ぐったりして、若い日本人女性に抱きかかえられている。

あ、ラッキー。さっきの、わりと綺麗な顔をした通訳だ。狼狽《ろうばい》した横顔もそれなりに、絵になっている。なぜだろう。カメラの下辺りと霊能者の顔を見比べている。必死にかぶりを振る。ああ、そこにスタッフがいて、何か指示を出されているのか。野球のピッチャーではないのだから、スタッフの要求を拒否してはいかんだろう。

霊能者が何かうわ言《ごと》でも言ったのか、彼女が耳を傾ける。マイクが声を拾っているが、何を言っているのかは分からない。英語やフランス語ではない響きだ。たぶん、ドイツ語だ。

《ナクラ、ナクラを呼んでください、早くッ》

通訳女が叫ぶと、カメラはいったん電話嬢たちを映し、すぐ局アナに替わり、直後、強引に中継現場に切り替えられた。

《えー……はい、笹沢《ささざわ》です。こちらはですね、六本木にあります、テレビ太陽新局舎の玄関前です。皆様からお寄せいただいております貴重な電話情報ですが、ただいま、回線が大変混雑しております。もし、貴重な情報をお持ちの方で、遠距離でない方は、是非こちらまでお越しいただければと思っております》

場繋ぎ的な紹介が、逆に局側の混乱を浮き彫りにしていた。

映像がスタジオに戻ると、霊能者と通訳女はいなくなっていた。椅子は残っているが姿が見えない。妻も疑問に思ったようだ。

「なんか感じちゃったのかしら。様子、おかしかったもんね」

「あ、んん……」

この際、霊能者の行方はどうでもいい。通訳女が消えたことが残念でならない。

まあ、そのうち戻ってくることを期待して、番組を見続けよう。

1

エステラはスタジオの端に用意されたソファに横たえられた。ここなら番組の邪魔にならないし、最悪、どこかに連れ出すにしても出口が近い。

瑞希はエステラの汗ばんだ額にハンカチを当てた。

「大丈夫ですか、水でも持ってきましょうか」

エステラはゆっくりと瞬きをした。だいぶ落ち着いてきている。

「大丈夫よ、ミズキ……これは、特別なことではないの」

すると十メートルほど先、天井から下げられた暗幕が大きく捲れ上がった。織江だ。放送中でなければその場で怒鳴り散らしそうな真紅のオーラをまとい、大股で突進してくる。

「……出演者に、生放送中に名指しで呼び出されるなんて初めてだよッ」

瑞希は負けじと立ち上がった。今回は、こっちにだって反撃の材料がある。

「放送中に言っていいことか悪いことか判断するのは私の役目だって言ったじゃない。とても放送できない内容だったから私が駄目だって言ったのに、それを訳せ訳せって言ったのは
……」

おばちゃんでしょ、のひと言はすんでで呑み込む。

「名倉さんでしょッ」

織江は、明らかに引いていた。

「……何よ、放送できない内容って」

瑞希は周囲を窺った。数人のスタッフに交じって、いつの間にか刑事たちが話の聞こえるところまで来ている。

目で示すと織江は了解し、エステラを覗き込んだ。

「エステラ、アーユーオーケイ？」

「私は大丈夫よ、問題ないわ。瑞希にも特別なことではないと、いま言ったばかりなの」

織江はエステラに頷き、

「……あんたはこっちおいで」

瑞希の手首を取った。そのまま、自分が出てきた暗幕の切れ目に歩き出す。振り返ると、中年刑事が一歩踏み出し、腰巾着もそれに続こうとしていた。

「来るよ、警察」

「調整室には入らせない」

暗幕を捲る。壁沿いには鉄骨の上り階段が架かっている。見上げると、それは何度か折り返しながら照明セットの上まで続いていた。あそこまで行ったらさぞ怖かろう。

上っていくと最初の踊り場、その左手にドアがあった。織江が開閉レバーに手を掛ける。

見下ろすと、二人の刑事も上ってきていた。

「申し訳ありませんが、調整室は部外者立入禁止ですので」

そう言った織江を、中年の方が悔しそうに睨んだ。腰巾着は相変わらず、虚ろな表情で成り行きを見守っている。

織江は返事を待たずにドアを開け、瑞希を中に押し込んだ。自らもすべり込み、すぐさま肩で押して閉める。防音ドアなのだろう、織江がレバーを下ろすと空気が遮断され、気圧まで変わったように感じられた。

瑞希は調整室をぐるりと見回した。明かりは落としめだが、大体の様子は分かった。壁中にはめ込まれた数十台のモニターテレビ、無数のボタンやツマミを備えた卓上の機械。瑞希には全く理解不能な放送システムの中枢がそこにあった。テレビで見たことのある、警視庁のなんとか指令センターによく似た雰囲気だ。ここにもざっと三十人くらいのスタッフがいる。みんなモニターを見たり、自分の手元の機械を操作したりしている。

「ここならいいでしょう。エステラは何を言ったの」

織江が腕を組む。刑事たちを閉め出して少し溜飲《りゅういん》が下がったか、表情はさっきより穏やかだった。

「うん。あの、ポル語で、犯人が、ここに来るって……」

「ハァ?」

「あ……あの、正確には、彼が来る、彼って誰ですか、殺人犯です、っていうやり取りでしたけど」

織江の眉間に深い縦皺が刻まれる。

「殺人犯て、誰よ」

「知らないわよ、私だって」

「どこに来るの」

「分かんないけど、でもここでしょ。六本木か、この局前か、スタジオの中かは知らないけど」

「じょ……冗談じゃないわよ」

スタッフの何人かがこっちを見る。瑞希は反射的に「すみません」と頭を下げてしまったが、織江が気にする様子はない。

「あんた、局の前には情報提供者の受付を兼ねた中継テントがあるのよ。犯人なんか来たらパニクるに決まってんじゃない」

「私に言われたって困るよ」

「誰を殺した犯人がくるのよ」

「だから知らないって」

「なんで訊かなかったの」

「あんな状態で訊けって方が無理でしょう」

「あんなのエステラはしょっちゅうなの。霊能者ってのは何かを感じとると胸苦しくなったり気分が悪くなったりするもんなの」

「そんなの私、聞いてないし」

「なんとなく分かるでしょうが」

「分かんないよ。興味ないもん」

「だから続けて話せって言ったんでしょうがッ」

全然納得できないが、いつのまにか瑞希の方が悪いような感じになってしまった。

「だって、苦しそうだったんだもん……」

「なにカワイコぶってんのよ。男なんて誰も見てないわよ」

織江は禁煙パイプを取り出して銜《くわ》えた。

「別に私……何よそれ。ひどぉい」

「ひどぉい、の、どぉい、辺りよ。ぶっちゃってやーねェ」

ひと回り下の姪っ子と張り合っているつもりなのだろうか。いっそ「ひがむな中年」と、面と向かって言ってやりたい。

織江は鼻息も荒く腕を組んだ。

「とにかくまあ、これまでの実績に鑑《かんが》みると、聞き流すわけにはいかない発言ね。しかもトランス状態でポル語ってことは、信憑性もかなり高いと考えるべきだわ」

「……そう、なの？」

応えず、織江はあらぬ方を向く。

「今日放送予定の四件で、初台と両神村は当然として、あと二件の失踪人に関しても、すでに殺されてるとしたら、犯人てのが存在することになる。するとなんだ、情報提供者の振りをして犯人が局を訪れて、ニセの情報を提供する可能性もあるわけか……」

織江は調整室中央に進んでいった。

「待ってよ」

「あんたもおいで」

そう言われても、瑞希はすぐには動けなかった。部屋の空気が、部外者の侵入を強固に拒否しているように思えてならないのだ。

薄暗い照明、スタッフが浮かべる険しい表情、チカチカと入れ替わるモニターの映像、秒読み。妙な熱気と緊張感が渦を巻く、機械仕掛けの洞窟。誰かの背後を通るのすら遠慮がちになる。いきなり後退《あとずさ》りでぶつかられても、おそらく謝らなければならないのはこっちなのだ。

向こうで織江が振り返る。

「早くおいで」

まるで子供扱いだが、思えばこれまでもずっとそうだった。織江に呼ばれると、ひどく自分が愚鈍に思えて落ち込んだ幼い頃を思い出す。

椅子や機材の間を縫い、モニターを見ている人の邪魔にならないよう身を屈めて進んだ。上映途中の映画館で指定席を探すときの気まずさにも似ている。

ようやくたどり着くと、織江はヘッドセットを片耳に当て、どこかのスタッフと話していた。

「ヤマカワさん、ちょっとエステラの方に振って」

すると「5C」と表示のついたモニターに、スタジオの端に横たわっているエステラの姿が映し出された。そばにはスタッフが一人、ちょっと離れて刑事が一人。中年の方だ。腰巾着はどこに行った。

「今エステラについてるのは誰」

二つ先の席のスタッフが織江の方を向く。

「ミサワです」

「中森は」

「ブーメラン前です」

「ミサワくんと中森、替わらせて」

その通り指示が飛ぶと、数秒して中森がエステラの横にひざまずいた。

「中森、聞こえる？」
織江は言いながら、瑞希の肩を引き寄せた。
《はい、今エステラにつきました》
ヘッドセットから、中森の声が漏れ聞こえる。
「調子はどうか訊いて」
なるほど、そのためのポジションチェンジか。
《……はい、大丈夫だそうです》
「次のV明け、ブーメランに戻れる？」
《……問題なさそうです》
「さっきの件だけど、瑞希に言ったこと、覚えてるのかな」
中森が、ここぞとばかりに見事な同時通訳をしてみせる。
《……はい、覚えてるそうです》
「それは、どの件について言ったことなのかな。初台の白骨死体か、それとも両神村か、これからの失踪事件か」
《……ちょっと、はっきりとは分からないそうです》
「じゃあ、何が見えてそう思ったの」
《……邪悪なイメージが、近づいてくるそうです。ここに》

「ここって局の外？　それともスタジオ内？」

《……とりあえず、外です》

「分かった。Ｖ明けまでは？」

「二分二十五秒です」

答えたのは後ろにいた誰かだ。

「……中森、Ｖ明け二分半切った。戻る準備させて。以上」

《了解です》

織江がヘッドセットを置く。近くのスタッフが「何かあったんですか」と訊いたが、織江は「あとあと」とあしらい、すぐに瑞希を防音ドア口に連れ戻した。

いきなり瑞希の肩を叩く。

「そういうことだから、しっかり頼むよ」

「へ？」

「だから、いま聞いてたでしょ」

「素人には、もう少し分かりやすい説明をお願いします」

また織江の眉間に皺が寄った。

「だから、エステラは現状、殺人犯が来るといっても、それが誰を殺した犯人なのかは分かってないのよ。むろん放送でそれについては触れない。中継テントにはそれとなく伝えておくけど、エステラにはこれ以上放送中には言わないように、あんたから釘刺しといて」

「警察には、相談しないの？」

「連中は霊媒師の戯言《ざれごと》になんて興味ないから大丈夫よ。黙ってりゃいいの」

「訊かれても？」

「何を」

「今、なに言ったんだって」

「警察には警察の通訳がいるんでしょ、とかなんとか言ってあしらいなさい。だから、追加で何か分かったら、直接は訳さないで、その都度知らせて」

「誰に？」

「目の前に中森を置いとくから。あの娘なら、あんたも言いやすいでしょう」

「……うん」

「ハイ、分かったら行く」

分厚いドアを開け、瑞希を突き出す。もう一緒に下まで来てはくれないようだった。

暗幕を捲ると、スタジオはまだ暗かった。

エステラはソファから立ち上がっていた。足取りもしっかりしており、もう中森が手を添えるまでもない。

腰巾着も中年の隣に戻ってきていた。どこで何をしていたのか。

瑞希は中森の反対側からエステラに寄り添った。

「……すみませんでした」

「大丈夫よ、ミズキ。心配かけてしまったわね」

ゆっくりとブーメランまで歩く。エステラを壇に上げると、中森が背後から囁いた。

「秋川さん。さっきは、すみませんでした。つい、きつい態度とっちゃって」

肩をすぼめて頭を下げる。

「んーん。なんか私が、一人でパニクってただけみたいだから、こっちこそすみませんでした。名倉に怒られちゃいました」

エヘ、としてみせると、中森も返してよこした。

「気にしない方がいいですよ。名倉さん、仕事中は怒ってるのがニュートラル、みたいな人ですから」

「……みたい、ですね。私もちょっと、普段と違うんだなって、思いました」

うそ。織江は昔から、怒ってるのがニュートラルな女だった。

「V明け三十秒前です」

スタジオが明るくなる。

「じゃ、引き続きお願いします」

中森は後退していった。

今まで流れていたのは両神村のVTRだ。台本では、わりと早い順番でエステラにコメントが回ってくる。その前に言っておくべきだろう。

「……エステラ。さっきの発言に関しては、まだ放送では言わないことに決まりました。それから、これからもああいうことを感じたら、まず私に、耳打ちして知らせてください。いいですか」

「OK、分かったわ」

「五」

さらに番組は続く。

2

俺は玉娟《ウージエン》を失った。住居も移転を余儀なくされた。だが意外なことに、変化はそれだけだった。

むろん玉娟を失ったことは、肉体の一部を捥《も》ぎ取られるに等しい痛みをもたらした。あの笑顔、甘えた声を思い出すと、丸ノコで木材を切っている最中でも涙が溢れ出す。だが大工仕事も、クラブでのそれも、不思議とそれまで通り続けることができた。仕事まで奪われたわけではなかった。

少秋《ソウチエ》は言う。

「玉娟や小蘇《シャオスウ》、大姐《ダアジエ》は、三人の他に同居人はいなかったということで通してくれたんだろう。そもそも、彼らが知っていることを全て喋ってしまったら、俺たちはもちろん、工頭の老李まで芋蔓式に逮捕される恐れがある。だがどうやら、それはなさそうだ。彼らは口をつぐんだまま、中国に強制送還された。そう見ていいだろう」

それが事実か否《いな》かを知る術《すべ》はない。俺はただ、がむしゃらに働くだけだった。玉娟がそばにいない孤独を紛らわすために。また玉娟の分まで、借金を返済するために。

週に一度は老人会の正剛《ツンガン》に電話をするようになった。玉娟について訊くためだ。

「林守敬《リンソウチン》です。玉娟の消息は、分かりましたか」

『いや、まだだ』

「そうですか。また、連絡します」

『お前は気をつけて、頑張って働けよ』

正剛の声に、落胆と疑念が感じ取れるようになった。たぶん、俺が逃げ出すと思っているのだ。少秋にも、俺から目を離すなとしつこく言っているらしい。俺は逃げたりなど、絶対にしないのに。

ただ、正剛の懸念も、無理のないことではある。

密航者の多くは中国に強制送還されても故郷には戻れない。中国政府から科せられる二万元の罰金が支払えず、強制労働所に送られるからだ。二万元といえば、中国内での出稼ぎの二年半分に当たる。そう簡単に払える額ではない。また借金も難しい。そもそも二十万元からの借金をして密出国し、碌にその返済もしないまま強制送還されてきた落伍者だ。さらなる援助をする者は皆無といっていい。

俺は、正剛が嘘をついているのではないかと疑った。

正剛は玉娟が強制労働所に送られたと知っていて黙っている。俺に知らせれば、借金を増やしてでも玉娟を出してやってくれと言うに決まっているからだ。むろん、そう言う。総額四十二万元の借金は俺一人で返す覚悟だった。

だがそれは無理だと、正剛は考えているのだろう。ただでさえ借金は倍に膨れ上がっている。果ての見えない返済に疲れ、俺がふらりと、行方をくらますのではないかと案じているのだろう。

しかし、俺は逃げる気などさらさらない。玉娟を取り戻すためなら、どんな苛酷な労働にも耐える自信があった。正々堂々と借金を返したかった。

少秋も、玉娟の分まで返すのは無茶だ、俺が手伝ってやると言った。

「俺はもう、とうに返済を終えている。一度も帰ってないから見たわけじゃないが、去年の末には、町の方にマンションを建てたと聞いた。これからはあっちでも不動産収入が見込める。もう俺は、大して金なんて要らないんだ。いつまでも、だらだらと日本で働いていても仕方ないと思っていた……そんなとき、お前たちがやってきた。俺は思った。この二人が借金を返すまでは、俺も一緒に日本で頑張ろうと。それを一つの区切りにしようと。

だが、こんなことになってしまった。玉娟が捕まったのは俺にも責任がある。だから、手伝わせろ。無茶をして体を壊したらなんにもならないぞ。闇医者にかかったらそれこそ、持ち金を全部吸い上げられてしまう。いいな、守敬。俺に手伝わせるんだ」

それを、俺は断った。玉娟を失った悲しみを、誰かと分かち合いたくはなかった。借金を全て背負うことで、玉娟を独り占めしたかった。再び玉娟が目の前に現われたとき、お前の分まで俺が返したのだと恩に着せたかった。愚かな考えだというのは百も承知だった。だが、その思いだけが俺を支えていた。

玉娟を抱き寄せる日を夢見て、俺は昼も夜も死ぬ気で働いた。

あれは、冷たい雨の降る夜だった。

俺はクラブの深夜前営業で溜まったゴミを外に出そうと、大きな袋を両手に持って非常階段を下りていた。ビル裏側の路地に通ずる、錆《さび》で黒くなった外階段。滑って転ばないよう、一歩一歩注意して下りなければならない。しかも狭い。ゴミ袋は前後にして、肩の高さまで持ち上げないと通れない。三階から路地に下りきった頃には、前腕の筋肉が攣《つ》りそうになっていた。

黒く濡れた土、鈍く白く光るコンクリートの欠片《かけら》、あるいは石くれ。薄汚れてヒビの入ったポリバケツ。あの中に放り込んで、さっさと店に戻ろう、そう思ったとき、いきなりバケツの陰から誰かが立ち上がった。

驚いたが、声は出さずに済んだ。相手は顔を伏せていたが、俺には誰だか分かった。

いつだったか、クラブに月《ユエ》のことを調べにきていた日本人マスコミだ。以後も何度か、俺は歌舞伎町を歩く彼の姿を見ている。そうと知っているからか、いつも何かをコソコソ嗅ぎ回っているように見えてならなかった。後ろから肩を叩いたらさぞ驚くだろう、などとつまらぬことを考えたりもした。

立ち上がった彼はこっちには目もくれず、踵を返し、雨で輝きを増した歌舞伎町の通りに姿を消した。

直後、

「あっ……」

今度は声が出てしまった。

あろうことか、月が、すぐそこを通ったのだ。

聞こえたのだろう。月は一歩戻って路地を覗き込んだ。目が合った。いや、確信はない。

そもそもどこを見ているのか分からないような目なのだ。

俺は動かなかった。いや、動けなかった。月はすぐに歩き去った。ちょうど、あのマスコミ男が歩いていった方に。

震えた。あの目に。大きな平べったい影に。誰もが彼を「月」と呼ぶが、実際の彼は少しも輝いてはいなかった。むしろ周囲の光を吸い込んでしまう闇。あるいは黒い煙が寄り集まってできた人形。彼もまた幽霊だった。それもとびきり強暴な、流氓《リウマン》という名の悪霊。

もう一度、俺は大きくブルリと震え、正気を取り戻した。まだゴミを持ったままだった。さっさと片づけて店に戻ろう。服もずいぶんと濡れてしまった。

路地はバケツ一つ分の幅しかない。そこに一列に、四つ並んでいる。つまり俺は、四つのポリバケツを挟んで、あの人殺しと向かい合っていたわけだ。そう考えると、急にあの月までもが間抜けな存在に思えてくるから不思議だ。

ウチの店のバケツは向こうの、通りに近い方の二つだ。他の店のバケツを跨ぎ、一番向こうに一つ放り込む。もう一つのバケツにはフタがある。それを取り、もう一つを放り込む。

が、最初に放り込んだバケツがゆらりと傾ぎ、道の方に倒れた。

「あっ、あいやァ……」

嫌なことは重なるものだ。袋の口が解《ほど》けて、中身が少し向こう側にこぼれてしまった。俺は仕方なく、手前のバケツを跨いで直しにいった。

最初は気づかなかった。だが、いざ倒れたバケツを立てようとして、初めて俺は、自分が地面ではない何かを踏んでいることに気づいた。

黒いカバンだった。なぜこんなところに。だが、すぐにピンときた。ここは、あのマスコミ男がしゃがんでいた場所だ。どんな理由があるのかは知らないが、彼がこれを、ポリバケツの下に隠していったのだ。

俺は階段の踊り場の下に入り、カバンを開けてみた。暗くてよく見えない。引っくり返して中身を全部出す。すると、なんと幸運にも財布が入っていた。中身は五万七千円と小銭。中国で働いたら、ほとんど半年分の収入だ。他にはクレジットカード三枚とキャッシュカードが一枚。レンタルビデオか何かの会員証、数枚。レシートやそれに似た何かの利用明細書が数枚。

まず、現金はいただきだ。クレジットカードとキャッシュカードも、上手くすれば使えるかもしれない。他は財布と一緒にカバンに戻す。

ノートも数冊あった。捲ってみるが、さっぱり読めない。まともな日本語であれば、俺も平仮名と漢字の拾い読みでなんとか理解できるようになっていたが、そのノートの文字はほとんど何も読めなかった。全体に平仮名に似た文字で文章は形成されているが、字そのものが汚いのか、とにかく読めない。それもカバンに戻した。

太いペンのような銀色の機械もあった。「デジタルレコーダー」と書いてある。そうか、彼はマスコミだから、これで相手の話を録音するのか。俺には必要のない機械だ。戻す。

携帯電話は、無条件にいただきだ。

ペンケースは中身を見る。どれも安いボールペンとかそんなものだったので、戻す。名刺入れもある。何かの役に立つかもしれないので、これはもらっておく。

口紅くらいの大きさで、それよりはやや平べったいプラスチックのケースがあった。いや、ケースではなく、これ自体が機械なのか。【STICK DRIVE USB2.0】と読める。回路が透けて見えている。パソコンか何かに使う部品か。パソコンは持っていないので、これもいらない。

あとは、ジッパーのついたビニール製のケース。財布よりは大きく、システム手帳にしては厚みがない。ジッパーを開けると、二つ折りになっていたそれが開いた。

中身を見て、俺は息を呑んだ。

パスポート、健康保険証、自動車運転免許証。

密航者が、喉から手が出るほど欲しがる日本人の証、その数々だった。俺は慌ててカバンの中身を再点検した。銀行通帳や印鑑はないかと思ったのだ。が、それらはいくら探してもなかった。

俺はそれをケースごと腹に捻じ込んだ。

カバンは、どうしたらいいだろう。同じところに放置して、すぐに奴が戻ってきたら、金が抜かれていると気づいて騒ぎ出す可能性がある。それは困るので、いったん、ビル裏手の清掃道具を入れるロッカーに放り込んでおいた。

後日、改めて不燃ゴミに出せば問題ない。

少秋には内緒にしていた。なんとなく後ろめたかった。密航は違法だが犯罪ではない。それが共通の認識だったから、俺たちは自らを犯罪者とは思っていなかった。

だが、身分証明書を盗むのは犯罪だ。悪用したり、売ったりするのは流氓のすることだ。俺はビニール製のケースを肌身離さず持ち歩き、少秋の目を盗んでは眺め、どうするか思い悩んだ。

少秋とは別の建築現場に入った、ある日の休憩時間。

「ねえねえ、免許証失《な》くしたこと、ある？」

俺は大工のハルさんに訊いた。ハルさんは、ぷかりと煙を吐き出して答えた。

「……ああ、あるよ」

「困ったですか」

ハルさんは、黒光りする顔をくしゃくしゃにし、泣き真似をしてみせた。

「ああ、困ったねえ。どっかからひょっこり出てくるだろうと思って、二、三日は我慢したっけな。けど、免許なかったら軽トラも乗れないでしょ。道具運べなくなっちまうから、そりゃ困るよねぇ。それと、電車乗って現場通うんだったら、それなりの恰好しないと、周りの人の迷惑になるでしょ。だから、一々現場で着替えなきゃなんないし。秋頃だったから、まだそんなに寒くなかったからよかったけど、ま、そういうのも面倒だったかな」

なるほど。でもあいつは大工じゃない。マスコミだから、きっとそんなに困ってない。

「じゃあ、パスポート失くしたことある？」

「パスポート？　そりゃないな。だって、持ってねえもん」

「そうですか。じゃあ、保険証は？　失くした？」

ハルさんが眉間に皺を寄せる。

「リンくん、今日はまた一段と変なこと訊くねえ。保険証なんて持ち歩かないから、泥棒にでも入られなきゃ失くしゃしないだろうけど、なに、俺の保険証、どっかに落ちてた？」

話が変な方向にいってしまった。

「違う、ハルさんじゃないです。落とした人いるから、すごく困ってるかも、を思っただけ」

ハルさんは「ふぅん」と口を尖らせた。

「そりゃ、困るんじゃないの？　だって、保険証を誰かに拾われちゃったら、サラ金とかでお金借りられちゃうからね」

保険証、サラ金、借りられる？

「えっ、保険証だけで、お金、借りられちゃうの？」

そうだよ、とハルさんは、さも当たり前のような顔をした。

「だって、保険証には顔写真ないでしょ。免許とかだったら顔写真つきだから、別人だって分かるけど、保険証はそういうのないから、借りられちゃうらしいよ」

らしい、というのが気になった。

「ハルさん、借りたことあるの？」

「リンくんよ、俺はこう見えたって健全なる労働者だぜ。そりゃ今は小汚えジジイかもしれんがよ、バブル前の建売ブームのときなんか、そりゃ凄かったんだから。ガッポガッポで。もっと前だったら、そうさなあ、昭和の五十年前後だったかな。あの頃はまだ高価だった羽毛布団、あれを家族全員に買ってやってよ、こーんなガキの分もだぜ。それから田舎の父ちゃん母ちゃんにまで送ってやってな……」

どうしてそんな話になってしまったのか、ハルさんは興奮して昔の自慢話を延々繰り返した。内容は半分くらいしか分からなかった。とにかく昔は凄かった、そういうことらしい。

結局、ハルさんがサラ金から借りたことがあるかどうかは、その日、分からず終《じま》いだった。

サラ金が「サラリーマン金融」の略語で、正式には「消費者金融」であると知るのには多少の時間がかかった。申し込みにはいくつかの方法があり、一番手っ取り早いのは街角にある無人契約機である、と分かるにはさらに三日かかった。

建築現場からの帰り道、俺はその、無人契約機を探してみた。細長いビルの二階。それは銀行のATM店舗のような部屋の、さらに奥の別室にあった。

《いらっしゃいませ》

入ると同時に女の声で言われたが、機械音声だろうから無視していた。狭い部屋の右壁、テレビが埋め込まれた大きな機械は、ゲームセンターの業務用機によく似ていた。壁に貼りつけられたケースには、宣伝チラシみたいな紙がたくさん入っている。

《お座りになって、画面の指示に従って入力してください》

まだ何か言っている。聞き流して室内を探っていると、

《お客様ぁーッ、こっちですよーッ》

直接言われたような気がして、思わず声の方を向いた。テレビ付き機械の横からだ。ほとんど同時に、

《そうそう、こちらです》

まるで見ているかのような反応があった。試しに機械と丸椅子を指差してみる。

《そう、お座りになって》

今度は自分を指してみる。

《ええ、お客様が、椅子にお座りになってください》

やはり、こっちの動きに対して反応がある。こっそりどこからか見て、それで喋っている

のか。まさか、この中に人が入っているのか。それでは全然、無人契約機ではないではないか。

《本日お持ちになった身分証明書の種類を、画面に入力してください》

画面、画面。目の前のテレビに、健康保険証、自動車運転免許証、パスポート、と書いてある。電車の券売機と同じで、触って決める方式か。とりあえず健康保険証の字をつつく。すぐに案内の声が続いた。今度は本物の機械音声だ。

《お手元、左手に用紙がございます。そちらに必要事項をご記入ください。おすみになりましたら、正面の挿入口にお入れください》

用紙。その内容を見て、俺は席を立った。

《お客様、どうなさいました？》

まだ何か言っていたが、俺は振り返らなかった。

契約機械の部屋を出る。もう一つのドアも開けてビルの廊下に出る。追ってくることはないと思ったが、なんとなく駆け足で階段を下りた。

手にはあそこから持ってきた用紙がある。ハルさんが言ったのは嘘だった。保険証さえあればすぐに金が借りられるというのは間違いだ。他にも色々、書き込んで知らせなければならないことがあるではないか。

現住所というのはどうしたらいい。職場はどこにしたらいい。入社年数はどうする。しかも、これをあそこで書き込まなければならないということは、書く姿を見られるということだ。住所などを保険証を見て書き写したら、それだけで怪しまれるだろう。保険証を持っていくだけで借りられるなんて、まったくのデタラメではないか。

だが、ハルさんに文句を言うわけにはいかない。俺が密航者であることは、現場の誰もが承知している。サラ金云々を言い出したら、よからぬことに手を染めようとしていると悟られる。当然、それは少秋の耳に入る。それだけは避けたい。

どうするべきか。

俺は翌日、ハルさんよりは少し不真面目な感じの、トモさんという若い大工に訊いてみた。

「トモさん。サラ金借りたこと、ありますか」

コンビニ弁当を食べていたトモさんは、「んあ?」とだるそうにこっちを向いた。

「サラ金……ああ、あるよ。もう借りらんねーけどな」

「え、どうしてですか」

「なかなか返せなくってな。もうあんたには貸さねーよ、ってなっちまったんだよ。結局は女に払ってもらったけどな。悪いお客さん、ってわけさ。なんつーか知ってる? そういうの。ブラックリスト、っていうんだ」

ブラックリスト、は分かる。つまり、トモさんはサラ金のブラックリストに載っているということか。

「なに、リンくん、金要るの」

かぶりを振ると、トモさんは笑った。

「ウッソつけよ。スネークがサラ金に興味持つなんて、なりすまして限度額引き出す以外ねーじゃねーか」

「トモさんッ」

俺は彼の口を塞いだ。

「他の人に、聞こえちゃうは、駄目ですから」

トモさんは俺の手の中で頷いた。

「……分かった、分かったよ。でも、あれだね、リンくんは他のスネークと違ってクソ真面目なんだと思ってたけど、やっぱけっこう、エグいこと考えてんだね。見直したよ」

意味は半分くらい分かった。トモさんはまだ笑っている。

「ミナオシタ？」

俺は分からない言葉はなるべく訊き返すようにしている。

「ああ、見直した」

「どういう意味ですか」

トモさんは唸った。

「どういう、って言われてもなあ。あれか、真面目、は分かるか」

頷いてみせる。

「リンくんは、本当は、真面目じゃない。でもそれが、いい、と思ったんだよ。バッド・イズ・グッドだ」

別に英語にしてくれなくても、それくらい分かる。

「真面目じゃなくて、いいですか」

トモさんは嬉しそうに頷いた。

「ああ、特にあんなサラ金なんてよ、きったねー商売なんだ。引っかけてふんだくってやりゃあいいんだよ。なに、保険証か何か手に入れたのか」

俺は少し黙った。

「なんだよ今さら。黙っててやっからよ、言ってみろって。グーちゃんに黙っててほしいんだろ？　あいつ、リンくんのことになっとうっせーからな。大丈夫だって。黙っててやるから、俺に相談しろって」

グーちゃんとは、少秋の愛称である。

「本当に、誰にも言わないか」

「ああ、言わねーよ。俺、口は堅《かて》えんだ」

俺は考えた。少秋には相談できなかったし、クラブに行けばそういう話を聞いてくれる女はいくらでもいたが、少秋に知られずに済ませるのは難しかった。だとしたら、俺にはトモさんしかいないのではないか。もし話してみて、何もできそうになければ、全部捨ててしまえばいいのだ。拾ったものだから、別に惜しくはない。今まで通り働き続ければいいのだ。

よし、話してみよう。

俺は「じゃあ」と前置きした。

「トモさんにだけ、言います。保険証と免許証とパスポート、拾いました。無人契約機に一度行ってみたですけど、書類を書かなきゃいけないの分かって、出てきました」

トモさんは「ほう、そりゃ大漁だ」と身を乗り出した。

「でもよ、今どきのサラ金は、なりすましを警戒してっからな、保険証だけじゃ最初から疑ってかかるぜ。だから、それだったらよ、免許の写真だけ貼り替えちゃえよ。いるだろ、スネーク仲間にそういうこと請け負ってくれる奴」

俺はかぶりを振った。

「そういう人、いるですけど、そういうときは、いつも顧《グゥ》さんが一緒にいます。顧さんに分からないようにするは、できないと思う」

俺は日本人と話すときだけ、少秋を「顧さん」と呼んだ。

「だったら俺が紹介してやろうか。十万くらいでやってくれる奴、知ってるぞ。そうだな、俺の仲介料と合わせて、ざっと十五万ってとこかな」

「駄目です。そんなお金、ないです」

「なに言ってんだよ。サラ金一社で、まあ百万は無理だろうが、五十万だったら問題なく出すぜ。三つ回ったら百五十万、四つ回ったら二百万だろ。十五万くらいどうってことねえだろうが」

ちょっと、よく分からなかった。

「あの、十五万、サラ金のあとで、いいか」

「おう。無人機のとこまでついてってやっから、安心しろよ」

俺は下着の中に入れていたビニールケースを取り出し、免許証を抜いて渡した。

「お願いします、それ、お願いします」

もう、頭の中は二百万で一杯だった。いや、サラ金がこの日本に何社あるのかは知らないが、十社回れば五百万になる。借金を返してもまだ余る額だ。そうなったら、それ以後働いた金は全て自分がもらえる。元に替えればかなりの額が送金できる。少秋のように、町にマンションを建てたっていい。さらに家族が一生食えるだけ稼いでおけば、玉娟が嫁にいく必要もない。みんな一緒に、ずっと暮らせる。

不思議と、後ろ暗い気持ちはなかった。心には、暖かく柔らかな光と、玉娟の笑みが広がっていた。

「いやいや、まず写真くらいは自分で撮ってこようよ」

トモさんが何か言ったが、そんなことは全く耳に入らなかった。

Ｖ明けはメインの津山からだった。

「埼玉県秩父郡両神村山中で発見された、こちらも身元不明の遺体、ということになりますが、エステラの透視と併せてご覧になって、いかがですか、平原さん」

平原は元監察医。変死体の専門家だ。

「そうですねえ。なんらかの理由で、利害関係が生じての仲間割れ、というのは肯《うなず》けるんですが、ただ計画的だったかどうかは、疑問なんですよ。むしろ、仲間割れはここで起こって、とっさに行った犯行と見た方が、私は自然だと思いますが」

「太田さん、いかがでしょう」

「そうですね。単純に、なぜこの両神村山中だったのか、未舗装ではあるが車が通れるような道から、たった百メートル入ったところに、なぜ埋めもしないで放置したのか、というのは疑問ですね。死体遺棄とは別の目的が、加害者と被害者の双方にあったという見方は、当然成り立ってくるでしょうね。

　この山中ですから、例の竹藪の一億円じゃないですけど、多額の現金とか、仮説を立てるとしたら、マネーロンダリングの過程で、一時的に人前には出せない金を隠していた可能性が考えられる。これは仮説の一つにすぎませんが、まあそういう裏金絡みの可能性が高いのではないかと、思いますけどね」

平原、太田、両氏のコメントを訳して伝える。エステラは落ち着いた表情で頷いていた。

小説家の石野が「あのぉ」と割り込む。

「傷口から力の入り具合とかが分かって、それで大体、犯人が男か女か分かるって言いますよね」

平原が答える。

「そうですね。詳しい検死結果を見れば、大体は分かると思いますね。七ヶ所も刺されてますから、警察は当然、予想してると思いますよ」

「特に言わないということは、やっぱり男性なんでしょうか」とジャーナリストの湯川。

「その可能性が高いですね」と太田。やや苦笑。

「エステラは計画的犯行と透視しています。平原さんとは、意見が分かれました。その辺はいかがでしょうか」

西田の質問を伝える。エステラは深く頷いてから答えた。

「計画的犯行、というのが何を指すかは難しいと思うわ。私が言ったのは、最初から殺意があった、ということね。どうやって殺すかまでは深く考えていなかったけれど、とにかく殺して、隠してあった大切なものを奪おうとは思っていたわ。けれど、いざ殺してみて、それが思っていた以上に恐ろしい行為だったのね。だから、とにかくその場から逃げたくなってしまった。

殺されたのは、見つかる一週間くらい前だわ。秋だったけど、かなり寒い日が続いたのだと思う。雨も、そうね、二、三日は降ったはずよ。だから、殺されてすぐだったら、警察も犯人に繋がる多くの証拠を得られたの。けれど、雨が降ってしまったから、被害者の衣服に付いていた指紋なんかも消えてしまったのね」

エステラは文節ごとに区切って話す。瑞希はその都度、日本語訳を割り込ませた。途中にトラブルがあったので、これが放送では初めての生同時通訳となるわけだが、わりとちゃんとできる、という感触を瑞希は得ていた。発言内容の信憑性云々は、この際さて措くにしても。

平原があとを継ぐ。

「そう、犯行が素人であるというのは、間違いないでしょうね。七ヶ所刺すというのは、ある種猟奇的といってもいい残酷さに思えますが、実際はむしろ臆病な人の方が、何度も何度も刺してしまうものなんですね。どれくらいやったら死ぬか分からないから、息の根が止まるまで、何度も何度も刺してしまう。逆にプロだったら、あるいは暴力に通じている者であれば、どこをどうやれば一発で殺せるか、知っていますからね」

その素人殺人犯が、ここに来るというのだろうか。常識で考えたら、まずないと思うのだが。

西田がまとめに入る。

「では、平原さんのご意見も、エステラの透視に近いものであった、ということでしょうか」

「そうですね。非常に近い見解になりましたね」

再び小説家の石野が「ただ」と割り込む。

「身元を示すものを持ち去ってもいるわけですよね、犯人は。すると、かなり冷静だったとは考えられませんか」

答えるのは太田だ。

「それも、一概に犯人が持ち去ったとは言いきれないと思いますよ。ここには車で来た可能性が高い。加害者と被害者がそもそも仲間だったのだとしたら、上着は車の中で脱いでいたとも考えられる。実際に発見時、上半身はシャツだったわけですから、たまたま脱いでいた可能性がある。そうなると、身元を示すものが何もないのは、まあ幸運といったら不謹慎ですが、犯人にとっては単なる偶然かもしれないですよ」

伝えると、エステラは目を閉じて頷いた。

台本通り、コメントが一巡したところで津山が入る。

「ええ、それでは、エステラの透視について、もう一度ここで整理してみましょう」

受けたのは電話セット前の川田アナだ。タッチパネルには箇条書きの文章が出ている。

「はい。まず犯人側が二人、それに被害者を加えた三人で、この両神村山中を訪れた。ここには被害者が、多額の現金かそれに類するものを隠しており、犯人である二人を案内した可能性がある。犯人側は最初から被害者を殺害し、その何かを奪う計画であったが、殺人に関しては素人で、場当たり的な犯行であった」

画面が三つの人形イラストに替わる。二つは緑で犯人を、一つはオレンジで被害者をイメージしているようだ。

「さらに透視の結果、被害者の氏名が、おぼろげながら浮かんできました。名前に含まれる文字として『ろ』『D』『N』が挙げられました。また犯人と思われる男性二人の似顔絵も作製いたしましたが、現在警察も捜査中であるため、本日の放送では公表を控えさせていただきます。ご了承ください」

津山がタッチパネルを指差す。

「平仮名の『ろ』というのは、下の名前の方でしょうかね。私みたいに、大二郎の『ろ』とか」

「でも、『広田』とか『黒田』なら苗字でも」と湯川。

「あ、『黒田』だったら『D』も入ってますね」と石野。

「クロダケンジ、ケンイチ、ジュン、とかで全部入りますか」と平野。

「ホンダ、オンダ、カンダ、コンダ、で、下にイチロウとかジロウとか、ヒロシとかくれば、これも完成ですな」

太田は、やや冷やかし気味だ。

西田がまとめる。

「そうですね。組み合わせは数々考えられますが、視聴者の皆様には、ぜひ他の情報と併せて、これはと思われる情報をお寄せいただきたいと思います」

再び川田アナとタッチパネル。

「それでは、被害者男性の身体的特徴を改めて申し上げます。年齢は四十代。遺体が発見されたのは昨年秋、十月十五日ですから、それ以後の消息が不明になっている方となります。血液型はB型。身長百七十センチ程度、体重七十キロ前後。がっちりとした体型。腹膜炎の手術痕と、後頭部に古い裂傷、右前腕外側に楕円形の火傷痕があります。普段は眼鏡を使用していたと思われます。以上です」

津山に戻す。

「情報をお持ちの視聴者の方は、くれぐれも電話番号のおかけ間違いがないよう、この番号に、おかけください」

「現在も、続々と情報が寄せられております」と西田。

「それではいったん、コマーシャルです」

津山のキューコメントでBGMが流れ、モニターはタイトルと電話嬢たちを映しながらコマーシャルフィルムに切り替わった。

「CM明け二分前でーす」

その声を合図に、スタッフがわらわらと動き出す。

カメラはそれぞれ次の展開のポジションに移動し、被写体を舐めてはアングルを確認する。西田と湯川のところにはメイクさんが飛んできて、おでこと頰の辺りに直しを入れる。情報デスクから調整室に走る書類を持ったスタッフ。カメラのケーブルを直して回るアシスタント。機材の不調を訴える電話嬢、応対するエンジニア。もうみんなが、みんな、やりたいことは全てこの二分でやり尽くそうという感じだった。

瑞希も、ぼんやりしてばかりではいられない。自分の受け持ちである、エステラのケアをしなければならない。

「気分は、いかがですか」

「大丈夫よ。さっきのは本当に、あのときだけの胸苦しさだったんだから。急に見えたものだから、私自身が驚いてしまったの。でも、もう大丈夫。次の準備をしなきゃね」

次とは、視聴者情報のことだろうか。それとも次のケース、失踪人捜索のことだろうか。

「何を、準備するのですか」

エステラは、瑞希の顔を探るように覗き込んだ。

「ミズキ、あなたは大丈夫ね？」

「準備、ですか」

「いいえ、気分よ。体調は悪くないわね？」

またか。一体なんなのだろう。

「私は大丈夫です。気分も悪くありません」

エステラは、自らを落ち着けるように目を閉じた。

「OK、それでいいのよ。視聴者の情報はまだ分からないけれど、失踪人に関しては、細心の注意が必要になるわ。特に最初の人。若い男性は、もう亡くなっている可能性もあるわ」

細く冷たい息を、胸の間に吹き込まれたように感じた。

亡くなっている、可能性って——。

失踪人に関しては、時間がなかったので写真を見て透視するに留めていた。その際は、若い男性については何も見えない、小学生女児については、隔離されて多少弱ってはいるが最悪の状態ではない、という内容だった。織江もこの二件に関してはエステラの透視を重要視せず、あくまでも番組で情報を公開して、視聴者にリアクションを求めるという方針だった。

それを今になって、死んでいる可能性があるだなんて。

「この前は、何も見えないと、言っていましたが」

努めて穏やかに訊くと、エステラは遠い目をスタジオ内に巡らせた。

「やはり、ご家族の精神力というのが、助けになるのね。彼を思う気持ちの波動が、私の感受する力を強くしているわ。何も見えないというのは、そのまま真っ暗闇だけれど、明かりがあれば、そこにあるものが見えてくる。ぼんやりと見える、それが死体なのではないか、ということなの」

何やら、無性に腹が立ってきた。

これだから、霊能者なんて——。

見えないと言ったり、見えたら死んでると言ってみたり。そういうものを見るために、見えたものを教えるために、はるばる日本まで来ているのだと言われたらそれまでだが、そうと分かっていても腹が立つ。挙句《あげく》、その犯人がここまで来るかもしれないだなんて。

「V明け二十秒前でーす」

一人で考えていると段々わけが分からなくなってくる。誰かに相談したい。そう思って初めて、瑞希は新たな透視内容については「要相談」と言われていたのを思い出した。

「中森さーんッ」

ざわついたスタジオ内。小柄な中森はどこにいるのか分かりづらい。今一度呼ぶと真後ろ、彼女はセットの陰から飛び出してきた。

「はい、なんでしょう」

瑞希は手招きし、口を囲って内緒話の恰好をした。

「……エステラが、次の失踪人の方、もしかしたら、亡くなってるかもって」

中森が目つきを厳しくする。

「それ、上に通しますが、とりあえず言わないでください。コメント求められても、何も見えない、で通してください」

「はい、分かりました」

中森は一歩下がり、インカムで話し始めた。瑞希もとりあえず、エステラに次の失踪人に関して下手なことは言わないよう伝えた。

「五秒前、四、三……」

CMが明ける。キューで、川田アナからスタート。

「視聴者の皆様から、続々と情報が寄せられております。いくつかご紹介します。まずは白骨死体に関する情報です。

東京都のハタさん、とお読みするのでしょうか、ハタキミコさん。白骨死体が発見された場所、知ってます。実は私も幽霊を見たんです。復顔の写真を見て驚きました。よく似ています。でも、実際はもっと切羽詰《せっぱつ》まった顔をしていたので、表情を加えた方がいいのではないでしょうか、というご意見をいただきました。

横浜市にお住まいのナガウラさんから。以前不動産会社に勤めていたときの同僚に似ています、実名はこちらで伏せさせていただきますが、O・Tという人です。二十代後半で、私が退社したあとも連絡をくれていたのですが、この半年ほどはそれがなくなっていました。心配しています。

次に、埼玉県両神村の遺体についてです。

茨城県にお住まいのユダタエさんから、ファックスでの情報提供です。ここ数年連絡のとれない息子に特徴が似ています。右腕に火傷、後頭部に古傷があります。四十一歳で、がっちりしています。ユダさんにはスタッフがお電話を差し上げて、詳細を確認しております。

東京都のHさん。交友のあった街金《マチキン》業者が秋頃から行方不明になっています。身体的特徴も合致します。名前はK・Nです。

同じく東京都のイガリさん。宝石商の友人が昨年秋に失踪しました。同業者から預かった品を持ち逃げしたと聞いています。それが何かトラブルのきっかけになったのでは。

まだまだ、この他にもたくさんの情報をいただいております。番組ではいただいた全ての情報について、その詳細を一つ一つ確認して、事件の解決に繋げていきたいと思っております。また番組では、あえて申し上げていない情報もございます。それには、いただいた情報と番組で取り上げたケースが一致するかどうかを確認するＩＤ、照合要素の役割があります。電話口でそれぞれ確認しております。なにとぞ皆様、電話番号のおかけ間違いだけはなさらないように、引き続きご協力をお願いいたします」

川田アナの読み上げた情報については要約して伝えた。エステラは、宝石商の話が気になると言った。

目で合図すると、中森がスッと寄ってくる。

「……今の、宝石商の話が気になるみたいですけど」

中森がそれをインカムで調整室に伝える。

「はい……あ、そうですか、分かりました」

瑞希に向き直る。

「なんか違ってたみたいです。IDが不一致ってことで」

「えーと、IDって」

「両神村の方は、ペンダコが左なんですけど、これ放送では言ってないんですよ。今の宝石商は、普通に右利きだったみたいで。それと、火傷も後頭部の傷も見たことないそうです。腕なんてけっこう目立つのに」

「……ああ、そうなんですか」

瑞希が会釈して椅子に戻ると、中森も元の位置にしゃがんだ。

エステラの肩をつつく。

「宝石商、違ったみたいです」

「そう。宝石の持ち逃げは、怪しいと思ったんだけど」

まるで、テレビを見る素人のようにエステラは呟いた。

それじゃ透視じゃなくて、ただの勘でしょう——。

また、ぐつりと腸《はらわた》が煮えくり返りそうになったが、なんでもかんでも透視して発言しろというのも、また酷な要求か。

モニターはメインの西田に戻っている。

「中継の笹沢さん、笹沢さん」

映像が玄関前に切り替わる。イヤホンを左手で確認する笹沢アナが映っている。

《はい、六本木、テレビ太陽局舎前の笹沢です》

「そちらは、何か有力な情報は入りましたか」

《はい。白骨死体について、情報確認にお見えになった方が何人かいらっしゃいます。今、スタッフが詳しい説明をしています》

「それはどういった内容なんでしょうか」と津山。

《はい。番組では、発見現場となった建物の所有者の方に配慮して、住所や地名などは申し上げておりませんが、ズバリ、その場所をご存じの方が昨年末、その建物の前で争う二人を目撃しているということで、お越しくださいました》

笹沢アナがテントに入る。会議用の机が設置されており、そこに地図を広げてスタッフと話し込んでいる女性がいる。斜め後ろ姿だけで顔は映さないが、雰囲気からすると二十代だ。外は冷え込んでいるのか、白いダウンジャケットを着ている。隣に立つ笹沢アナのスーツ姿が、妙に寒々しく映った。

《情報はまとまり次第、そちらにお知らせいたします》

彼は一刻も早くスタジオに返そうとしているかのようだった。まあ、素人にいきなりマイクを向けて、うっかり「初台交差点の幽霊ビル」とか口走られても困るのだろう。

「はい。続々、情報は集まってきていますね」と西田。

事実、電話嬢の間を何人ものスタッフが行き交い、情報を記した紙を忙しなく集めて回っている。カメラには映らないが、それらの情報はいったん、電話セット裏に設けられたコーナーに集められる。そこにはパソコンやファックスがあり、メールで寄せられた情報などと併せて、番組内での紹介が検討される。瑞希の通訳もそうだが、予想外の情報がいきなり流れることがないよう、細心の注意が払われている。こういう舞台裏を覗くと、ヤラセなんてあり得ないと思えるのだが。

「二人が争っていたのを目撃されたとなると、これは大変有力な情報になりますね」

と津山。太田があとを引きとる。

「まだ警察も初動捜査の段階ですから、情報を拾いきれていない部分もあるでしょうし、殺人事件と断定されてもいませんから、捜査本部の設置も検討中でしょう。

白骨死体をテレビ局員が発見したという意味では、通常のケースよりメディアが大きく扱ってはくれましたが、それが目撃した人の耳に、目に入っているかといったら、それはまた別問題ですからね。こういう番組で初めて知る方も、当然いらっしゃるでしょう。確かな情報を待ちたいところです」

ブーメランから、電話セット前の川田アナに移る。同時に「Vまで十秒」と書かれたスケッチブックが示される。

「視聴者の皆様から寄せられた貴重な情報は、放送終了後、警察の要請に従って報告させていただくことになります。あらかじめご了承ください」

モニターには若い男女が映し出され、すぐにスタジオは、蒼黒い闇に包まれた。

4

免許証は加工に出していたので、名刺と保険証を見ながら、トモさんと申込書に書き込む練習をした。

「筆跡なんて見やしないから、字なんざ汚くたっていいんだ。とにかく覚えろ。覚えて、すらすら書け……こいつぁ、あれだな、フリーライターってやつだな。これな、これと、ほらこっちも、違う会社の名刺が何枚もある。でもほら、な？　住所はどれも同じだろ。ってことは、個人事務所とか仕事場とか、そういうことなんだよ、これは。だから、これを現住所ってことにすりゃいいや。年収は……そうだな、少ないと貸し出し限度額下がるからなぁ、四百万とか、それくらいにしとけ。本籍は、戻ってきたら免許で確かめる、と。ご親族は、なしでいいだろ。ガキじゃあるめーし」

　カメラでこっちを覗いている女性は「オペーレーター」というらしい。オペレーターは客の様子を見て、書類を見て、自宅に電話をし、現住所が合っているかどうか確かめる。さらに勤め先に電話して、本当にその人物が勤務しているかどうか確かめる。確認事項はせいぜいそんなものだそうだ。

「だからよ、どれでもいいからよ、そいつの勤め先書いちまえばいいんだよ。んで、事前にこっちから電話して、どういう反応すっか確かめときゃいいんだ。そういう人間はいるけど不在だ、って答えたら、もうぜってー大丈夫だから。ただ、サラ金の情報センターみたいなのがあってな、そこに以前の焦げつきがないかどうかは問い合わせるんだ。そいつがもう山ほど借り倒してたら、まあアウトだけど、今それ心配してもしょうがねえし」

　トモさんって凄い、と思った。

　準備が整ったら即実行。とにかく早い方がいいというのが、トモさんの主張だった。

「ほい、これ免許証な。よくできてっだろ。これと保険証があれば、まず疑われることぁねえよ」

　俺の写真の入った自動車運転免許証。これさえあれば色々できるような気がしたが、とりあえずはサラ金だ。現金だ。

同じ現場に入っていた少秋には、トモさんに誘われた、クラブにはちゃんと行くから、とだけ言った。

「最近、仲が良いんだな」

少秋は渋い顔をしたが、今日ばかりは彼の機嫌を伺う気にはなれない。まあ、と適当に濁して済ませた。

現場から上野駅周辺まで出て、無人契約機を探した。いろんなサラ金会社が同じビルに入っている。

「念のため、この前とは違う会社にしとけ」

トモさんのアドバイスに従い、この前の赤い看板の店ではなく、黄色いところにした。エレベーターで四階まで上って、まず店に入る。無人契約機はその奥だ。何喰わぬ顔でドアを開ける。

《いらっしゃいませ》

もうこの前のように動揺はしない。トモさんにも、落ち着いて、できるだけ喋らずにやり通せと言われている。

《画面をご覧になって……》

全て言われる前に、俺は画面の自動車免許証の絵に触れた。オペレーターとは違う、もっと機械的な声が《左手のカバーを開けて、身分証明書を上向きに置いてください》と言う。
やり終えると、いよいよ《所定の用紙に必要事項を記入してください》との指示が出る。
画面右側に棚があり、そこから申込用紙を引き抜く。名前から順に記入していく。
お名前――久保友則　クボトモノリ
生年月日――昭和五十一年四月十六日
年収――四百万円
無担保消費者金融会社（当社以外）での借入――なし
ご自宅住所――東京都杉並区宮前△―◎コーポ宮前二〇七号
本籍――東京都杉並区宮前△―◎
携帯電話番号――〇九〇－＊＊＊＊－＊＊＊＊
Eメールアドレス、配偶者、親族――全部なし
お勤め先（屋号）――月光出版株式会社
お勤め先――東京都渋谷区千駄ヶ谷◎―◇
所属部署名――記者
役職――なし
全て書き終えたら挿入口に入れる。
《審査の結果は三十分ほどでお知らせいたしますが、携帯電話にでよろしかったでしょう

か》

「……はい」

《ご利用、ありがとうございました》

出てくるまで芝居を続けろ。どうってことないって顔をしていろ。それがトモさんのアドバイスだ。

無人契約機の部屋を出ると、トモさんが立っていた。

「行くぞ」

怖い顔で歩き出す。店舗を出て、すぐそこから階段を下りる。

「ふぅ」

俺は声に出して息を吐いた。するとトモさんは、下卑《げび》た笑い声を漏らした。

「……くっけっけっけ。どうだったよ、リンくん」

俺は頷いてみせた。

「たぶん、大丈夫。上手くできた。すらすら書けた」

「なんか、受験生みたいだな」

意味は分からなかったが、トモさんと一緒に笑った。なんだか、とにかく笑っていたかった。

トモさんが奢ってくれるというので、近くのハンバーガーショップに入った。ドリンクを一気飲みし、チキンバーガーを半分ほど食べたところで携帯が震えた。普段は電源を切っているのだが、さっきオンにしておいたのだ。

「クボだぞ、クボ」

トモさんが悪戯《いたずら》っぽい目で見る。俺は頷いて電話に出た。

「はい、クボです」

『クボ、トモノリ様ですか』

さっきと同じかどうかは分からないが、女の声だ。

「はい、そうです」

『こちら、サクセスの契約お申込受付センターです。お客様からお預かりしました書類を審査いたしました結果、限度額五十万円のご融資をさせていただくこととなりました。これからサクセスカードの発行番号を申し上げますので、お控えいただけますか』

何を言われたか分かっているのだろう、トモさんがメモ用紙とボールペンを差し出す。

「はい、いいですよ」

女は十五桁のカード番号と、それとは別に十三桁の会員番号を告げた。改めて読み上げると、

『はい、けっこうです。それでは、自動契約機および店舗窓口にてカードをお受け取りください。ご利用、ありがとうございました』

女は電話を切った。

「やった、う、上手くいったよ。トモさん、行こう、すぐ、今すぐ、借りにいこう」

夢なら覚める前に、そんな気分だった。だが、トモさんは厳しい顔でかぶりを振った。

「いや、まだ金は借りない。先に、同じ要領でカードを何枚か作るんだ。金は、それからいっぺんに引き出して回る。最初に作れるだけ作っておかないと、情報センターに借入金の残高情報が回っちまうからな。どこだってさっきのビルみたいに、同じ建物に何軒も入ってるんだ。金を引き出して回るのは、最後でいいんだ」

俺は黙って、頷くしかなかった。

四日かかって、合計六枚のカードができた。要領を覚えてしまうと、案外簡単だった。

「よし、行くぞ」

いざ金を引き出す日は、トモさんも少し緊張したみたいだが、やってみるとカードを作るよりさらに簡単だった。

一軒目で五十万。二軒目で五十万。三軒目でも五十万。四軒目だけは三十万だったが、五軒目でまた五十万、六軒目でも五十万。合計二百八十万円が、あっという間に懐に入った。

上野駅のデパートに入り、二人でトイレの個室に籠もる。俺はすぐさま、ジャンパーの中から六つの封筒を取り出した。

「しっかし、すっげえなぁ……」

全てを一緒にやっておきながら、トモさんは他人事《ひとごと》のように驚いた顔をした。実際、こんなに上手くいくとは思っていなかったのかもしれない。

俺は四軒目の封筒を覗き込み、額を確認してトモさんに渡した。

「……ん？　なんだよ」

「三十万です」

「いや、ほら、十五万って話だったろ」

「でも、お礼です。あげます」

「いいよ十五で」

「いいです。あげます。本当は、もっとトモさんの分だと思います。でも僕もお金ほしいから、三十万で、ごめんなさい」

トモさんは「そうかぁ？」と三回言って、封筒を受け取った。

いつも通りクラブには出た。どこかで思いきり遊びたい気持ちはあったが、少秋に訊きたいこともあったし、他にもしなければならないことがあった。

「最近、あのマスコミ男、見かけた？」

雨の夜以来、俺はそれがずっと気になって仕方なかった。少秋は、ボックス席の客がホステスにいやらしいことをしないか見張りながら答えた。

「いや、そういえば見ないな。どうしてだ」

「ああ、なんか変でしょ、あいつ。いつもコソコソしてて。町で見かけると、後ろから肩叩いてやろうって、そしたらビックリするだろうって、ずっと思ってたんだけど、最近見ないなって、さっき思い出して。それだけだけど」

少秋は「そうか」と言ったきり、黙ってしまった。

奴のカバンを拾ってから十日ほど経っている。歌舞伎町は面積こそ狭いが、複雑に入り組んでいるので実際はとても広く感じられる。その中で、奴を見ない日が十日あるのは別に不思議でもなんでもない。気にしなくていいといえば、しなくていいのだろうが。

夜の十一時過ぎになって、工頭《コントウ》の手下が一人やってきた。彼は地下銀行の集金係だ。俺たちは彼に金を渡し、中国に送金してもらう。配下にない女たちも、よく老李《ラオリ》の地下銀行は利用する。俺たちのATMみたいなものだ。もっとも、振込専用だが。

送金作業は店の奥、ロッカールームを使う。送金金額は、同じ密航者にも知られたくないものなのだ。

「二百七十万、送ってくれ」

サラ金から引き出した金に、給料からの返済分を加えた額だ。俺が札束を見せても、集金係は顔色ひとつ変えなかった。送り先はいつもの、故郷の老人会館でいい。

「少し時間がかかる。他の奴をやってからでいいか」

「うん、分かった」

ホステス二人の送金が終わってから、改めて俺は呼ばれた。

「かけろ」

携帯電話を渡される。俺は老人会館にかけ、正剛《ツンガン》を呼んでもらった。

「守敬《ソウチン》です。送金しましたが、知らせはきましたか」

正剛は少し黙っていた。

『……何を、しでかした』

明らかに怒っている。だがそんなことは先刻承知だ。

「競馬で儲《もう》かりました」

『嘘をつくな』

「嘘ではありません。競馬で儲けました」

『馬番を言ってみろ。こっちで調べる』

そこまで訊いてくるとは思っていなかったが、不思議と肚《はら》は据《す》わっていた。

「適当に買ったので、忘れました」

『もう一度訊く。何をしでかした』

「競馬で儲かりました」

長い沈黙の間、正剛は二度溜め息をついた。

集金係に肩を叩かれた。

「……長話は別のときにしろ」

「老古《ラオゴウ》、もう切ります」

返事がなかったので、俺は電話を切った。

そのときだ。突如店内にダンプトラックでも突っ込んできたかのような騒ぎが起こった。ガラスの割れる音、天も裂けるかという女たちの悲鳴、椅子でも持ち上げて投げたのか、鈍く重たい音。

俺と集金係はとっさにロッカーの陰に身を隠した。ほんの数秒で騒ぎは収まった。代わりに、台湾訛りの中国語が聞こえた。

「男はお前だけか」

床を震わせるような低い声。

「ホールにもう一人いただろう」

俺は声の主が誰であるのかを悟った。

月《ユエ》だ。

「いや、男は、俺、一人だ……」

少秋が答えた。今日は経営者が不在で、男は少秋と俺の二人だけだった。

「この前は、もう二人いただろう」

「オーナーは来てない。もう一人も、今日は休みだ」

何かよからぬものを察したか、少秋は俺のことをかばってくれた。

ホールに通じる戸口にはカーテンが掛かっている。集金係はよせと手を振ったが、俺はカーテンの端に指を入れてそっちを覗いた。

やはり、声の主は月《ユエ》だった。正面のバーカウンター前で、月が少秋《ソウチエ》の胸座《むなぐら》を掴んでいる。

五人いるホステスたちは、みな左側の壁に身を寄せ合い震えていた。

「ンガァッ」

月が少秋の左耳を掴んだ。少秋がいくらその口を渾身の力で閉じようとしても、あとからあとから、腸《はらわた》の捻《ね》じれるような悲鳴が洩れてくる。

「今、もう一人は休みだと、言ったな」

少秋は答えることもできない。

「なら、明日は来るな」

「ンガァァァァーッ」

何か、濡れたものが破ける音がし、少秋は床に膝をついた。

「……また明日、来る」

月が、少秋の膝先に何かを落とした。すぐに靴で踏む。

「明日いなかったら、今度は右耳を削《そ》ぐ。明後日《あさって》もいなかったら、下唇を毟《むし》り取る。お前が喋れなくなる前に、ちゃんと店に出てくるよう、仲間に言っておけ」

踵を返し、月は店から出ていった。

俺はカーテンを開け、だが少秋が手で制すので立ち止まった。右手で、左耳のあった場所を押さえ、俺を制した左手で、少秋は床から自分の耳を拾った。

「大哥ッ」

駆け寄ると、少秋は左耳を拾った手で「シーッ」とやった。

「……まだ近くに、いる……かも、しれない……」

そう吐き出し、ふっと力を抜いて尻餅をついた。左肩が真っ黒に濡れている。俺は少秋の背中を支えた。

「どうして、俺なんかを……」

「……守敬、逃げろ……お前、こ、殺されるぞ……」

それだけ言って、少秋は気を失った。

夜中でも診《み》てくれるところに少秋を連れていった。病院でも診療所でもない。歌舞伎町の密入国者相手に違法開業している、はぐれ日本人外科医の住処《すみか》だ。

「こりゃまた、派手にやられたなぁ」

ヤニで壁の黄ばんだワンルーム。診察ベッドと簡単な医療器具を揃えた机。スポンジの覗いたソファ。塗装の剥げた小さなテーブル。衣類の詰まった半透明のプラスチックケース。床に置かれた、出前の器。

俺は診察ベッドに少秋を横たえた。

「血、止まらないです」

「そりゃ止まんねーよ……なんだこりゃ、引き千切ったのか。ってこたぁ、あれだ、相手は月《ユエ》だな。耳はあるか」

俺は、少秋の左耳をコンビニの袋ごと渡した。

「お前なぁ、洗ってから入れるくらいしろよ。ゴミついてんじゃねーか。チャイナクラブにだって水道くらいあんだろうが」

医師は入り口脇にあるミニキッチンで少秋の耳を洗い始めた。

「守敬……早く、行け……逃げろ」

頬を動かすと痛みが増すのか、少秋は口先だけで喋った。

「行けないよ、行けるはずないだろ」

少秋はかぶりを振る代わりに、ぎゅっと目を閉じた。

「お前が、なぜ月に、捜されてたのかは、知らない。だが奴は、本気だ。あの、マスコミ男と、何か、関係……あるのか」

この期《ご》に及んでも、俺は少秋に隠し事を明かすべきかどうかを迷っていた。

「どのみち、お……俺には、助けて、やれない。玉娟の、ときも、だった。だから、逃げろ。お前は、せめて、逃げて、生きろ」

医師が少秋の脇に立つ。

「……この人の言うこと聞いて、逃げといた方がいいぞ」

どうやら彼は、中国語が理解できるようだった。

「月はこのところ気が立ってるからな。耳を千切られたのがこの人で四人目、目を潰されたのが五人、手首を落とされたのが二人、殺されたのも二人だ。そん中にゃヤクザもんだって交じってる。

奴は、何かを探してる。だが奴が血眼《ちまなこ》で探すものなんて知れたもんだ。誰かから預かった大量のヤクか、現金そのものか、密輸ルートが知れるような証拠か、せいぜいそんなもんだ。

あいつは無茶苦茶やるからな。奴の目当てのものが見つかるか、逆に奴がルートに消されるか、あるいは、ヤクザが気合い入れて落とし前つけるか……さぁて、どうなるかな。どっちみちあんた、逃げられるなら逃げといた方がいいよ。この人の面倒は、俺が引き受けるから」

なぜ俺が逃げなければならない。なぜこんなことになってしまった。マスコミ男の、あのカバンを拾ったからか。中にはクスリなんてなかった。血眼になるほどの現金もなかった。

俺はジャンパーの膨らんだ内ポケットを上から押さえた。保険証などを収めたビニールケース、携帯電話。そして思い出した。リップスティックより小さな、何かパソコンに使うような機械。それから、デジタルレコーダー。数冊のノート。

あれが月の目当て、クスリの密輸ルートを示す証拠なのだとしたら、もう取り返しがつかない。捨ててしまった。正直にそう言ったら、月は諦めてくれるだろうか。許してくれるだろうか。

たぶん、それはない。俺は殺される。最初に月を見た夜の、あの二人組のチンピラのように、惨たらしく切り刻まれるに違いない。

医師が「さあ、くっつけるよ」と言った。しかし少秋はその手を制し、ポケットから財布を出した。

そして歯を喰い縛ったまま、日本語で言う。

「先に、払う……いくらだ」

「ん、ああ、じゃあ三十万、もらっとくか」

少秋は札入れを開いた。かなり入っている。騒ぎは少秋が送金する前に起こったのだった。大まかに抜いて突き出すと、医師はそれを小指に挟み、親指を舐めて数え始めた。

「んん、惜しい。あと二枚だ」

指でも「二」を示す。

少秋は財布の残りを全て抜き出し、二枚を医師に、あとは俺に押しつけた。

「……持っていけ」

「大哥」

厚みからすると同じくらい、まだ三十万近くありそうだった。受け取れるはずがない。だがかぶりを振っても、少秋は札を握った拳を引っ込めない。

「いいから、これで、逃げろ。俺は、なんとでも、なる。いづらくなったら、中国に帰る。ただ老古に、だけは、連絡、入れろ。老古は、お前を、案じている」

正剛の厳しい顔が脳裏をよぎる。密航は違法だが犯罪ではない。その範疇から、俺はすでにはみ出している。ことの重大さを、今このときになって、初めて認識した気がした。己の愚かさに背筋が凍る。少秋の耳から流れた血の赤が、清く目に眩《まぶ》しい。

俺は机に紙とペンを探し、久保友則の携帯電話番号を記した。

「これ、俺が持ってる携帯の番号。クボです、って出るかもしれないけど、でも、俺だから。これは、借りておく。必ず返す」

メモ紙と引き換えに、俺は札束を受け取った。札は、握るとやけに太く、硬かった。

これは、少秋の魂だ。

「行け……」

目を閉じた少秋は寝返りをうち、俺に背中を向けた。医師が傷口を消毒し始める。

「……行きなさいよ。月はいつ、どこから見てるか分かんないんだから。ほら早く」

俺は医師に深く一礼し、ドアノブを握った。

少秋にはもう、声をかけなかった。

かける資格すら、俺にはなかった。

第四章

妻が食器を流し台に運んでいく。

食卓には食べこぼしだけが残った。いくつかの飯粒と生姜焼きのタレ。箸を直《じか》に置く癖もあるので、正面より右側に汚れが目立つ。だが、ビニールのテーブルクロスをかけようという妻の提案には反対し続けている。幼児期から十代を過ごした、児童養護施設の食堂を思い出して嫌なのだ。

「……きくしてよ」

食器を洗い始めた妻が肩越しに振り返った。

「ん、なに」

「音、テレビの音、大きくして」

リモコンを握り、上向き三角を押してテレビに向ける。

画面には、いつのまにか霊能者と通訳女が戻っていた。ついさっきまで秩父の山の中を探検している映像が流れていたが、あれは結局なんだったのだろう。自分でも知らぬまに、考え事でもしていたらしい。番組の展開を見失ってしまった。
《そうですねえ。なんらかの理由で、利害関係が生じての仲間割れ、というのは肯けるんですが、ただ計画的だったかどうかは、疑問なんですよ。むしろ、仲間割れはここで起こって、とっさに行った犯行と見た方が、私は自然だと思いますが》
頭髪も眉毛も、白くふさふさした老人が喋った。何代か前の総理大臣にこんな人がいたが、彼は監察医務院の元院長だそうだ。
《太田さん、いかがでしょう》
《そうですね。単純に、なぜこの両神村山中だったのか、未舗装ではあるが車が通れるような道から、たった百メートル入ったところに、なぜ埋めもしないで放置したのか、というのは疑問ですね。死体遺棄とは別の目的が、加害者と被害者の双方にあったという見方は、当然成り立ってくるでしょうね》
もうさっぱり分からない。コメンテーターは何について、なぜ疑問を抱いているのだろう。殺人事件について喋っているのは分かるが、利害関係とか仲間とか、どうしてそんな話になってしまったのだろう。
「イチゴ食べる? 」
「食べるよ。全部持ってこい」
「やーだ。あとは私の、明日のお楽しみだもん」

出されたのはたったの五粒だった。

《傷口から力の入り具合とかが分かって、それで大体、犯人が男か女か分かるって言いますよね》

信じ難いことに、五粒の中からさらに搾取しようと手が伸びてくる。

「おい、よせよ、自分の食えよ」

妻は手を止めない。

「ねえ、山ん中からまた死体出てきたの？」

「知らないよ。おい、食うなって」

「はぁん……」

食べやがった。

「きっとなんか出たんだよ。そんな感じじゃない」

「そんなにいくつも出てきたらヤラセだよ」

そんな我が家の声が届いたのか、女子アナがこれまでの経緯をおさらいし始めた。

「ほれ見ろ、これはもっと前に出てんだよ」

「本当だぁ、つまんなぁい」

ダイニングテーブルの向かいに座った妻が、椅子の背もたれに体を預ける。その大きなお腹を見ていると、イチゴの数くらいはどうでもいい気がしてくるから不思議だ。

「でも今度は殺しだよ。わくわく」

「お前さぁ、さっきからこの番組に、何を期待してんの」

「ショッキングなシーン」

「胎教に悪いから替えようか」

「やだ。見る」

画面は玄関前からの中継に切り替わっている。この男性アナウンサー、普通にスーツ姿で喋っているが大丈夫なのだろうか。帰宅した七時頃でも、もうハーフコートでは寒かった。局アナにしては珍しい長めの髪が風に揺れるたび、こっちまでリアルに寒気がする。

《はい。続々、情報は集まってきていますね》と西田千尋。

「この人、年とらないよねぇ」

妻は、西田の主演する二時間ドラマ『温泉仲居は見ていた』シリーズの大ファンだ。

「ああ。肌とか、綺麗そうだよなぁ」

番組は、情報が次々と寄せられていると、うるさいくらいに繰り返す。あんまり言うと、逆にほとんど電話などかかってきていないのではないかと勘繰りたくなる。疑い始めると、際限なく見方が意地悪くなっていく。

大体、人間の記憶ほどあてにならないものはないのだ。

1

番組は中盤に差しかかっている。今は第三の案件、若い男性失踪人についてのVTRを流している最中。キャッチコピーは「成長した弟が叫ぶ、生き別れた兄に会いたい」だ。

スタッフが採用した失踪人の写真は主に三点。最初はホームパーティの一場面であろう、グラスを持つ四人が肩を寄せ合う楽しげな一枚。むろん、他の三人の顔にはボカシが入っている。

次は晴れた日の屋外、たぶんどこかの公園。仲睦《なかむつ》まじげに女性と肩を抱き合う一枚。当然、この女性にもボカシが入っている。

最後は窓辺で外の景色に目をやるソロショット。瑞希はわりと好きな顔なので許すが、冷静な目で見ればかなり芝居がかったポーズだ。これで顔が悪かったら、かなり恥ずかしい写真といえよう。

ナレーターが失踪人について語る。

名前は久保友則、二十八歳、無職。依頼人は市原稔《いちはらみのる》。とある事情で姓は違うが、弟だという。十数年もの間音信不通になっていたが、昨年末に結婚したため、それをどうしても兄に知らせたく思い、知人を頼って捜し始めた。

最初は簡単に会えるのではと思われた。携帯電話番号も、現住所も知人に教わった。しかし実際にかけてみると、鳴ってはいるが出ることはない。現住所にも足を運んだが、留守。何度か通っても戻っている様子は見受けられない。公開された写真は、携帯番号と住所を教えてくれた共通の知人から借りたものだという。
VTR映像は市原稔の自宅に切り替わる。瑞希よりやや年下であろう妻、祥子《しょうこ》と、小さな卓袱台を前に仲良く並んで座っている。苦渋の色を浮かべる稔は老け顔なのか、瑞希よりは年上、三十歳前後に見える。が、友則が二十八歳なのだから、実年齢は瑞希と同じくらいか、それより若いはずだ。
《直後に、その共通の知人とも、連絡がとれなくなりまして。もう、捜す手立てがないんです》
不幸な生い立ちではあったが、必死に生き、ついには幸せな家庭を持つに至った。そしてようやく今、兄のことを考える余裕ができた。
《どうして電話に出てくれないのか、分からないです。兄はこっちの番号とか知らないですから、私を拒否しているわけではないと、思いたいんですが、部屋に戻っていないというのも、何か気になりますし》
曇り空までボカシを入れた画面の真ん中、華奢な鉄骨階段の上のドアだけがはっきりと映る。家賃は間違いなく五万以下、下手をしたら三万円とか、そんな感じの古びた構えだ。これが市原夫妻の愛の巣か、と思いきや、兄、友則の帰らないアパートだと、あとからナレーターが付け加えた。

稔は、兄が新宿歌舞伎町界隈で働いていたという話も耳にしたが、定かではないという。友則には、何か弟に会いたくない理由があるのか。あるいは、姿を隠さねばならない事情があるのか。ナレーションが大袈裟に盛り上げる。

《ほんと、あの、会うだけでいいんで、元気にしてるとか、そういうこと知らせてくれるだけでいいんで、お願いします、お兄さん、連絡をください》

別々に生きた年月が長いせいだろう、稔の態度はやや他人行儀に思えた。十数年会っていないということは、ほとんど子供の頃に別れたきりということになる。その辺りの事情は詳しく説明されない。さらりと「不幸な生い立ち」のひと言で済まされる。

「V明け二十秒前でーす」

すでに電話セットの前には市原夫妻がスタンバイしている。スタジオも明るくなった。なおVTRは続く。

《番組スタッフによる歌舞伎町周辺調査の甲斐もなく、友則さんの行方に関する有力な情報は得られなかった》

「V明け十秒前」

《成長した自分の姿を見てもらいたい、一人前になった自分を、ひと目見てもらいたい》

「五」

《今夜、弟がカメラの前で、行方不明の兄に呼びかける》

映像が、VTRから市原夫妻の立ち姿に切り替わる。横には川田アナが立っている。小野寺がキューを出す。

「本日は久保友則さんの捜索を依頼されました、市原稔さん、祥子さんご夫妻に、スタジオまでお越しいただきました。市原さん、よろしくお願いいたします」

「よろしくお願いします」

深く頭を垂れる市原稔はブルーのニットにスラックス、配色が明るいせいかVTRよりは幾分若く見える。妻の祥子も薄いピンクのニットに黒のスカート。綺麗な顔立ちの人だ。ただ、緊張で表情が硬いせいか、切れ長の目はややきつい印象を与える。髪型も、少し重たい感じがする。VTRで見た住まいの様子からするとさほど裕福ではなさそうだが、それにしてももう少し髪型には気を遣うべきだろう。せっかく顔のパーツも整っていて肌も白いのだから、少し色を明るくして、カットも動きのある軽い感じにした方がいいと思う。大きなお世話だとは思うが。

「結局、電話は繋がらないままで、アパートにも戻られないままで、一度も会えないでいる、ということですね」

と川田アナ。こうして見ると、やはり局アナというのはけっこうお洒落なものだ。スタイリスト付きなのだから当たり前か。

「はい。戻っているようなら、連絡をくれるようにと、隣に住んでいる方にもお願いしたんですが、今のところ……」

市原稔が肩をすぼめる。

映像はメイン二人に替わり、それぞれが市原夫妻と挨拶を交わす。津山が訊く。

「そのアパートの、他の住民の方は、何かご存じではありませんでしたか」

「ああ、あまり普段は、付き合いがなかったみたいで、特にこれといったことは、分かりませんでした」

「お家賃は、いつ頃まで払っておられたんでしょうか」と西田。

「あ、あの、そこには、一月に入居したばかりらしいので、私たちが初めていった二月の最初には、まだ家賃が入っていて、もし戻ってこなければ、今月から滞納してしまうことになると思います」

稔が、同意を求めるように隣を見る。祥子が頷く。こくんと、わりと子供じみた仕草だった。こういうギャップに、稔は惹《ひ》かれたのだろうか。

次に、ジャーナリストの湯川春美が訊く。

「あの、共通の友人の方というのは、どうして連絡がとれなくなってしまったんですか」

稔は、少し考えてから口を開いた。

「……ちょっと、分からないです」

また祥子と目配せし、互いに小さく頷く。仲の良い夫婦、というよりはあつあつの恋人同士という感じだ。

あまり質問攻めにするのも可哀想だな、などと思っていたら、川田アナが割って入った。

「アパート周辺の調査、また連絡がとれなくなる前に共通の知人の方から聞いていた、歌舞伎町界隈、というのをキーワードに、番組スタッフは友則さんの行方について調査してまいりましたが、残念ながらこれといった有力な手がかりはつかめませんでした」

モニターは津山を映す。

「そうですか。番組では、広く視聴者の皆様に情報提供をお願いしております。夜も遅くなってまいりました。お心当たりのある方は、この電話番号に、くれぐれもおかけ間違いのないよう、お願いいたします。ちなみにエステラは、この件についてはいかがですか」

台本通り、津山がこっちに振ってくる。

「いかがでしょう、この件に関して」

するとエステラは、おもむろに席から立ち上がった。左に踏み出し、ブーメラン壇上から下りる。四台のカメラと十数人のスタッフが、気圧《けお》されたように後退る。

ちょっと、なに――。

瑞希の戸惑いをよそに、エステラはそのまま、市原夫妻に向かって歩き始めた。

これは、段取りには全くない動きだ。周辺スタッフはもとより、レギュラー陣も顔を強張らせている。中森は両手で、顔の前にバッテンを作っている。だが、エステラはかまわず進む。彼女が進めば、瑞希もついていかざるを得ない。中森は瑞希にもバッテンを示す。だからといって、瑞希がエステラを羽交《はが》い締《じ》めにして止めるわけにもいかないだろう。

正面で待つ恰好になった川田アナも、戸惑いを隠せずにいる。市原夫妻は、むしろ周囲の慌てぶりに困惑している、という感じだ。

エステラは、市原夫妻の一メートルほど手前で両腕を広げた。いま瑞希の立つ場所からはモニターが見えない。どう映っているのかは分からないが、カメラは確実に追ってきている。

「来てちょうだい。あなたたちのエネルギーを、感じたいの」

両腕を広げたエステラは、一介の霊能者とは思えない神々《こうごう》しい雰囲気を醸《かも》し出していた。ヤケクソで訳してやろうかと思ったが、そんな間もなく市原稔は、吸い寄せられるようにエステラの左腕へと収まった。まあ、このポーズなら勘違いする余地もないか。

だが一応、「来てください、あなたたちのエネルギーを、感じさせてください」と、テレビ的都合を考えて訳しておく。

エステラの右腕は、まだ水平に上げられたままだった。背後からなので分からないが、エステラが目配せでもしたのか、祥子もふらりとその中に収まった。若い夫婦が、樽のようなおばさんに二人して抱きしめられている。ここから見た視聴者は、感動のご対面と勘違いするのではないだろうか。抱えられた二人は、念じるように顔を伏せている。

やがてエステラはパッと手を開き、二人の肩を叩いて解放した。

「ＯＫ、あなたたちの気持ちはよく分かったわ」

「お気持ちは、よく分かりました」

瑞希は言い終えてすぐに、エステラの肘を摑んだ。これ以上はマズい。残念だけど、お兄さんは死んでるかもしれないわ、などと付け加えられたらブチ壊しだ。

しかし、どうしたらいいのだろう。このまま引っ張って、席まで連れて帰るべきか、などと考えているうちに、またエステラが喋り始めてしまった。

「これから、たくさんの情報が提供されてくるわ。あなたのお兄さんについて、まだ確かなことは言えないけれど、きっといい情報がくると思うので、一緒に待ちましょう」

瑞希は訳しながら、思わず安堵の息を吐いた。一応、この場は問題のないコメントでまとまった。稔も、エステラの希望を含んだ言葉に、幾分緊張を和《やわ》らげたようだった。祥子と見つめ合い、微かに笑みを交わす。

この後は台本通りならば、しばらくは川田アナによる情報のおさらいという展開になる。

エステラと席に戻ると、すぐに中森が飛んできた。モニターにも中森の黒い背中が映っている。そのなりふりかまわぬ慌てぶりは、おそらくプロデューサーである織江のそれと同じなのだろう。

どうなるのかな、と思っていると、

「オリエに伝えて」

エステラはいきなり中森を指差した。

「あ……なん、でしょう」

片膝をついた中森の顔から、抗議の色が消えた。

「あなたたちはこの件について、あまりにも私たちに説明が不足しているのではないかしら」

中森は目を逸らさず、インカムのマイクを囲って調整室に指示を仰いだ。二、三、会話の往復があった。

「……エステラ。これは、今回のスケジュール上、致し方ないことでした」

中森にしてはぎこちない英語だった。

エステラは退かない。

「文書でもなんでも、私には説明してほしかったわ」

「しかし、これはその、依頼人のプライバシーに関わる、重大な事柄ですので」

「だったらなおさら、私たちには説明をするべきだったでしょうと言っているの」

中森が再び織江に意見を求める。しばし間を置いてから、中森は頷いた。

「……分かりました。進行のタイミングを見計らって、情報を整理してお伝えしますので、それまでは、この件に関するコメントは、控えてください。お願いします」

中森はちろりと瑞希の背後に目をくれた。振り返ると、小説家の石野、元監察医務院院長の平原が、興味津々という顔で覗き込んでいた。

「他の出演者に漏れても問題がありますので、くれぐれも一切内密に、お願いします」

中森の必死さに免じてか、エステラはゆっくりと頷いた。

「オリエにもう一度伝えて。ここに何が来ると私が透視したか、よく考えてから判断するように、とね」

瑞希は、全身の肌が粟立つのを感じた。犯人が来るという透視は、この失踪人捜索と関係があることだったのか。

中森は「分かりました」と神妙に言って下がった。

「どういうことですか」

堪らず訊くと、エステラは短く溜め息をついた。

「ミスター・ヒラハラは英語が理解できるみたいだから、ここであなたに説明するのは危険だわ」

見やると、平原は「バレちゃった」とでも言いたげな笑みを浮かべ、小さく肩をすぼめてみせた。隣の石野が何事か囁いたが、それにはただかぶりを振っていた。

エステラが、中森に何を言ったかを思い返す。

あまりにも私たちに説明が不足している。

ここに何が来ると私が透視したか。

なるほど、聞かれて困るようなことは何も言っていなかったか。意外だが、エステラはエステラなりに、番組の都合や展開に気を遣って発言しているようだった。

電話セットに目をやると、ちょうど川田アナが何か読み上げようとするところだった。

「早速、久保友則さんに関する情報が入ってきています。渋谷区で中華料理店を経営されている、コヌマユキエさんからです。去年の夏頃まで、よくお昼ご飯を食べにきたお客さんに似ています。スーツ姿で、営業職だと思いますが、いつも一人で日替わりランチを注文していました。メンマを残す癖があったと思います……これ、いかがでしょう。友則さんは、メンマがお嫌いでしたか」

稔はしばし首を傾げ、記憶を探るように視線を床に這わせた。その姿を、祥子がいかにも心配そうに見ている。

「メンマ、は特に、嫌い、では、なかったような……ちょっと、記憶にないんですが」

「そう、ですね。小さい頃の好き嫌いとは、また変わってるかもしれませんしね」

すかさず津山がフォロー。これは依頼人に、というより、情報を提供した視聴者に対しての配慮だろう。

《提供まで十秒、CMまで二十五秒》の指示が出る。

津山がまとめに入る。

「ええ、番組では引き続き、視聴者の皆様からの情報提供をお待ちしております」

「それではコマーシャルです」と西田。

モニターは電話セットを上から撮った映像に切り替わる。

忙しく紙をやり取りするスタッフと電話嬢、話し込む川田アナと市原夫妻が、画面の左に寄っていく。画面右上からブーメランが映り込み、端っこにエステラ、後ろに瑞希も申し訳程度に映り込む。その映像を背景にして、これまでの提供とこれからの提供が紹介される。

テレビの前では気を抜いてしまうシーンだが、出演者はこういった場面でもちゃんとカメラを意識した姿勢を保たなければならない。ここまでが、本番なのだ。

スポンサー紹介が終わり、CMに入る。

「CM入りました、CM明けまで二分です。明けたら津山さんのキューコメントで中継入りまーす」

そしてこれだ。一つのシーンの終わりは次の展開の始まり。この緊張を強いられる二時間は、予想以上に神経をすり減らす激務だ。

それでもたぶん、瑞希はまだ楽な方なのだ。画面に映ってコメントする時間より、ただ眺めている時間の方が圧倒的に長いのだから。

津山や西田は大変だと思う。何かというとカメラを向けられ、自分のコメントで次の展開に繋げなければならない。むろん慣れもあるだろうが、瑞希とは比べ物にならない重責を負っている。緊張感も桁違いだろう。

それはスタッフも同じ。さっき少しだけ足を踏み入れた調整室。あそこの誰かが映像を切り替え、照明を切り替え、秒読みをし、出された指示に従ってカメラマンがスタジオを映し、こっちでもディレクターが秒読みをし、キューを出している。そんな動きの全てが淀みなく機能して初めて、番組は電波に乗って家庭へと届けられる。

現代のテレビ放送は、もっとテクノロジーに頼ったオートメーション化がなされているものと思い込んでいたが、案外色々なことが手作業で、誰もが肉体労働に従事しているのだと感じた。むろんVTRという事前に作った素材を流す時間も少なくないが、その間も電話受付や情報整理は行われているわけだし、ほとんど二時間が丸ごと一つの生パフォーマンス、という印象を強く受ける。

それを統括しているのが、他でもない瑞希の叔母、名倉織江ということになる。織江はプロデューサーという役にあり、素人の瑞希には計り知れない苦労やプレッシャーを負っているはずである。そう考えると、エステラが説明不足を訴えた先の件も、仕方ないのではないかと思えてくる。

あのやり取りからすると、この件には番組では明かせない何か、市原稔と久保友則の出生に関する裏事情がありそうだった。それを伏せたまま捜してくれというのが依頼人の要求ならば、それを呑んだ織江を責めるのは酷というものだろう。エステラは直に接するという手段で何か察知したようだが、実はその方がよほどルール違反なのではないだろうか。

いや待て。超能力自体が未確認である現状、あのパフォーマンスを真に受ける必要はないのか。すると、先のエステラの抗議の意思はなんだったのか。中森の慌てぶりは？　織江とのやり取りは？　そもそも、犯人がここに来るとはどういうことなのだ。

しかし、実に不吉な予言だ。

わざわざ犯人がテレビ局まで来るものか、とは思うのだが、つい包丁か何かを持った人殺しが、局の玄関をうろうろする場面を思い描いてしまう。いったん頭に浮かんでしまうと、なかなか払拭《ふっしょく》できないのも、また瑞希の性分《しょうぶん》だった。

駄目だ。この流れに呑まれて、自分を見失ってはいけない。

固く目を閉じ、ゆっくり深く息を吸う。肩の力を抜きながら吐き、パッと目を開ける。別に、それで何が変わって見えるというわけでもないのだが、少しだけ慌しい周囲と距離を置くことができたような気はした。

見渡すと、動き回るスタッフの間に、またあの刑事たちの姿が覗いていた。中年の方は疲れたのか膝を折ってしゃがみ、なんともつまらなそうな顔をしている。ここは若い方に任せて、タバコでも吸いに行ってくればいいのに。どのみち局が得た情報はあとで報告する約束になっているのだから、ずっと見ていなくてもかまわないはずだ。

一方、腰巾着は隣に立ったまま電話セットの方を見ている。粘着質な視線が、セット前に並んだ三人を見据えている。誰を見ているのだろう。川田アナか。テレビで見るより可愛いな、とか思っているのか。あるいは市原祥子か。いい女じゃないか、あんな野暮ったい男の女房にしておくのは勿体《もったい》ない、とか。ああ、その方がしっくりくる。そういう目だ。他人の妻を、想像の中でどうにかしてしまう目つきだ。

瑞希がそんな妄想に耽《ふけ》っている間も、番組は着実に進行していた。

2

逃げろ、逃げろ、逃げろ。

いくら心で唱えても、俺の足は速く動かない。靴底をアスファルトにこすりつけ、かろうじて体を前に運ぶ。ともするとつまずいて転びそうで、背後から迫りくる脅威から逃げ果《にお》せるなど、自分でも到底できるとは思えなかった。

月《ユエ》。いつもどこからか見ている。だがその姿は雲に隠れて分からない。見えたときには、もうすぐそこまで迫っている。

今も奴は、この俺をどこからか見ているのか。

歌舞伎町のはずれ、あのはぐれ外科医のところを出て俺が向かったのは、以前玉娟《ウージエン》たちと住んだ大久保の住宅街だった。

すでに繁華街からは遠く離れている。ひっそりと寝静まった家々。起きているのは街灯と、ソフトドリンクの自動販売機と、野良猫。

夜の闇は月の味方だ。今ここで月に背後から襲われたら、俺はなんの抵抗もできずに殺されてしまうだろう。駆け引きに使えそうな、月が欲しがるようなものもすでに捨ててしまった。そうと知れたら、ギタギタに切り刻まれ、靴底で踏みにじられて終わりだ。

いっそそうされた方が、みんなのためになるのではないか。少秋《ソウチェ》は左耳を千切られた。俺が月の前に出ていかなければ、明日は右耳を千切られる。その次は唇だ。少秋は、持ち金の全てを俺に渡してしまって、この先どうやって身を守ろうというのだ。

自分はどうにでもなる、いづらくなったら中国に帰ると言っていた。確かに、正剛《ツンガン》にも工《コン》頭《トウ》の老李《ラオリ》にも絶大な信頼を寄せられる少秋なら、金を借りるくらいできるのかもしれないし、再び密航して中国に帰り着くこともできるかもしれない。だが、老李までが月に怯え、少秋を差し出してしまうということはないのだろうか。誰もが月の暴力に恐れをなし、中国人の間で密告が相次ぐなどという事態にはならないだろうか。

あの日、少秋が俺の手を引いた公園の植え込みまできた。月が先回りしていることを想像し、ふいに足がすくんだ。いまだ入管が張り込みをしている可能性も考え、膝が震えた。俺は自分が、自ら月にこの身を差し出すことなどできない男なのだと悟った。

逃げたい、逃げたい、逃げたい。

生きてどうする。玉娟はもういない。少秋とは別れてきた。老李のところに戻ることができなければ、ハルさんやトモさんと一緒に働くこともできない。

ふいにシローのことを思い出した。彼はいい人だったと思う。連絡をとる術があるなら、今すぐ携帯でそうしたい。密入国したばかりで右も左も分からなかった当時の俺は、彼のような存在がこの日本でどれほど貴重か分かっていなかった。目を凝らさないと見えないほどの細い糸。その程度の縁だったが、あのときに手繰《たぐ》り寄せておけば、いま彼の手を握ることもできたように思えてならない。

俺は幻のシローに助けを求める。シローさん、大変なことになっちゃったよ。匿《かくま》ってよ。ほんのちょっとの間でいいから、ほとぼりが冷めるまで、俺をどこかに隠してよ。日本語もけっこう喋れるようになったよ。ちょっとしたらちゃんと働くよ。大工でもウェイターでも、わりとなんでもできるよ。

玉娟が捕まったあの日と同じように、俺はいつのまにか山手通りまで出てきていた。

ふいに大きな影が前に現われ、俺は息を呑んだ。

ただの通行人だった。

右から左に通り過ぎ、少し行ったところでカクンとよろけた。酔っ払った日本人だ。大柄なこと以外、月と似ているところはなかった。月は、いつも真っ直ぐに立っていた。銃でもない限り転ばせることすら不可能に思えるほど、奴は確かな力で歌舞伎町の地面に立ってい た。俺のように、入管や警察の目に始終怯え、歌舞伎町を訪れる遊び客には卑屈な笑みを浮かべ、できれば誰にも見られないように、誰からも気に留められないように、自ら幽霊を装って生きる密航者とは違っていた。

深夜を過ぎているというのに、まだ山手通りでは工事作業中の個所があった。煌々《こうこう》と辺りを照らす蒼白い照明。足元を脅かす低い地鳴り。周囲に連なったランプには赤い灯《ひ》が走っている。

じっと見ていると、迫ってくるのか逃げていくのか、よく分からなくなる。俺めがけて飛んでくる火矢《ひや》のようにも、この腹から飛び散る血潮《ちしお》のようにも思えてくる。

アスファルトではない、仮設の鉄板のような地面をタクシーが走り去る。

ここで殺されたら、俺の血は土に染みるのではなく、アスファルトを伝って下水道に流れ込むのでもなく、あの鉄板と鉄板のわずかな隙間に流れ落ち、この地下に作られている何かの壁に、何十年もシミとして残るのだろう。

俺が、この東京にいたという証《あかし》。幽霊ではなく、生きた人間として存在した印。その方が遥かに、密航者としての自身より確かな価値があるように思えた。

生ぬるい風を顔面に浴びた。安い整髪料と皮脂のこびりついた額に、東京の砂粒が突き刺さる。汚してくれ。もっとこの俺を汚してくれ。

最愛の妹を守れず、他人の身分をかすめて金を引き出し、散々世話になった男を、耳を千切られてもこの身を案じてくれた男を見捨て、その上ほどこしまで受けて逃げてきたこの俺を、もっと、もっともっと、汚して汚して汚して、そして、捨ててくれ。

日本には「ホームレス」と呼ばれる、都会の端っこでなら生きることを許された人たちがいる。いっそ、あれになってしまおうか。借金は半分しか返せなかったが、あとのことは弟や妹に任せて、俺はホームレスになり、少秋にもらった金を少しずつ遣いながら、日本人幽霊に混じって、この都会に居座ろうか。

ああ、玉娟。愚かな兄を笑ってくれ。

俺はお前と共に、全てを失ってしまった。日本で手に入れるはずの大金も、故郷への凱旋も、いま思えば玉娟、全てお前がいればこその夢だった。お前がいないのに、金なんて稼いでどうする。故郷に凱旋してどうする。お前のいないあの山間の楽園で、俺は死ぬまで何を見て暮らせばいいのだ。何を守って生きればいいのだ。

教えてくれ、玉娟。今お前は、一体どこにいるんだ。

死を選ぶ勇気はなく、かといって林守敬《リンソンチン》として生きることもできず、結局俺はさしたる考えもないまま、久保友則の名を借りて食い繋ぐ日々を送った。

住まいは、案外簡単に見つけることができた。保険証と免許証、家賃三ヶ月分の現金があれば、仕事だの保証人だのと難しいことを言わない大家はわりといるようだった。俺が借りたのは、便所あり風呂なしで月三万五千円、六畳一間のアパートだった。

正剛に連絡はしなかった。老李の元を離れ、少秋とも別れて何をしているのだと訊かれたら、答えようがない。玉娟の消息をめぐっての不信感もあった。また久保の身分を借りることで、俺は一人でも生きていけるような気になっていた。もう正剛には頼らない。そう心に決めていた。

住まいほど簡単ではなかったが、住所ができたお陰か、なんとか仕事も見つかった。最初は日雇いだよと言われたが、三日続け、一日休んで二日、また一日休んで四日と、言われた日に言われただけの仕事をこなしていたら、来週からは毎日遣ってやると言われるようになった。

内容は大工仕事だ。古いマンションやアパートの改修が主だったが、使う材料がちょっと違うだけで、店舗改造の技術はそのまま活かせた。

なるべく喋らないように気をつけてはいるが、たぶん、周りの人は分かっていたと思う。俺が中国人で、密航者で、久保友則の身分を借りて暮らしていることは、承知していたと思う。だが許されていた。咎《とが》められはしなかった。

それは、俺が真面目に働いたから。一日一万円で、二万円の人の倍も頑張ったから。

ガンバル。

そう、これはシローが教えてくれた言葉だった。当時はなんとなくいい響きだと思っただけだが、今ならその意味も分かる。

ガンバル。

俺は一日に何度もそう唱えた。心に響かせて働いた。そうしないと、頑張れなかったから。玉娟はいない。少秋もいない。故郷との繋がりも断ち、一切の希望を見出せない俺は、ガンバル、その言葉の響きだけを支えに頑張った。

ガンバル。ガンバル。ガンバル。

俺、頑張るよ、玉娟。

ガンバル。ガンバル。ガンバル。

俺、頑張って生きてるよ、少秋。

ガンバル。ガンバル。ガンバル。

シローさん、俺、頑張ってるよね。これって俺、ちゃんと頑張ってることになるよね。

ガンバル。ガンバル。ガンバル。

みんな、ごめんね。でも俺、頑張るから。

ガンバル。ガンバル。ガンバル。

俺、頑張ってるから。ちゃんと俺、頑張れるから、みんな、見ててよ。ねえ、俺のこと、見ててよ。忘れないでよ。俺、一人でも頑張れるからさ。だからみんな、俺のこと、忘れないでよ。

頼むよ、みんな。

少秋《ソウチエ》と別れてからは、携帯電話の電源は入れておくようにしていた。すぐ電池切れになったので、コンビニで乾電池式の充電器を買って使い続けた。

よくかかってくるときは、一日に三回も四回も電話が鳴った。そのたびに俺は少秋からかと急いで出るのだが、

『あ、久保さん？　ようやく捕まえたよ。ねえ、今どこよ。どうして連絡くんないの』

『もしもしぃ、久保ちゃん？　もしもしぃ……あれ？』

『もしもーし、月光出版のイズミですぅ。久保さんっすかぁ……あれ、久保さんでしょ？』

どれも、少秋からではなかった。

また無言電話も多くかかってきた。最初は少秋かと思った。

「俺だよ、大哥《ダアグウ》、俺だよ、守敬《ソウチン》だよ」

必死で言うのだが、ものの数秒で切られてしまう。あるいは返事がなく、少秋ではないと悟った俺が切る。そんなことが続いた。

そして、仕事をし始めて一ヶ月くらいたった頃。

『……守敬か』

やっと、少秋からかかってきた。

間違いない。芯の強さと、懐の深さを同時に感じさせる、少秋の、あの低くて温かい声だった。

「だ、大哥？　本当に大哥？　小顧《シャオグウ》？」

貪るように、俺は携帯に向かって問いただした。

『ああ、少秋だ。お前、今どこにいる』

安堵の息が漏れた。

「……谷中《やなか》。谷中のはずれにアパート借りて、一人で暮らしてる。大哥はどう、元気？　あのあとどうなった？　耳は？　まさか、両方千切られたなんてないよね？　大哥」

少秋は『ああ』と穏やかに答えた。

『俺は、大丈夫だ。右耳は千切られずに済んだ。左は、んん、あまり感覚は通ってないが、なんとか腐らずにくっついてる。鼓膜《こまく》は無事だから、聞くのは問題ない……それにしてもお前、よくアパートなんて借りられたな』

俺はどう言うべきか迷った。

「あ、うん、なんとか、貸してもらえた。仕事も、うん、大工やってる。けっこう、ちゃんとやってるんだ……俺、頑張ってるよ、大哥」

彼にそう言えることが、俺は無性に嬉しかった。だが少秋は、そんな甘えた感慨を分かち合ってくれるほど子供ではなく、かつ感傷的な性格でもなかった。

『守敬。お前、老古《ラオゴウ》への連絡を怠っただろう』

言葉に、言い知れぬ圧力を感じた。思わず抗《あらが》いたくなる、不快な威圧感。

「あ……ああ」

何をしでかした。そう訊いた正剛の声が蘇る。じゃあ玉娟がどうなったか教えてくれよ。

あの夜言えなかった言葉が、喉元で瘤《こぶ》になる。

『老古は近々、正式に村長になる。俺たちは、親以上に彼を敬わなければならない。忘れるな。俺たちの主は、老古なんだ』

村長になる老古。親以上の老古。俺たちの主、老古。

彼の口調の強さに反して、その意味はまるで俺の心には留まらず、すくう間もなくこぼれ落ちていくようだった。

乾涸《ひから》びた土くれ。かつては確固たる意味を持ち、手の中に大切に包んでいたものが、気づかぬうちに水気を失い、指の間を汚してアスファルトの地面に落ちていく。それを靴底で蹴散らすことのできる、俺がいた。

少秋に対する親愛の情は変わらない。今も大切な俺の大哥《ダアグゥ》だ。だが二人の正剛に対する気持ちには、もう取り返しがつかないほどの温度差が生じていた。

俺の無言を、少秋も反発と受け取ったようだった。

『まあいい。とにかく居場所を教えろ。今すぐというわけにもいかないが、近々会おう』

俺は少秋に住所を告げた。彼は間違いのないよう何度か繰り返し、やがて話題を戻した。

『あのあと、俺はしばらく店を閉めようと経営者たちに提案した。月《ユエ》が何を嗅《か》ぎ回っているかは分からないが、とにかくほとぼりが冷めるまで、店は開けない方がいいと。彼らには俺の耳を見せたし、店の女の子たちも怯えきっていたからな。渋ってはいたが、殺されるよりはマシだと思ったんだろう。無期限の休業に同意したよ。

俺も新宿を離れていたが、知り合いに連絡をとったら、このところは月も姿を見せなくなっていると分かった。それでつい三日前、戻ってきたんだ。昨日から店も再開した。女の子の数は減ったが、また徐々に戻していこうと、経営者たちとも話し合っていたところだ』

そう、自慢げに語る少秋。だが捨てた故郷と同じように、あのクラブにも、俺はさしたる関心を持てずにいた。

さらに二日経って、また電話があった。

『お前、今夜会えるか』

やけに慌てた様子だった。

「え、ああ、今夜……うん、大丈夫だけど」

『俺はまたあそこ、大久保の次に入った、あの中野のアパートに戻ってる。いつでもいい。

仕事が終わったらすぐに来い』

「うん、分かった……」

『必ずだぞ』

興奮しているようにも聞こえた。あの少秋が鼻息を荒くするような出来事とはなんなのか。

俺は品川区戸越《とごし》の現場仕事を六時頃に終え、電車を乗り継いで中野に向かった。

俺たちの住んでいたアパートは、中野駅からも東中野駅からも、新井薬師前《あらいやくしまえ》駅からもほぼ同じ距離の上高田《かみたかだ》一丁目にあった。現場仕事のときは、どの駅からいくのが一番早いか、よく二人で相談した。今日は新宿で、ちょうど中央線の快速に乗れたので中野駅で降りた。

中野通りから早稲田《わせだ》通りに出て、もみじ山通りを二丁目公園に向かって歩く。さらに二つ先の角を右に曲がって、路地に入る。

町の匂いが、言いようもなく懐かしい。同時に、玉娟を失った直後の、あの耐えがたい喪失感が蘇る。体の中身だけ半分抜き取られたような、あるはずのない痛みに責め苛《さいな》まれた日々。今はそれすらもない。半分残っていた、自分というものまで失ってしまったかのようだ。

アパートが見えた。もうすぐ少秋に会える。彼なら、このなくなってしまった自分自身という隙間を、少しは埋めてくれるだろうか。この東京という大きな街に、ぽっかり空いた人《ひと》形《がた》の隙間。穴。虚無。どんなに頑張っても、どんなに金を稼いでも、ここにいることを認めてはもらえない、密航者という名の幽霊。俺。

窓に明かりが灯っている。以前はクラブで一緒に働き、二人で明け方の四時頃帰宅していた。だから、少秋が先に帰って明かりを点けていることは一度もなかった。戻ってきたという感慨と、戻っていいのかという、相反する思いが、俺の心を小刻みに震わせた。

錆の浮いた階段を見上げる。鈍く温かな明かりが漏れ滲んでいる。足を掛け、一歩上がるたび、何本も釘が抜けたトタン板の屋根が、頭上で暴れる。

上りきり、明かりの灯った部屋の前を、一つ二つ通り過ぎる。三つ目、少秋と住んでいた部屋の前で足を止める。明かりは、当時の青白い蛍光灯のままだ。

軽く、人差し指の節でドアを叩く。薄っぺらいベニヤ板の音がした。返事はなかった。

「大哥《ダアグウ》……」

「大哥？」

今一度叩く。今度は少し大きく。それでも返事はない。

暗い気持ちになった。少秋は怒っているのか。正剛《ツンガン》と連絡を断ち、故郷に背を向けたこの俺を。

「……大哥、入るよ」

メッキの剝がれたドアノブを引く。錆《さ》びついた蝶番《ちょうつがい》が鋭く啼《な》く。入り口の土間、狭い台所の色褪《いろあ》せた床板、全てが懐かしい。

「大哥、俺、守敬だよ」

奥を覗くと、所々畳のささくれた六畳間、その真ん中に背中があった。少秋は、正座していた。

「入るよ」

靴を脱ぐ。上がると台所の床が軋《きし》んだ。そばに立つだけで、六畳間とを隔《へだ》てるガラス障子がカタカタ揺れた。

「大哥……」

ふと、嫌な臭いを嗅いだ気がした。瞬時に結びついた記憶は、少秋が、耳を千切られたときのそれだ。

血──。

俺は少秋の肩に手を伸ばした。

指先が触れただけで、ぐらりとその体は前に傾いだ。反射的に引き戻す。勢いで首が後ろに倒れる。

上を向いた顔、その眼窩に、目玉はなかった。

「ぐっ……」

くっつけたはずの左耳も、無事だったはずの右耳もない。下唇も毟り取られている。目から下は血だらけだ。誰の仕業《しわざ》か、考えるまでもなかった。

背後でトイレのドアが開く音がした。

蝶番が啼き、床板が悲鳴をあげ、そこに人形《ひとがた》の闇が、ぽっかりと現われた。

「……返せ」

あの、地を這うような低い声。

月《ユエ》——。

「な、なに」

「奴のカバンだ。あの雨の夜、奴はあの路地に自分のカバンを隠した……探したが、もうなかった。あとになって、誰かあの路地にいたことを思い出したが、誰だかは分からなかった。だが、久保名義の銀行口座やカード決済、消費者金融情報を調べていたら、お前の顔が出てきた。お前は、久保友則の保険証と偽造した免許証で、派手にサラ金から金を引き出した。まあ、そんなちっぽけな悪戯には目をつぶってやる。免許も保険証もパスポートもくれてやる。だが他のものは返せ。カバンの中にはノートや、調べたことをまとめた、これくらいの、メモリースティックがあったはずだ」

月が自分の親指で大きさを示す。間違いない。俺が捨ててしまった、あのパソコン用の機械のことだ。

「あれは、す、捨てた……」

「どこに」

「ゴミ、次の、ふ、不燃ゴミの日に、捨てたから、もうない、持ってない」

闇が、ゆらりと一歩、こっちに踏み出してきた。

「本当か」

「ほんと、絶対ほんとう」

「探してこい」

「むむ、む、無理、それはもう、ほんとに、無理」

「なら……」

そこまで聞いて、俺は月に背を向けた。死ね。そう聞こえたときには、窓枠に手を掛けていた。いつ入管に踏み込まれるか分からない俺たちは、いつでも逃げられるように、鍵は閉めない決まりになっていた。横に投げ捨てるように窓を開け放つ。

「キサマッ」

襟《えり》を摑まれたが、そのまま飛び下りた。一瞬首吊り状態になったが、奴の手がすべったか、俺はブロック塀の向こうに落ちた。

すぐさま立ち上がって走った。振り返ってはならない。隣の敷地を抜け、路地を抜け、アパート裏側の道まで出た。

そのまま俺は駅に向かって走った。裸足《はだし》で走った。

東京の地面が足の裏に突き刺さる。東京の風が「逃げるな」とまとわりついてくる。それでも走った。俺は走った。

少秋の、目も耳も口もなくなった顔が瞼に焼きついている。だがその死を悼《いた》むより、次は間違いなく自分だという恐怖に、俺は突き動かされた。

どこまで逃げればいい。どこまで走ればいい。

逃げても無駄だ。吹きつける東京の風が耳元で嘲《あざわら》う。

そうかもしれない。奴から逃げ果《おお》せるなど、できないのかもしれない。ならばどうする。逃《に》げられないのなら、どうしたら生き延びられる。立ち向かうか。この無力な俺に、あの月に抗するどんな術があるだろう。

玉娟、俺は、どうしたらいいんだ。

3

織江は、調整室のメインモニターを睨んでいた。

番組はほぼ問題なく進行している。

スタッフは慣れた人間ばかりだ。小さなトラブルはどれも予想の範囲内で、その点でも上手く進んでいる方だと言っていい。フロアディレクターの小野寺がキュー出しに失敗したとか、スイッチャーが今一つ流れを読みきれていないとか、コメンテーターの元監察医務院院長、平原の声がこもっていて拾いづらいとか、気になることもないではないが、いずれも目くじらを立てるほどではない。

オンエア中、瑞希に名指しで呼ばれたことにしても、生番組ならではの偶発的演出と考えれば、一概に悪いこととも言えない。

エステラの予定外の行動もそうだ。日本人だったらもっと腹を立てるところだが、外国人というのはこっちもある程度、最初からトラブルメーカーだと覚悟して使っている部分がある。まさかあれで、エステラが市原稔の秘密の全てを見通したということもあるまい。瑞希には口止めもしてある。もう最悪の事態が起こる危険性はないと考えていいだろう。

だが、犯人がここに来るという透視については、どうしたものか。

局舎前の中継テントを訪れた二十代の女性。彼女の目撃通り、誰かと誰かが争った結果、一人が死んであの白骨死体になったのだとしたら、その殺した方がここに来るということか。なんのために。番組を妨害しようというのか。だとしたら、どんな方法で。

ニセの情報を提供しに来るのではないか、と瑞希には言ってみたが、実のところ、易々と騙されるほどこっちも馬鹿ではない。たとえば何某という人間が怪しいとか、初台で人を殺したと言っていたとか、そんなことを聞かされたところで、そのまま放送するわけではない。裏をとり、放送して差し支えない内容か、人権問題に発展しないか、充分な配慮を重ねに重ねて情報は採用している。その点ではむしろ、警察より慎重だと言っていい。

基本的に、この番組は「調査報道」というスタンスをとっている。総勢百名からなるスタッフをテーマごとに配置し、調査の過程と結果を視聴者に提供するのが第一義だ。その意味では、初台白骨死体のような突発的な発見は異例中の異例だ。

では、ニセ情報提供以外に、犯人にできることとはなんだろう。

「CM明け、一分三十秒前です」

番組は滞りなく進行している。当初は白骨死体の復顔に対して、情報が殺到することが予想されたが、思ったほどではなかった。お陰といっていいのかどうか、オンエアできないかと思われた小学生女児失踪事件に関しても、なんとかイケそうな流れになってきた。

「一分前」

いや、犯人だ、犯人。

埼玉県秩父郡両神村のケースについてはどうだ。エステラの透視が正しければ、犯人は二人。これにしても、番組に押しかけてできることなど知れているだろうに。むしろ番組を潰しに来ること自体、犯人にとっては自殺行為のはずだ。

「三十秒前」

では、市原稔の兄の失踪についてはどうだ。犯人と呼ばれるような、あるいは瑞希の訳でいえば「殺人犯」に値するような人物が関わっているのだろうか。

確かに、彼らの家庭事情には公にしたくない点がある。エステラにはあとで説明する必要があるかもしれないが、番組では最後まで触れずに済ませるつもりだ。だが、それでも所詮は失踪人だ。

そういえば、稔の兄が死んでいる可能性があるという透視はなんだったのだろう。それが殺人犯と関わっているのか。稔の兄は、すでに誰かに殺されてしまったというのか。

「十秒前……八、七、六」

ならば、小学生女児は。いや、誰を殺したにしろ、ここに来てできることなどないと思うが。

「三……キュー」

「V入りました」

「V明けまで七分三十秒です」

ちょうどそのとき、セット裏のブースでまとめた情報が織江のところに届いた。

「名倉さん、チェックお願いします」

持ってきたのは、下村《しもむら》というADだ。

織江は「はいよ」とプロデューサー席を立った。照明卓とVE卓の間を通って、仕出し弁当や余りの台本などを積んである雑用テーブルに向かう。そこで下村が、情報を書き込んだシートを捲っている。

「えーと、特に即効性のあるものはないんですけど」

「けどなに。はっきり言うッ」

下村は「名倉さん、キレてますねぇ」と茶化した。

「別に。普通だよ」

織江はシートを覗きながら奥歯を噛んだ。

キレてなければ、みな、すぐに舐めたことを言い始める。力一杯仕事をしていなければ、所詮は女だという目で見られる。

昨今、女性がプロデューサーに起用されるケースは珍しくなくなってきている。だがそれをもって、男女雇用機会均等法を背景とする女性の社会進出が果たされたと認識することはできない。

プロデューサーの下にはディレクターがいる。このディレクターという激務が務まらないから、仕方なく会社側は、早期に女子社員をプロデューサーとして取り立てるという背景がある。現場という生き物と身一つで格闘するディレクターより、タレントのケアや金勘定で包括的に番組と関わるプロデューサーの方が女には向いている、というわけだ。あるいは、女でもできる、と。

確かに、そういう女性プロデューサーがいるのは事実だ。男はよくものを野球に喩えるが、倣っていうならば、彼女らは監督ではなく、口は出すが手は出さない球団オーナーといった位置付けだ。だが、そんなのと一緒にはしてくれるな、という意地が織江にはある。

自分はADからディレクターを経て、ちゃんとアシスタント・プロデューサーも経験して今に至っている。フロアを通らずしてサブに昇ってきたわけではない。碌にバットも振れないくせに好き勝手言ってやがる、みたいな見られ方は我慢ならない。

だからこそ、織江はキレてみせるのだ。

大きく腕を組み、荒く鼻息を吹く。

「即効性はない、けどなんだって？」

下村がシートを何枚か繰り上げて見せた。

「ああ、この、岩本邦彦《いわもとくにひこ》って提供者なんですが、なんかわっけ分かんないこと言ってるらしいんっすよ」

シートを読む。提供された情報のあらましを頭に叩き込む。電話嬢が悪いのか、経由したスタッフがお疲れモードなのか、二つの案件を前後した箇条書きが続いている。

「ね？　わっけ分かんないでしょう」

「わっけ分かんなかったら、わっけ分かるように訊きなさいよ」

あんた馬鹿じゃないの、のひと言は呑み込む。下村はただの遣いっ走りだ。文句を言っても始まらない。

「いいや、あたしが折り返す」

織江はシートを摑み、調整室奥に設置された電話台に向かった。

4

俺は中野の町を滅茶苦茶《めちゃくちゃ》に走った。

住宅街を右に左に蛇行しながら繁華街に出ると、路地を曲がり、人気《ひとけ》のないビルとビルの隙間にもぐり込んだ。だがすぐに、あの雨の夜を思い出した。そこにぬっと、月が顔を出すような気がして、居ても立ってもいられなくなる。結局一分とじっとしていられず、また人を掻き分けながら通りを走った。

しばらくして俺は、靴屋に飛び込んだ。

息が激しく乱れ、スニーカーが欲しい、たったそれだけの言葉が上手く出てこない。

「あれ、お客さん、怪我してんの?」

振り返ると、パンチカーペットの床には赤黒い俺の足跡がついていた。ベンチソファに座り、足の裏を見ると、血と汚れで真っ黒になっていた。小さな穴ぼこがいくつも開いていて、そこから滲むように血が染み出ている。

「ご、ごめん、なさい。でも、あ、あの、あのスニーカー、買います。すぐ履きます」

店主に二千円出すと、いくらか釣りがきた。俺が、汚してごめんなさいと謝ると、店主はかまわないと言ってくれた。

「それより、手当てしなくて大丈夫かい。ばい菌入ったら大変だよ。破傷風《はしょうふう》になっちゃうよ」

俺はよく分からず、

「あ、でも、はい、ありがとう、ございました」

お辞儀をしながら、後ろ向きに店を出た。

すぐに、尻のポケットで携帯が震えた。とっさに少秋からだと思った。だがそんなはずはない。そんなはずはないのに、俺は、彼の声を期待してボタンを押していた。

「もしもし」

『どこにいる』

月《ユエ》だった。

ひッ、という短い悲鳴が、他人のもののように聞こえた。俺は反射的に、赤いボタンを押して切っていた。

またすぐに鳴る。光るディスプレイには非通知と出ている。

異様に膨れ上がった鼓動が内臓を圧し、吐き気を催《もよお》した。それは脳内にも響き、やがて迫りくる死のイメージとなった。一歩一歩近づいてくる、巨大な月の足音。

「うあァァーッ」

俺はまた走り出した。知らぬ間に指が当たったのか、携帯は通話状態になっていた。

『どこにいるッ』

手の中で月が怒鳴る。

どこにいる。どこにいる。どこへやった。奴の取材データ、どこにやった。

知らない知らない知らない。俺は捨ててしまったんだ。あの二日後の不燃ゴミに出してしまったんだ。本当なんだ。もう俺にもどうしようもないんだ。

どこだ。お前、今どこにいるんだ。行くぞ。追いかけていくぞ。突き止めるぞ。追い詰めるぞ。俺は必ず、お前を追い詰めてみせるぞ。

やめてくれ、やめてくれ、助けてくれ。何も知らないんだ。俺は、本当に何も知らないんだ。

いつのまにか、月の声はしなくなっていた。

それでも俺は走り続けた。とにかく人の多いところに。明るいところに。だが、中野の町は新宿ほど大きくはない。三分も真剣に走れば、どっちに向かってもすぐ寂しい場所に出てしまう。

サンプラザの通用口まで来て、俺は引き返そうと立ち止まった。

また、携帯が鳴った。表示は非通知。

俺はあえて赤ではないボタンを押した。

耳に当てる。だが何も言わず、相手は電話を切った。

すぐに、背後にけたたましい足音がした。

俺は、背中の毛穴という毛穴から、血を抜き取られるような悪寒に震えた。瞬《まばた》きを忘れ、呼吸を忘れ、肩越しに振り返った。

携帯電話を高々と突き上げる男、人形の闇、月《ユエ》が、黒いコートの裾を振り乱してこっちに走ってくる。

「うあぁーッ、うあ、ウアァァァァーッ」

俺は吠え、敵に背中を向けた。

真正面にぽっかりと口を開ける、巨大な闇に向かって走った。

それからの日々は、毎日何をやっていたのか、あまりよく覚えていない。谷中のアパートには怖くて帰れなかった。むろん、仕事にも行けなくなった。

いつもどこからか見ている。だがその姿は雲に隠れて分からない。見えたときには、もうすぐそこまで迫っている――。

少秋の言葉が、耳の奥に響いていた。

常に見張られている気がした。辺りを見回す癖がついてしまった。大きな男は、みんな月に見えた。だが一度としてそれが月であったことはなかった。そう、その姿は見ようとして見られるものではないのだ。

そして、見えたときには、もうそこまで来ている。振り返ったらそこにいる。だから、いないと分かっていても、何度も何度も見回してしまう。周囲が奇異な目で見ようが、かまわずくるくる回りながら歩くことになる。

久保友則の、歌舞伎町での様子を思い出す。奴がそうだった。街中で最後に見たときなど、滑稽なほどよく回っていた。なんのきっかけもなく振り返り、泣きそうな顔で後退りし、慌てて前を向き、右を見て左を見て、五、六歩あるいてまた振り返る。それを延々と繰り返していた。

今なら分かる。奴も狂っていたのだ。月の恐怖に。

しかしなぜ、それでも彼は歌舞伎町に通い続けたのだろう。彼を殺すのが歌舞伎町なら、助けるのもまた歌舞伎町だったのだろうか。月が血眼になって探しているデータを、久保友則は歌舞伎町の誰かに売るつもりだったのか。

もっと早くになら、少なくとも少秋が生きていたなら、何か月に対抗し得る手段を模索できたかもしれない。少秋は裏社会にも通じていた。どこの誰なら月を潰してくれるか、心当たりがあったかもしれない。

いや、やはりそれはない。そんな方法がないから、あの夜、少秋は俺に、とにかく逃げろと言ったのだ。対抗し得る手段はない。ただ逃げる。それしか、俺には選択肢がないのだ。

マンガ喫茶、サウナ、オールナイトの映画館。食事は立ち食い蕎麦、不味いラーメン、コンビニのパン。こんな生活がいつまで続けられるだろう。金はいつかなくなる。稼ぐ手段はもうない。俺はいつまで、この持ち金だけで生きていけるだろう。いっそホームレスに、という考えは常にあったが、無防備な姿でどこかに留まるのは怖かった。どこかに入っていたい。壁でもドアでも、俺を守ってくれる何かが欲しかった。外にはいたくない。月がどこから見ている。その思いがどうにも打ち消せない。

ある夜、腹が減った俺は築地《つきじ》駅近くのラーメン屋を覗いた。注意深く客の顔を見回す。餃子《ギョーザ》とチャーシューで一杯やる客ばかりで、月はいなかった。俺は中に入り、ただのラーメンを頼んだ。

これでほんのひととき、安堵を得ることができる。

薄汚れた天井を仰ぎ、溜め息をつき、そのまま隅っこのテレビに目をやった。ニュースに似た、だがそれとはちょっと違う番組をやっていた。討論しているようにも見える。言葉は聞きとれない。周りがうるさ過ぎる。

だが、何かが気になって画面に見入った。途端、左上にある文字に目が釘付けになった。

【久保友則さん　28歳】

とっさに立ち上がり、俺は「リモコンッ」と怒鳴った。割烹着《かっぽうぎ》を着たおばさんが「はいよ」と持ってきてくれた。音を大きくしよう、そう思ってリモコンを向けたとき、俺は――。

ダイニングから移動し、リビングに寝転んでテレビを見ていた。番組では三つ目、失踪人のケースが始まっている。

《成長した弟が叫ぶ、生き別れた兄に会いたい》

いつからその名前は出ていたのだろう。若い夫婦の住まいであろう映像の左上、小さな写真の脇にある【久保友則さん 28歳】の文字に目がいった。

「……あれ？」

久保友則。知っている名前だった。

そういえばさっきから写真を解説する形で、ナレーターがクボトモノリ、クボトモノリと言っていたような気がする。だが文字で見て、初めてピンときた。久保友則。知っている。よく知っている名前だ。しかし、それが誰なのかは上手く思い出せない。

《直後に、その共通の知人とも、連絡がとれなくなりまして。もう、捜す手立てがないんです》

依頼人である弟の顔に覚えはない。市原稔という名前にも、ない。むろん最近結婚したという若奥さんも、見たことのない女だ。

不思議なことに、久保友則であろう人物の写真を見ても、あまりピンとこなかった。【久保友則】という四文字の方が、よほど記憶に残っている。

原色ブルーの、抱き枕を足の間に挟んだ妻が訊く。

「どしたの？」

「ああ……この、久保友則って名前、知ってるんだ。たぶん」

妻は「ええーッ」と派手に驚いてみせた。妊娠前なら体を起こしたのだろうが、今はそんな機敏な動きはできない。寝転んだまま、上目遣いでこっちを見る。

「電話しなよ、電話。情報テーキョー、情報テーキョー」

「いや、でも、誰だか思い出せないんだ」

妻が画面に目を戻す。

《ほんと、あの、会うだけでいいんで、元気にしてるとか、そういうこと知らせてくれるだけでいいんで、お願いします、お兄さん、連絡をください》

弟の訴えのあと、兄の写真が映し出される。どこかの窓辺で外の景色に目をやっている横顔。なぜだろう。この顔には覚えがない。

「いや、でもこの写真の男、お兄さん？　この人の顔には、見覚えがないんだ」

妻が怪訝な顔をする。

「漢字は？　久保友則の、漢字は同じなの？」

「ああ。この字面には、すっごい見覚えがある」

「それじゃ、同姓同名の人違いじゃないの？」

「んん……」

いや、人違いとか、そういうことではない。何か、久保友則という名前を見てピンときた。

それは間違いなかった。何かが、何かに結びついた。頭の中にある何かと、久保友則という
名前が、結びついたのだ。

「仕事関係とか」

そっち方面か——。

最初の仕事は印刷工場の工員。二十人くらいの同僚。背広組の上司。いや違う。あそこじ
ゃない。

次は紙媒体広告の営業マン。たくさんの人に会った。同僚、上司、得意先。それも違う。

むろん今の職場でもない。

「いや、仕事より、前だな……」

「じゃあ施設？」

施設。児童養護施設、若葉園。久保友則。

「そうかッ」

ともの り。一つ年下の、阿部《あべ》友則だ。あいつが養子に入った先の苗字《みょうじ》が、そう、久保だった。

二年ほど前、久しぶりに施設の卒園生で飲もうと、渋谷に集まったことがあった。あのときは発起人《ほっきにん》というか、柄にもなく幹事のような役を買って出た。それで、目が「久保友則」の字面を覚えていたのだ。

小さな頃、あいつは警察官になるのが夢だと言っていた。だが中学のときに一度、喧嘩で補導されて警察嫌いになり、今度は探偵を目指すと言い出した。

「みんなの家族を捜すんだ」

養子縁組が決まり、施設を出るとなったときも「俺、頑張って探偵になるからな」が別れの言葉だった。だが渋谷で再会した彼は「何を間違ったんだか、探偵じゃなくて、物書きになっちゃったよ」と言っていた。

「そうか、友則か」

しかし一昨年、いや、そんな前のことと結びつけたのではない。もっと直接的に、今この状況の何かと結びついたのだ。

「違う違う、そうじゃないんだ」

「何よ、違うの?」

そう、違うんだ。そうじゃないんだ。もっと重要なことと、この名前を結びつけたんだ。二年前に見た顔。友則。居酒屋の片隅――。

すっげえじゃん、海外とか行くの？　いや行かないよ。今はなかなか、雑誌社も取材費出してくんないんだ。前は中東とか行ったけどね。マジで？　中東とかって危ないっしょ。いや、中東も危ないけど、けっこう日本国内だって危ないよ。歌舞伎町なんてさ、もうほんとヤバいって。

「あっ」

近況を話す順番が回ってきたとき、友則は、立ち上がってみんなに頭を下げた。

ごめん。俺、みんなの家族、全然捜せてないんだ――。

あの顔。悔しさも、虚《むな》しさも、何もかもごちゃ混ぜにしたような、あいつの真顔。わりと最近、その顔を見た。いや、最近なんてもんじゃない。今だ。つい今しがた見たじゃないか。

「美紀子《みきこ》……その電話番号、読んでくれ」

立ち上がり、受話器に手を伸ばす。

ボタンを押す指先が震えた。痛いほど、鼓動が激しくなっていた。

1

織江は手の汗を拭い、何度も受話器を握り直した。電話の相手は、岩本邦彦と名乗る情報提供者だ。

「……つまり、渋谷区内で発見された白骨死体こそ、久保友則氏である、と？」

岩本はいわゆる孤児で、幼少期から十八歳まで、東京都北区にある児童養護施設「若葉園」で育った。そこで久保友則、旧姓でいえば阿部友則と、数年間を共に過ごしたというのだ。

『逆にこっちが訊きたいですよ。あの若い夫婦が捜してる久保友則っていうのは、一体誰なんですか。単なる同姓同名なら話は別ですが、でも、そうじゃないんでしょ？　何か、そちらには特別な意図があるんでしょう』

織江は答えに窮した。特別な意図などない、とは言いきれない。が、それは久保友則捜索に関してであり、初台白骨死体とはまったく関わりのないこと、のはずだった。その二つが相互に関わりを持つなど、織江自身、予想だにしていなかった。

『どうなんです。失踪人として捜しているのは、フリーライターをしていた久保友則のことではないんですか。だとしたら、あの写真は何者なんです。誰なんですか。あんたたちは一体、この番組で何をしようとしているんですか』

先ほど下村が届けにきた、岩本邦彦名義の情報シート。その内容が支離滅裂《しりめつれつ》だったのは、受けた電話嬢の書き方が悪いのでも、まとめたスタッフが混乱していたのでもなかった。岩本邦彦の言っていること自体が、にわかには信じ難い内容だったのだ。

「申し訳ありません、失踪人のケースにつきましては、依頼者のプライバシーにも関わる問題ですので、お答えできかねますが、岩本様にご提供いただきました情報に関しては、充分な配慮をした上で、採用を検討させて……」

『そんな悠長《ゆうちょう》なこと言ってられるんですかッ』

加えてこの剣幕《けんまく》。最初に受けた電話嬢は、さぞやりづらかったことだろう。

「いえ、別に悠長とか……」

『大体折り返すとか言っといて、かかってくるのが遅いんですよ。その間に、こっちは友則の家にかけたり、携帯にかけたり、他の仲間にも、仕事先にも連絡したり、そしたら、去年の秋頃から音信不通になってるっていうじゃないですか。友則は、歌舞伎町で潜入取材をしてたらしいですよ。きっとそれで何か、事件に巻き込まれたんだ。それで殺されたんだ。あの復顔は友則ですよ。なのに、なのにあんたたちは、まるで友則が、まだどこかで生きてるみたいに、あんな、夫婦ものまででっち上げて……なんなんですか。一体あんたたちは、何をしようとしてるんですかッ』

このまま大人しく聞いていると、番組批判からメディア批判、果てはマスコミ批判にまで発展しそうな勢いだった。岩本の言いたいことはよく分かった。必要な事柄についてはメモもとった。もう充分だ。

織江は近くにいた若いスタッフの襟首を摑んで引き寄せた。

「……なんかこの人ちょっとパニクってるから、適当になだめて切って。くれぐれも丁重《ていちょう》にね」

耳打ちして受話器を押しつけ、そのままプロデューサー席に戻る。

「中森、聞こえる？」

《はい、聞こえます》

織江はメインモニターを睨んだ。

「瑞希に、もう一度サブに上がるように言ってちょうだい」

＊

放送見送りを危ぶまれていた四つ目の案件、小学生女児失踪事件のＶＴＲが始まった。

スタジオはまた暗くなっている。そんな中でステージ下のモニターを見ているものだから、出演者の誰もが幽霊じみた蒼白い顔になっている。

瑞希は、ふと気配を感じて振り返った。いつのまにか、そこに中森が来ていた。

「な、なんですか」

すると、シッ、と人差し指を口に当てる。そのまま口を囲い、耳を貸せと示す。瑞希は周りに悟られないよう、そっと体を傾けた。

「名倉が呼んでいます。もう一度サブに上がってください」

瑞希も声をひそめる。

「どうしてですか」

「先ほどの件でご説明したいのだと思います。ここでは、なんですから」

瑞希は前方に目をやった。

「……エステラを、ここに残して、ですか」

「ここには私がつきます。Vが明けてエステラがいないのは、視聴者に妙な印象を抱かせますから。さっきいなくなったときも、かなりツッコミの電話が入ったみたいですし」

通訳だけならいなくなっても問題ない、というわけか。

「……分かりました」

瑞希は、そっとエステラの肩に触れた。

「エステラ。オリエが呼んでいるので、ちょっと行ってきます。なるべく早く戻ります。ここにはナカモリがつくそうですから」

エステラは小さく頷き、ＯＫと口の形で示した。

瑞希は中腰でブーメランを離れた。スタジオの端、中年刑事が立ち上がって顔を向けるのが見えた。

暗幕の切れ目に急ぐ。追ってくる気配を背後に感じた。さらに足を速める。暗幕はもう目の前だ。だがそこで、

「ちょっとあなた」

腕を摑まれた。

「なんですか、離してください」

刑事は離さない。

「どちらに行かれるのですか」

「調整室です。部外者立入禁止の」

「なぜです」

「そんなこと、どうしていちいち言わなきゃならないんですか」

「あんたたちは何か隠してる。さっきから見てると、どうもあの霊媒師とも揉めてるみたいじゃないですか。やけにギクシャクしてる。なんかあったんでしょう。何か重大な情報が入ったんじゃないですか。隠したら、ためにならんですよ」

「知りませんッ」

ちょっと大きく言って、瑞希はその手を振り払った。スタジオはまだ暗い。VTRを流している最中だ。少しくらい声を出してもオンエアには差し支えないはず。

階段を上り始めると、

「名倉さんを呼んできてくださいよ」

悔し紛れか、中年刑事も声を大きくした。

「お断わりします」

振り返って睨みつける。背後の腰巾着は、相変わらずぼんやりと見上げているだけだった。

かまわず上る。もう追ってはこないようだった。

踊り場まで来て、調整室の防音ドアを開ける。すぐそこに織江が立っていた。

「ご苦労さん。悪いわね何度も」

「うん、大丈夫」

「連中、様子どうだった」

「なんか隠してるだろって、ちょっと、イライラした感じで、腕摑まれた」

「マジで？　最低。あのセクハラおやじ」

「でも、なんも分かってないよ。なんでも分かってんだぞって口振りだったけど、カマかけてるだけだよ、あんなの」

織江が口の端で笑う。

「言うじゃない」

褒められたのだろうか。

「まあね」

すぐに織江は真顔に戻った。

「……で、まず呼んだのは、さっきの件ね。分かってると思うけど、市原稔と久保友則の兄弟には、テレビでは言えない、表沙汰にできない裏事情がある。むろんあたしは、それを承知で採用を決めた……こんなこと、いま言ってもしょうがないんだけど、あたしたちだってね、スポンサーに尻尾《しっぽ》振って視聴率稼げればそれでオッケーって、そんなふうに思ってるばっかりじゃないんだよ」

瑞希は「うん、分かる」と頷いた。

「彼らには語れない事情がある。それでもあたしは、あの久保友則って男を捜してあげたいと思った。見つけたいと思って、スタッフ動かして調査会社使って、八方手を尽くして今日までやってきたの。

テレビは警察じゃない。杓子定規《しゃくしじょうぎ》じゃ番組は成立しないの。他にだって失踪人はいるし、そういった意味じゃ平等じゃないかもしんないけど、これこそあたしらが捜すべきなんじゃないか、これを捜せるのはテレビだけなんじゃないか、この番組だけなんじゃないか、そう思ったからこの件を取り上げようって、やってやろうって決めたの。いけない？　それのどこがいけない？」

さっきから、織江は何を怒っているのだろう。

「いけなくはない、と思うけど」

「けどなに」

「あ、なんでもない……」

織江がフンと鼻息を吹く。

「だから、今は詳しい事情は話せない。スタッフだって知ってる人間はごく一部だし、とにかく出演者に漏れて、ぽろっと言われちゃったらお終いだから、今はあんたにもエステラにも言わない。言わないまま本番をやり通す。そこんとこ、ちょっと呑み込んでほしいの」

瑞希が「それだけ？」と訊くと、織江はかぶりを振った。

「それだけ、じゃ済まなくなっちゃったのよ……つい今しがたなんだけど、イワモトクニヒコっていう視聴者から、情報の提供があった。彼は、久保友則と同じ児童養護施設で育ったっていうのね」

「へえ」

「でもそのイワモト氏は、番組で公開している久保友則の写真は、久保友則ではない、っていうの」

「ふぅん。つまり、同姓同名？」

織江の眉間にいつもの皺が寄る。

「いや、実はね、あの写真の久保友則、つまり番組が捜そうとしている久保友則が偽名であることは、こっちは承知してたの。要するに、市原稔のお兄さんの本名は、久保友則ではない。それは、最初から分かってたことなの」

「そう、なんだ……」

「こっちはね、単純に偽名だと思ってたのよ。久保友則って名前に、さしたる意味はないと思ってた。でも、その情報提供をしてきたイワモトって人は、それだけじゃないっていうの。彼の知る久保友則って男は、写真の男ではなくて、初台の白骨死体、あの復顔の方だっていうのよ」

「えっ？」

すぐには意味が呑み込めなかった。

白骨死体が、久保友則だということは、つまりそれは、エステラが透視した――。

「じゃなに、久保友則は、やっぱり死んでたってこと？」

「違う違う、あんた全然分かってない」

「分かんないよ、そんなの」

織江は困ったように頭を掻いた。

「いや、だからね、番組が捜してるのは……んーもう、ぶっちゃけそもそも久保友則って男じゃないってことよ。偽名よ偽名。あの写真の男の本名は久保友則じゃないの。別人なの。分かる？　こっちはそれでもいいと思ってたの。でも、本物の久保友則ってのが存在しちゃってたの。むろん、同姓同名って可能性があるのは事実だけど、こっちの把握してる事情にかっちりはまっちゃうのよ」

なお裏の事情とやらを隠したまま説明しようとする織江に、瑞希は少なからず苛立ちを覚えた。

「っていうか、全然分かんないんですけど」

「ああーッ」

今度は両手で掻き毟る。引っつめているので、いびつな形に黒髪が盛り上がる。

「だから……いい？　久保友則という男は死んで、白骨死体になったと仮定する。それをあたしらが発見して、復顔を公開して情報提供を呼びかけた。ここまではいいよね。

でもそれとは別の流れで、番組は久保友則という名を騙《かた》っている男を捜していたわけよ。もしこれがほんとに、一本線で繋がっていたとしたら、どう？　久保友則の名を騙っている男は、本当の久保友則を殺害して、その身分を乗っ取った奴かもしれないってことなのよ。分かる？」

殺害、殺人犯、犯人——。

「え、それって、マジなの？」

「マジって、何が」

「えっと、その、殺して乗っ取ったっていうのは」

「だから、それは仮説だって言ってるでしょ」

「そんな、そんなあやふやなこと言って、私を混乱さしてどうすんのよ」

「んん……」

織江が腕を組む。

「そこなんだよ。事情は話したくないんだけど、協力はしてほしいんだよね、エステラに。そこ、なんとかなんないかしらね。あんたから」

「全ッ然、分かんないんですけど」

「あんた、彼女のオキニじゃん」

「気味悪いこと言わないでよ」

「なんかいいアイデアない？」

「なんの」

「透視による事件解決」

「正直に事情を説明するのが一番だと思いますが」

「それは駄目。だったらいっちょ、あんたが透視してよ」

「冗談でしょ」

織江は、大真面目に瑞希の目を覗き込んだ。

「ほらあんた、小学校のとき、友達の事件の予知夢、見たじゃない」

瑞希は思いきり織江を睨んだ。いくら叔母でも、冗談めかしてあの一件を語ることは赦せない。

「……今、それ持ち出す？」

「いやマジで」

「やめてよ。いくら私だって怒ることあるんだからね」

それでも織江は、かまわず目の中を覗いてくる。両手で瑞希の肩を摑み、本気なのか馬鹿にしているのか、判断のつかない真顔を寄せてくる。

「あんた、あの犯人が長髪だったって、知らなかったでしょ」

「えっ……」

突如、胸の深いところに誰かの手が入り込み、ぐいっと摑まれる感じがした。息を吸うことも吐くこともできない、現実的な閉塞感も覚える。

「あたし、局に入ってから調べたんだ。犯人の写真が、運良く資料室に残ってたのね。未成年だったから、当時は公開されなかったんだけど、あの犯人、実は髪を、だらしなく伸ばしてたんだよね。見ようによっては……うん、あのゴヤの絵にも、似てた。身長も百八十センチ近くあったから、被害者の小学生との体格差はかなりあったはず。だから、あんたの予知夢、まんざらハズレでもなかったんじゃないかな、って」

どんなに目を見開いても、どんなに調整室という機械の洞窟に目を凝らしても、あの忌まわしい光景が、重なるように浮かんでくる。裸の長髪の男が、裸の女の子を抱き上げている、その図が、視界いっぱいに広がって見える。

あれが、勘違いじゃなかったっていうの？　なによ、今さら——。

「やめてよッ」

瑞希は織江の両手を払い除《の》けた。スタッフの何人かがこっちを見る。だがそんなことにかまっている余裕はない。

行こう。もう行こう。とにかくここから出て、織江とは距離を置こう。

瑞希がドアレバーに手を掛けると、

「名倉さん、お願いしますッ」

誰かが鋭く織江を呼んだ。

2

俺はラーメン屋を飛び出した。久保友則を捜しているという番組、それを放送しているテレビ局に向かうのだ。

テレビ太陽は、確か六本木だ。まだ少秋《ソウチエ》と仕事をしていた頃に、何回か六本木には行ったことがある。そのとき、ああ、これがテレビ局か、テレビ太陽かと思った記憶がある。ここからなら、六本木は地下鉄日比谷線で一本、三十分足らずで行けるはずだ。

築地駅で切符を買う。慌てていたので小銭をばら撒いてしまったが、もうそんなことはどうでもいい。

すぐ来た電車に飛び乗る。帰宅途中のサラリーマン、早い人はもうどこかで一杯引っかけて、その帰りのようだった。

俺は同じ車両の、前後左右の人ごみに目を凝らした。

月《ユエ》が紛れ込んでいるのではないか。もし同じ車両に乗り合わせていたら、次の停車駅まで逃げ道はない。

東銀座、銀座、日比谷、霞ケ関《かすみがせき》、神谷町《かみやちょう》。

ひと駅ひと駅が、やけに長く感じられた。

そしてようやく、六本木。今日初めて、俺は夜の六本木に降り立った。遊び人に混じって地下道を進む。階段を上がりきると、暗いのは真上の細長い夜空だけで、前後左右はネオンの森だった。

だが局へと向かう道は、途中からやけに寂しくなった。テレビ太陽という案内の文字に従って曲がるたび、俺の周りからは少しずつ人間が消えていく。自分一人が危険な方向に向かっている、そんな不安を覚えた。

また案内があった。テレビ太陽。左折の矢印。五百メートル。

俺は思わず足を速めた。が、角を曲がって、はたと立ち止まった。

十メートルほど先に、男が一人立っていた。

平べったい大きな体。黒い闇を寄せ集めたような影。

やはり。

俺は踵《きびす》を返した。奴がまだ、こっちに気づいていないことを祈りながら。

*

織江はプロデューサー席に戻った。ディレクターの遠山《とおやま》が「玄関前です」とヘッドセットを渡す。

「はい名倉」

相手は中継ディレクターの飯野《いいの》だ。

《あ、今こっちにですね、久保友則さん、ご本人が見えてるんですが》

「ハァ？」

《久保友則さんですよ。市原稔さんが調査依頼された、久保友則さんですって》

なんと、失踪人が自ら局を訪れるとは前代未聞だ。

「本人に間違いないの」

《ええ、写真の方ですよ。っていうか、本人がそう言ってるんですから間違いないでしょう》

「ああ、そうね……」

織江は判断に窮《きゅう》した。久保友則を名乗るということは、つまりそれは、市原稔が捜している男性であるということで、それ自体は番組的には成功というか、喜ぶべき結果ではある。だが一方で、本物の久保友則は初台で白骨死体になっていたというのが事実ならば、いま玄関前を訪れている男は、つまりその殺害に関与した可能性があるわけで、そうでないとしても「なりすまし」の容疑は否定し難いわけで、ということは——。

駄目だ。今すぐにはなんともできない。

「ちょっと、その彼は待たせておいて」

《ここに、ですか》

「いきなり中には入れられないわ」

《いや、なんかご本人は、えらい焦ってるんですよ。早く会わせろって……もうちょっと、半狂乱っていうか》

「こっちにも段取りがあるんだって言いなさい」

《いや、しかもなんか、なんつーんでしょう、怯えてるっていうかなんていうか、やけに辺りを気にしてて、ちょっと、変な感じなんですって》

それは警察に対して、ということだろうか。すると判断はますます難しくなる。番組で捜していた人物が殺人犯で、局まで来たけど逮捕されちゃいました、では落とし前のつけようもない。

「どっちにしたっていきなりは無理よ」

すると、

《あっ、ちょっとあなた、おい止めろ、誰か止めろって》

飯野の割れた声がヘッドセットを震わせた。

顔を上げると、玄関前を映すモニターに、見知らぬ男の背中が小さくなっていくところだった。

＊

瑞希が下りたときには、もう小学生女児失踪事件のＶＴＲは終わっており、スタジオには明かりが戻っていた。

織江に対する怒りと激しい動悸《どうき》は、まだ治まっていなかった。

今になって、あの予知夢は当たっていただなんて。挙句、透視をしてみろだなんて。冗談にもほどがある。いくら血の繋がった叔母でも、言って良いことと悪いことがある。あのせいで、半年以上もクラスメートに無視され続けたことは、織江にだけは話してあったはずだ。母親よりは年が近いし、悪戯心もある。そのせいか後ろ暗いことも、織江には素直に話せた。なのに、今になって、あのことを持ち出すなんて。

知らない。知らない知らない、もう知らない——。

白骨死体が久保友則で、捜してる久保友則が久保友則じゃない？　そんなこと、どうだっていい。犯人が来る？　ここに？　来たらなんだというのだ。瑞希の知ったことではない。そんなの、警察に突き出してやればいい。ちょうどそこに刑事も来ているのだし。それでは番組が滅茶苦茶になる？　なればいい。視聴者はその方が面白がるだろう。本物のパニックを見せてやった方が喜ぶに決まっている。

瑞希は鼻息も荒く周囲を見やった。

相も変わらず、刑事たちは暗幕の下でスタジオの様子を窺っている。気づいた中年刑事がこっちを一瞥する。瑞希は無視し、反対側に顔を向けた。

電話セットの裏手、情報処理デスクから少し離れた場所には市原夫妻が、パイプ椅子に仲良く腰掛けている。腰巾着刑事は、今も市原祥子を見つめているのだろうか。だが確かめるのも気味が悪い。瑞希はブーメランに目を戻した。

瑞希が下りたと知らせが入ったのだろう。中森がこっちを振り返って手招きしている。入れというのか。瑞希は自分を指差し、それをブーメランに向けた。中森が頷く。やはり入れという意味だ。今はレギュラー陣が四つ目の案件について見解を述べている最中だ。こんな途中参加をしていいものだろうか。

別に、そんなに入れと言うのなら、入ってやってもいいが。

瑞希は大股で歩き始めた。

中森に恨みはないが、彼女にだけ穏やかな態度をとれるほど、瑞希も器用な性格ではない。そのままズカズカ進み、セットに入ろうとした。がそこで、手を摑まれた。

「……秋川さん。あの、彼女、またちょっと気分が」

「え？」

見るとエステラは、速くなった動悸を鎮《しず》めようとするように、小鼻を膨らませて忙《せわ》しない呼吸を繰り返していた。

瑞希は壇上に上がり、エステラの肩に触れた。

「大丈夫ですか。ちょっと、はずしますか」

すると、すがるように瑞希の手を取り、震える唇で何か言おうとする。耳を貸すと、

「い、行って……行ってあげて」

かろうじて英語で絞り出し、電話セットを指差した。一瞬、川田アナのところに行けと言

っているのかと思ったが、それにしては向きが端っこ過ぎる。よく見ると、ここからもパイプ椅子に座っている市原祥子が、セットの壁からはみ出して覗いている。

「ミスター・イチハラのところに、ですか」

エステラがかぶりを振る。

「じゃ、奥さんのところですか」

今度は頷く。

「……早く、彼女を、上に、連れていって」

そんな、またわけの分からないことを。

「上とは、調整室ですか」

「違うわ。外よ、玄関前の、テント」

「なぜ……」

だが瑞希が訊くより早く、エステラは力を振り絞るようにかぶりを振った。

「いいから、あなたが行けば、全てがあとから、ついていくから。だから、早く、彼女を

……」

瑞希はセットを見回した。

「でも今は」

「それどころじゃ、ないの……番組のことは、いいから」

エステラは歯を喰い縛り、怒りとも、悲しみともつかない表情を浮かべた。

聞こえたのだろう。中森が狂ったようにかぶりを振る。また顔の前でバッテンを作っている。

「早く行きなさいッ」

エステラが怒鳴る。もうその声は、スタジオ中に響いていた。

「でも」

慌てたスタッフが何人かこっちに寄ってくる。

中森が、遂に声を出した。

「秋川さん」

「ミズキ、行きなさいッ」

中森が立ち上がる。

「駄目です、秋川さんッ」

その背後には七、八人のスタッフが壁を作っている。レギュラー陣は黙り込み、小野寺はインカムのマイクを囲って喋っている。すでに番組は滅茶苦茶だ。もうとっくに、この番組は滅茶苦茶になっている。

もう、どうにでもなれだ。

瑞希は三台並んだカメラとブーメランの間を抜け、真っ直ぐ市原祥子に向かって走った。

「待って秋川さん、駄目ッ」

中森の怒声を背中に受け、だが瑞希は止まらずに走った。

引き攣った顔の川田アナとすれ違い、電話セットの脇から情報ブースに駆け込む。

祥子の手を取る。

「来て」

「えっ、なんですか……」

「分かんないわよ私だってッ」

力一杯引っ張る。祥子が椅子から立つ。すぐに走り出す。よろけながらも祥子はついてくる。

スタッフがぞろぞろと集まってきた。こっちを向いたカメラに赤ランプが灯る。なんだ、これを今、オンエアしているというのか。

「秋川さん」

「瑞希ちゃん、どうしたのッ」

中森と小野寺が、怒りと不安の入り混じった顔で立ち塞がる。

瑞希は進路を変え、スタッフを迂回してブーメランの向こう正面、暗幕の切れ目に向かった。

みんなが見ている。カメラも向けられている。だが誰一人として、力ずくで止めようとはしない。刑事たちも同様だ。これでもし、瑞希が明らかな犯罪行為や、番組を破壊するような行動を起こしたのなら実力行使もあり得るのだろうが、今のところそうではない。スタッフも実際、どうするべきか分からないのだろう。

暗幕にもぐり込む。祥子もわけが分からないなりに、ちゃんとついてきている。頭の中には疑問符が飛び交っているだろうに、最初のひと言以来黙っている。

調整室に続く階段を見上げると、若い男性スタッフが三人ほど出てきていた。あそこからなら玄関ホールが近いのだが、それはもう無理そうだ。目の前は、あの刑事と織江が言い合いをした階段を諦め、防音ドアを開けて廊下に出る。

エレベーター、いや、階段の方が早い。廊下を見回すと、右手に鉄製の扉があった。祥子の手を引いて進むと、非常階段と書いてあった。

「行きますよ」

押し開け、すぐに駆け上がる。

自分が何に突き動かされているのか、実のところ瑞希にもよく分からなかった。これが通訳の仕事の範疇にない行為なのは明らかだが、もう自分は、エステラの言葉に従うことを選んでしまった。こっちに足を乗せ、走り出してしまった。

階段を二度折り返す。再び鉄製のドアを開けたら一階だ。

通路を右に出ると、すぐに広い待合ロビーがある。その向こうは一般人も入れる見学スペースで、天井までのガラス壁で仕切られている。その中央、左右に警備員が立つ自動ドアを通り、一般見学スペースを通過し、もう一つ自動ドアを抜けたら外に出られる。中継テントはその脇だ。

一般スペースの明かりはすでに落とされており、テントの周辺だけがやけに明るかった。あそこに、何があるというのだろう。

瑞希が踏み出すと、

「グゥーグゥッ」

いきなり祥子が叫んだ。目は自動ドアの向こう、薄暗い一般スペースを歩く一人の男に向けられていた。

「グゥーグゥーッ」

男が気づいた。立ち止まる、その顔に驚きの色が広がる。

祥子は瑞希の手を振り払い、自動ドアに走り出した。

警備員たちが怪訝な顔で振り返る。

男の背後からは、中継スタッフらしき三人が追いかけてくる。

祥子が自動ドアの前に至る。

それが開くと、

「ウージェンッ」

向こうから男の声が聞こえた。彼は両手を広げ、祥子に向かってくる。だがそれを、何者かが遮《さえぎ》った。二人の間に大きな影が割り込む。

痩せた、やけに肩幅の広い、全身黒ずくめの男。手に何か持っている。刃の広い包丁、いや、サバイバルナイフか。

「アァッ」

叫んだのは祥子か、それとも瑞希だったか。

男は両手を上げて頭を守ろうとした。直感的に、彼はあの大きな黒ずくめの男に殺されると思った。

だが、さらにそこに割って入る姿があった。

なんとそれは、あの、腰巾着刑事だった。

腰巾着は無謀にも、ナイフをかざした暴漢の前に立ち塞がった。怯《ひる》んだ男を背後にかばい、両手を広げて仁王立《におうだ》ちになった。

なんで。どうして。刑事なのに、なぜピストルを出さない。早くそいつを撃たないと、危ないって、刺されるって——。

黒ずくめの暴漢は立ち竦《すく》んでいた。その横顔には、戸惑いの色が浮かんでいる。いや、焦りか、苦渋か。目の前にいる腰巾着を睨み、野良犬《のらいぬ》のように歯を剝き出す。何事か低い声で怒鳴る。日本語ではない、たぶん中国語だ。

腰巾着は黙っている。無表情で、ナイフを構えた暴漢を見据えている。二人の立ち姿に、瑞希は不思議なオーラを見る気がした。暴漢からは、煤《すす》のような黒い「気」が立ち昇っている。対する腰巾着は、透き通った蒼白《そうはく》の炎をまとっている。

また暴漢が怒鳴る。腰巾着に動じる様子はない。

沈黙。肥大化する緊張感。

動いたのは、同時だった。

暴漢がナイフを突き出す。

腰巾着が拳を打ち放つ。

すれ違い、一瞬、時間が止まった。

「グゥグゥーッ」

沈黙を破ったのは祥子だった。腰を抜かしていた男に駆け寄る。危ない、そう思ったが、見るとすでに暴漢は膝をつき、腹を押さえてうずくまっていた。大きな背中を波打たせ、取り落としたナイフが埋まるほど吐き戻している。やがてその汚物に自ら顔を没し、暴漢は動かなくなった。

その傍らで、

「グゥグゥ」

「ウージェン」

祥子と男が抱き締め合う。

なんなんだ、それは。

祥子さん、あなた、新婚さんじゃなかったの？　それは旦那さんのお兄さんでしょ。マズいでしょう、それはいくらなんでも。

だが二人には、そんな茶々を許さない雰囲気があった。しかも、互いに呼び合う名前がどう聞いても日本語ではない。

すぐに背後が騒がしくなった。

「刑事さん、あの人ッ」

振り返ると織江が、中年刑事の袖を摑んで暴漢を指差していた。

「あれが、どうしたの」

「あの人が、その人を襲ったんです、殺そうとしたんですッ」

「ん？　誰が、誰を？」

「あっちの男が、そっちの男を」

「なんで」

「知りませんよ、そんなことッ。でもあたしたちは、みんなで見てたんだから間違いないです。あとでビデオ見せてあげるから、ほら、早く逮捕してッ」

中年刑事は渋々、ほとんど失神状態の暴漢のところに歩いていった。嘔吐物に汚れたナイフを見つけたのか、さっとその顔色が変わる。暴漢を指差し、織江に確かめる。織江が頷く。

「……ん、ええと……三月十六日、午後八時五十八分、被疑者氏名不詳、傷害……暴行の、現行犯、ということで、逮捕します……」

関係者が遠巻きに見守る中、祥子と男は遠慮なく抱き合い、すぐ隣では暴漢が逮捕された。はっきり言って、妙な光景だった。

ふと見ると、一般フロアよりさらに向こう、外の中継テント脇から、カメラがこっちを映していた。あれで、事の一部始終を撮っていたのか。だから織江は、来たときすでに事情を把握していたのか。

「ミズキ……」

いつのまにか、エステラが隣まで来ていた。

「もう、大丈夫なんですか」

顔色はいい。息苦しさも今はないように見える。

「ええ、大丈夫よ……よかったわ。犯人が逮捕されて」

「へ？」

とんだドタバタ劇で、すっかり透視のことは忘れていた。

「あ、あの、あれが、あなたの透視した、犯人だったんですか？」

「そうよ。彼が、あの白骨死体の人物を殺した。そして、もう一人殺している。いいえ、本当はもっとたくさんの人を殺してるはずよ。正直に話しはしないでしょうけれど、いずれ真相は明らかになるわ」

その、自信満々の横顔がひどく恨めしかった。

つまり何か、エステラはこの状況を予測した上で、殺人犯のすぐそばに、自分と祥子を送り込んだというのか。

ひどい。瑞希たちが怪我でもしたら、とは考えなかったのか。最悪、殺される可能性だって、なかったとは言いきれない。

まあ、結果オーライといえば、そうなのだけど。

市原稔も上がってきていた。抱き合う二人に近づいていく。妙なことにならないよう案じたが、それも杞憂に終わった。

稔が横で、男に深々と頭を下げる。気づいた男が祥子を離し、倣って稔に頭を下げ返す。ひどく二人とも他人行儀に見えた。

知らぬまに、織江も近くまで来ていた。

「……あれ、実は祥子さんのお兄さんなの。色々複雑な事情があるんだけど、まあ、会えてよかったわ」

スタッフも手を貸し、気絶した暴漢は一般スペースの端っこに寄せられた。それを足元に見下ろしながら、中年刑事が携帯電話で何やら喋っている。至急パトカーを回してください、とか、そんな感じだろうか。

もう、何がなんだか、全く分からない。

瑞希は一人、顔をしかめて辺りを睨んだ。

そういえば、実は勇敢で恰好よかった腰巾着刑事は、どこに行ってしまったのだろう。

3

本番のスタジオはすぐに撤収作業が始まるとかで、瑞希ら出演者とスタッフは隣のリハーサル用スタジオに集められた。そこで、織江が全ての事情を説明するという。

「このたびは、皆様に、大変なご迷惑をおかけしました。誠に、申し訳ありませんでした」

織江と共に、前に進み出た市原稔が深々と頭を下げた。隣に並んだ祥子もそれに倣う。

稔は前後の事情を話し始めた。

祥子は実は中国人で、本名を林玉娟《リンウージエン》という。日本には密航で入国していた。稔は中華料理店のウェイトレスをしていた彼女にひと目惚れし、ほどなくして結婚を申し込んだ。国籍目当てでもいい、とにかく玉娟と一緒になりたかった。が、プロポーズの返事を聞く前に、彼女は稔の前から姿を消した。料理店の店長、同僚らにしつこく訊くと、入管に摘発されたのだという。稔はその足で入国管理局に出向き、玉娟との面会を申し込んだ。

むろん、簡単には会わせてもらえなかった。だが毎日通った。自分は彼女と結婚の約束をしている、彼女には合法的に国籍を取得する資格があるのだと、言って駄目なら叫び、怒鳴って駄目なら泣き、毎日毎日声を嗄《か》らして土下座《どげざ》して訴えた。

当然のことながら、入管には偽装結婚を疑われた。ならばと稔は両親を担ぎ出した。彼女と一緒になれないのなら会社は継がないと脅し、一人ストライキを起こした末に勝ち取った助力だった。

ようやく面会が叶《かな》った。実際に会うと、両親も玉娟を気に入った。そもそも、稔の母親は在日韓国人だ。密航という手段には激しい嫌悪を示したが、話せば素直なお嬢さんで芯もしっかりしていると、三回四回と会う頃には「私がここから出してあげる」と張り切るようになった。

玉娟が自分の身元や密航関係者について、一切の供述をしなかったのもいい時間稼ぎになった。その間に稔は母親と様々な手続きに奔走し、ようやく身元引き受け人と認められた。玉娟を引き渡されたのは、年の改まった一月十日だった。

玉娟は、結婚の条件というのではないが、入籍したらしてほしいことがあるといった。守《ソウ》敬《チン》だ。実の兄である、林守敬を捜してほしいというのだ。

むろん稔はそうした。最初は暇を見て、二人で歌舞伎町を捜し回ったが、手がかりは全く摑めなかった。共に行動していたはずの顧少秋《グウソウチエ》まで歌舞伎町から姿を消し、働いていた店は無期休業となっていた。稔も玉娟も、両親に多大な迷惑をかけて一緒になった手前、兄捜しばかりしているわけにもいかなかった。それでなくとも人捜しは素人。兄の身を案じる不安な日々が続いた。

だがある日、知り合いから店が営業を再開しているとの知らせが入った。訪ねると、守敬はいなかったが、少秋は以前のように働いていた。

彼から、玉娟が入管に捕まったあとの話を聞かされた。守敬は月《ユエ》という台湾人とトラブルを起こし、一人、その男から逃げて暮らしているのだと知った。初めて得られた、守敬に関する確かな情報だった。さらに少秋は、守敬を呼び出して会わせると約束してくれた。

が、まさにその夜、少秋は殺されてしまった。

いつまで経っても約束の場所に来ない。不審に思って少秋のアパートに行ってみると、警察官が見張りに立っている。中はまだ捜査中なのか立入禁止だった。近所の話では、殺されたのは三十過ぎの身元不明男性、だが中国人らしいという。少秋に違いなかった。

そうなって初めて、稔は守敬に直接連絡をとった。が、もう遅かった。携帯電話は鳴らしても出ない。あるいは電源を切っている。聞いていた住所のアパートには戻っていない。大家に見せてもらったアパートの契約書もデタラメだった。せいぜい手がかりになるものといえば「久保友則」という偽名くらい。しかしそれだけでは、どうにも捜しようがない。

いや、あった。玉娟が持っている守敬の写真。それを久保友則という名前と組み合わせれば、テレビで日本人として捜してもらえる。建前として、稔の兄を捜すという形にはするが、玉娟さえ画面に出れば、それを見てさえくれれば、守敬は必ず会いにきてくれる。そう信じての捜索依頼だった。

織江があとを引き受ける。

「出演者の方々、またこの件について事前の説明がなかったスタッフの皆様にも、このたびは多大なご迷惑をおかけしました。深くお詫び申し上げます……手前勝手ではございますが、少し、こちらからも言い訳と申しますか、経緯《けいい》をお話しさせてください。

この案件にゴーサインを出したのは私です。他に承知していたのは、ディレクターのミズシマ、小野寺、ＡＤのハガ、フルタ、この四名です。

当初は、稔さんのお兄さんを捜してほしいと、それだけの依頼でした。しかし、公表するデータについて打ち合わせをしているうちに、たとえば苗字についてであるとか、生き別れた経緯であるとか、そんなことを伺ううちに私は、まだ何か裏があるのではないかと思うようになりました。

ご承知の通り、我々は警察ではありません。公にできない事情があるならば、それは隠したままでも調査はいたします。ですから、できるだけ正直に事情をお話しくださいとお願いしました。そこで初めて、祥子さんが密入国者であったこと、お兄さんがなんらかのトラブルに巻き込まれて、歌舞伎町から消えたことを知りました。

私は祥子さん、いえ、玉娟さんから、お兄さんについて色々伺いました。大変な思いをして日本に来られたこと。不法滞在をして日本で働くことがいかに大変であるか。そして彼女が、いかにお兄さんを愛しておられるか……。

甘い、と仰る方もおられるでしょうが、私は、協力して差しあげたい、お兄さんを見つけてあげたい、単純にそう思いました。この事情を汲《く》んで、なお捜索ができるのは、この番組をおいて他にはないと考えました。

むろん、密入国は違法行為ですし、許されることではありません。ですから玉娟さんには、条件を出しました。お兄さんが見つかったら、どういう方法かはさて措くとしても、とりあえず、いったん帰国するように説得していただけますか、と。こちらが入管に突き出すことはいたしません。ですから、あなたから説得してくださいと。

玉娟さんは承知してくださいました。多額の借金をしておられるようですが、それは稔さんも協力して、徐々に返していくと仰っておられます。そこまでを一つ、この案件を取り上げた大義名分と、ご理解いただけたらと思います。

……ええ、さて、まあこのようにして、図らずも本番中に暴行事件が起こり、ですが、なんとか無事、暴漢は逮捕されるに至りました。いまだ、詳しい経緯は一切、我々にも分かっておりません。今回の被害者である、林守敬氏の、警察における事情聴取の結果を待ち、番組では引き続き、事件の全容を明らかにしていきたいと思っております。また次回からも、皆様のご協力を得て、『解決！　超能力捜査班』を盛り上げていきたいと思っております。重ねてお詫び申し上げます。このたびは大変お騒がせいたしました。申し訳ございませんでした。何卒、今後ともよろしくお願いいたします」

出演者、スタッフから拍手が起こる。瑞希も一応、形だけは手を合わせ、叩く振りをした。

しかし、疲れた。

とりあえず瑞希の仕事は終わった。思いきり「骨折り損のくたびれ儲け」だったような気もするが、まあいい。ヤラセがどうとか、もうそんなことも、どうでもいい。とにかく終わった。あとは明日、エステラを成田まで送っていって、飛行機に乗せてしまえば、晴れてお役ご免だ——。

このとき瑞希は、自分も警察に呼ばれて事情聴取を受ける破目になるとは、まだ思っていなかった。

終章

三月十七日木曜日。

昼過ぎまでかかった警察の事情聴取がようやく終わり、瑞希とエステラ、織江、中森が成田空港に到着したのは、夕方の四時を少し回った頃だった。それでもまだ予約した便の搭乗時刻には余裕がある。エステラがケーキでも食べましょうというので、四人はターミナル五階の喫茶店に入った。

成田エクスプレスの車中では何かと話しづらかったので、まず話題は昨日の事件と、林守《リンソウ》敬《チン》はどうなるのか、というところに集中した。

「警察は、彼の処分をどう考えているのかしら」

エステラの質問は瑞希が通訳する。

それを聞いて、織江が答える。

「そうですね……彼はやはり、密入国者ですからね。今回は彼が被害者ではありますが、不法滞在について不問、ということはあり得ないでしょう。事情聴取で、警察が納得できるだけの内容が得られたら、やっぱり強制送還の手続きがとられるでしょうね。まあ、そもそもそれが、ウチの出した条件でもありますし」

織江の答えは中森が訳して聞かせる。二人で分担すると、織江とエステラの会話はかなりスムーズに進んだ。

「でも、彼らには少なくない借金があるでしょう。稼ぐために日本に来たのに、強制送還されてしまったら、とても困ったことになるのではないかしら」

心配そうな声色とは裏腹に、エステラは大きなひと切れを口に運ぶ。すでに二つ目のチョコレートケーキ。瑞希は思う。やはり、体の大きな人はそれなりに、体型を維持するだけ食べているのだなと。

「いや、それはなんか、心配なさそうです。市原夫妻はかなり張り切っていましたから。長らく世界の工場と呼ばれてきた中国も、これからは消費地として発展していくだろうから、この縁を活かして、何か新しいビジネスに繋げていきたいと仰ってました。

何しろ、密入国で逮捕された女性を、結婚の約束をしてるんだって言い張って、親子で力を合わせて釈放させちゃうんですから。あのパワーがあれば、まあ、何百万かは具体的に知らないですけど、あっというまに、返しちゃうんじゃないですか」

織江はブラックコーヒーのみ。おやつはタバコ。

エステラが小首を傾げる。

「……あの白骨死体が本当のクボ・トモノリだというのは、明らかになるのかしら」

「DNA鑑定はけっこう時間がかかるんで、まだしばらくははっきりしないと思います。今後出る結果は、逐一ご報告いたします。また、調査協力もお願いしたいと思っております し」

エステラは「もちろんよ。また呼んでちょうだい」と言ったその口で、二つ目のケーキを食べ終えた。中森が「もう一ついかがですか」と冗談めかして訊くと、「そうねえ」と真顔でメニューを見るのだから恐れ入る。ここのケーキはどれも大きめで、瑞希なら一個でお腹一杯だが。

織江は、口紅で真っ赤になったフィルターを灰皿に押しつけた。

「ところで、いかがでしたか、初めての日本は」

中森が織江のあとをなぞる。ちなみに彼女の英語には、ちょっとカナダっぽい訛りがある。留学経験程度ではない。おそらく、帰国子女なのだろう。

エステラはにこやかに頷いた。

「ええ。とても高い文化を持った国であることは知っているつもりだったけど、ここまでとは思わなかったわ。友人にも散々言われたのよ。ビジネスで東京のホテルに閉じこもっていたら、あまりニューヨークやワシントンと変わらない、とね。どうせ行くなら京都だって、みんなが口を揃えて言うわ。そういった意味では、ちょっと残念だったわね。私が東京以外で見ることができたのは、リョーカミムラの森だけだったのだから」

「では、次は必ず、京都にご案内します」

「そう都合よく、死体が発見されるかしら」

瑞希が訳すと、織江は慌てた振りをしてみせた。

「いえ、観光としてですよ。次回は余裕のあるスケジュールをこちらも心掛けますから」

中森もくすくす笑いながら訳す。

「じゃあそのときは……ミズキ、またあなたに、案内してもらえるのかしら」

急に流れが自分に向き、瑞希は慌てた。

次。また今度。

たった一度と思って受けた仕事。弱みに付け込まれて仕方なく受けた厄介事《やっかいごと》。次はない。

さて、なんと答えるべきか。

迷っていると、エステラが織江に何やら目配せをした。

「なに？」

「さあ」

織江はバッグを探り、写真を一枚取り出して瑞希に向けた。

「昨日、エステラに頼まれたんだけど」

それはホームパーティで撮ったのであろう一枚。久保友則の捜索に際して、番組がボカシを入れて公開した写真だった。

左端に市原祥子こと林玉娟、隣が守敬、その右には見覚えのない三十代と思《おぼ》しき女性が写っている。だが、不可解なのはその隣、一番右端の男だ。

どうして――。

もう、わけが分からなかった。

エステラはまさにその、右端の男性を指差した。

「ミズキ、あなたに訊きたいことがあるわ。この人は、誰？」

何か、得体の知れない物が瑞希の胸を圧する。言葉が、胸の奥で冷たい塊りになる。

「じゃあ、オリエに訊くわ。昨日、テレビ局にきた刑事は、何人だったかしら」

織江も話が読めないようだった。

「一人、ですけど。本格的な捜査だったら二人ひと組ってのが原則らしいですが、昨日のはまあ、様子見っていうか、単なる牽制《けんせい》でしたから」

血の気が引く音が、確かに聞こえた。

嘘だ――。

胸を圧していたものが、渦を巻いて体の奥深くに入り込もうとしている。苦しくはない。苦しくはないが、とても怖い。

「オリエ。これが誰だか、ミズキに教えてあげて」

織江は、エステラと瑞希を見比べた。

「……これが、顧少秋《グウソウチエ》よ。東京では守敬と玉娟の、兄貴分だった人。玉娟と守敬を引き合わせようとして、ユエという、あの暴漢に殺された人」

やや間を置き、

「ミズキ、改めて訊くわ。この人は、誰？」

エステラが今一度、右端の男を指す。

「誰？　あなたは、知っているでしょう」

知っている。よく知っている。

「見えたでしょう。あなたには見えていたでしょう、この人の姿が。ウージェンをじっと見ていた、この人の姿が」

確かに、彼は祥子を、じっと見ていた。

腰巾着――。

中年刑事のあとをついて回っていた、あの若い刑事。しかし、守敬と玉娟の兄貴分が、なぜ刑事に？　いや、いま織江は、彼は殺されたと言った。

「ミズキ、心配しなくていいのよ。私にも、この人の姿は見えていたのだから。オリエの言う通り、この人はすでに亡くなっている。けれど、ウージェンとソウチンのことが心配で心配でしょうがなかったのね。昨日、テレビ局の中をさ迷っていたわ」

「でも、ずっと、あの刑事と一緒に……」

エステラはゆるりと頷いた。

「妙だったわね。私も、なぜ彼が刑事のあとをついて回っているのか、不思議に思ったわ……たぶん、彼も居場所がなかったんだと思う。だから、似たような境遇の刑事と、近い所にいたんじゃないかしら」

「そんな……」

エステラが、力のこもった視線を合わせてくる。

「ミズキ。あなたは、ずっとスピリチュアルなパワーを否定してきたわね。けれど、どう？あなたはこの彼を、亡くなった彼の魂を、現実の人間と混同するくらいはっきり見ていたでしょう？

正直言って、私は彼と対峙すると、気分が悪くなったわ。決して邪悪な魂だというわけではないの。ただ彼の、ウージェンやソウチンを思う気持ちが、私には強烈過ぎたのね。実際私は、彼がウージェンのお兄さんなのだと勘違いしたわ。だから、死んでいるかもしれないなどと、迂闊なことを言ってしまったのよ。あまり、言い訳をするのは好きではないけれど……。

つまり、霊能力にはね、磁石のような性質があるの。私が彼と同じ極を向け合ったら、私は押し返される。違う極を向けたら、その強さに引っ張られて気分が悪くなってしまうわ。

けれど、あなたは違った。平然と彼を見ていた。よく平気だなと、私はずっと思っていたわ。彼の磁力に引っ張られるでもなく、押し返すでもなく受け入れていた。それは、あなたが自分の霊力を否定しているからなのか、持って生まれた特性なのかは分からないけれど、どちらにせよ、あなたが私より強い能力を持っているのは確かよ」

信じられない。こんなことを言われる方が、よほどこっちは気分が悪い。

「今までも、あなたはずっと魂を、死んでさ迷っている人の姿を、見続けてきたはず。でもそれを、あなたは生きている人だと思い込んできた。いえ、もしかしたら、こういう能力を認めたくないがために、そう信じようとしていたのかもしれない。見分けないように、無意識にそう思い込んでいたのかもしれない」

視界が歪《ゆが》んでいくようだった。

自分の見ていた世界が、価値を失ってあやふやになっていく。

「子供の頃につらい経験をしたのは、確かに気の毒だったわ。でも一つ、いいことを教えましょう。あのときのあなたの霊視は、実はちゃんと、他の女の子たちを救っていたのよ」

もう、何を言われているのかよく分からなかった。

「あなたは恐怖のイメージを、ある絵に重ねて見たわね。そのことであなたは自身を否定し、傷つきもしたけれど、でもそれがあったからこそ、周りの女の子たちは、犯人のイメージを的確に捉えることができたの。みんな意識して、あの絵に似た男性を避けるようになったのよ。犯人にとっては、実にやりづらい状況だったはずだわ。オリエ、その事件の被害者は、全部で何人だったかしら」

織江は「二人だけです」と答えた。

「ね？　それは、ミズキの霊視のお陰なの。もしそれがなかったら、被害者は三人にも五人にもなっていたはずよ」

そんな、そんなことが——。

「私は言ったわね。自分の見ているものを受け入れなさいと。あなたに見えている世界を、あなたは受け入れるべきなのだと。でもね、それはあなただけではないのよ。他人の見ている世界と、自分の見ている世界が同じだという保証は、どこにもないの。誰にも断言できないの。

人が見ている世界には、個人が望むと望まざるとに拘わらず、必ず意味があるものよ。ミズキ、あなたが見ている世界には、あなたが見るべき価値があるの。それがあなたの世界なの。あなたの見ている世界をあなた自身が受け入れないで、どこの誰があなたを受け入れてくれるというの？

心を解放して、自分の世界を受け入れなさい。まずはそこからよ。あなたには素晴らしい能力がある。確かに、つらいこともあるでしょう。嫌なことだってたくさんあるはずだわ。けれど、自分の世界を受け入れることによって、人間はそれを克服できるの。限界を見極める、というのとは違うわ。むしろ逆よ。自分の世界を受け入れなければ、それ以上の可能性はあり得ないのよ」

子供の頃のあれが何かの役に立ったのだとしたら、それは素直に、嬉しいと思う。少なからず、救われるものはある。だがそれを顔に出して喜べるほど、今の瑞希は冷静ではなかった。いや、はっきり言って、とんでもなく取り乱していた。

自分が、当たり前のように見ていた人間の中には、実は、死人が交じっていたのか。自分は実在の人間と、幽霊の区別もつけられないのか。

こうやって眺める店内の光景、あの客は、あっちの客は、あのウェイトレスは、向こうを通った通行人は、滑走路に立つ整備員は、生きた人間なのか、幽霊なのか。

昨日まではどうだった。あのスタジオにいたスタッフは、電話嬢は、みんな存在していたのか。人間だったのか。何人かは幽霊だったのではないか。幽霊なのに、自分が勝手に人間だと思い込んでいただけではないのか。

これから自分は、一々確かめなければならないのか。あなたは生きていますか。あなたは存在していますか。私はどうですか。あなたと同じ世界に生きていますか。もしかして私は、あなたにとっては、幽霊なのではないですか——。

ふと、手の上に温かいものを感じた。

隣に座る織江が、瑞希の手を、そっと握ってくれていた。

急に、涙が溢れ出した。

第一ターミナルの展望ロビー。

エステラの乗った便が、いま滑走路から飛び立っていった。

「行っちゃったね」

織江が呟くと、中森が「ええ」と相槌《あいづち》を打った。

瑞希はあれ以来、ひと言も喋れずにいた。エステラの「また会いましょう」という言葉にも、ただ頷いただけだった。

「あーあ。また明日から、失踪人捜しだよ。なんかあたしって、本当にテレビ局のプロデューサーなのかなって、最近疑問に思うわ」

「いや、まだしばらくは林守敬の件で手一杯でしょう。なんたって、あの暴漢の本名も分かってないんですから」

「んん……でもそれは、警察の仕事でしょう」

「昨日、超能力捜査班は、全力でこの事件の解明をしていきますって、言ったばっかかじゃないですか。市原夫妻に密着して、その後の経緯をフォローでしょう」

「いや、それはあんま突っ込まない方がいいんじゃないかな。なんか、ユエとか危ない感じだし、下手に歌舞伎町ネタとか密航者とか、深入りしない方がいいんじゃないかな、と思って」

「名倉さん、ビビってるんですか」

「別に、ビビっちゃいないけどさ……」

織江が「うーん」と腕を組む。

「しかし、不思議な事件だったね。あれかね、やっぱあの、顧少秋の霊が、解決に導いたってことなのかね、これって」

「それと、久保友則の霊もあったんじゃないですか。きっとダブルの霊が、スタジオに特殊な磁場を生んでいたんですよ。霊能者もダブルだったし」

「それにしちゃあ、機材のトラブルとかなかったな」

「分かんないですよ。帰ってV見たら、うじゃうじゃ映ってるかもしんないですよ」

「うわ。それ嫌だわ」

エステラの乗った飛行機は、どんよりと垂れ込めた雲の中に消えていった。柔らかく、大きな、灰色の雲。

ああ、私もあの中に、消えたい――。

「じゃ、そろそろ行こうか」

「そうですね。行きましょ、秋川さん」

二人が歩き始めたので、仕方なくついていく。だができることなら、手を繋いでもらって、目をつぶって歩きたい。今は周りを見るのすら怖い。

「ねえ、瑞希」

あの人、あの柱のところに立ってる人、なんか怪しい。今すれ違った女の人、なんか顔色が変。

「おい、瑞希」

「秋川さん、しっかりしてください」

中森に腕を摑まれ、それで何か正気に戻ったというか、視界が定まったというか、そんな感じがした。

「あ、ああ……ごめん、全然、聞いてなかった」

織江が溜め息をつく。

「あんたね、あれっぽっち言われただけで、一々凹《へこ》んでんじゃないわよ」

あれっぽっちなんてひどい、と返す気力もない。

「あたしなんてひどいもんよ。局舎内で事件が起こって始末書は書かなきゃならないわ、下手したら裁判で証言台にも立たなきゃならないわ。ビデオだって証拠として提出しなきゃならんだろうし、しかも裁判なんて、いつ結審するか分かんないんだよ。最悪、この番組が終わったあとまで引きずるかもしんないのよ。まあ、この件で責任問題になって打ち切り、ってのだけはなさそうでよかったけど」

知ったことか。打ち切りでも打ち首でも、勝手になればいい。

「ってことは、だよ。まあ、またあんたの仕事も、あるってことなんだから、よかったじゃないの。元気出しなよ」

冗談じゃない。霊媒師の通訳なんて、二度とやるものか。

「次は六月だから」

もうけっこう。借金は地道《じみち》に働いて返すことに決めた。もっと受け持ちの枠を増やしてもらって、塾講師に専念する。でも、もし生徒が人間か幽霊か区別できなかったら、どうしよう。

「ねえ名倉さん、霊能通訳って、新しくないですか」

瑞希はギョッとして隣を見た。

なんて、余計なことを。

「ん、それいいね。ああ、そりゃいいわ、安上がりで」

フザケないでよおばちゃん、のひと言が喉元まで出かかる。

「でも本人が霊能力持ってたら、通訳必要ないかもですね」

「いや、そんなことはない。毎週のレギュラー枠は瑞希が一人で透視して、二時間枠んときは、エステラを呼んでタッグだよ。サイキッカーのタッグ。二人して山ん中入って、ああ見えるこう見えるとか言い合うの。ああいいわ、それいいわ新しいわ」

「すっごい解決早そうですね」

「そうだよ。だって、能力の高さはエステラの折り紙付きなんだから。まあ、問題は……」

なに、何を言っているの。変よ。あなたたち、変よ。

「幽霊と人間の見分けがつかない、ってことかな」

「それ、マズいですね」

「瑞希がスタジオで独り言言い出したら、要注意かな」

「ああ、秋川さん、いま見えてるんだなぁ、みたいな」

「いや、それって逆に分かりやすいか。うん、使える使える。いいよ瑞希、それでいってみようよ」

いやだ。

「決定。秋川瑞希さん、来週からレギュラー超能力者です」

いや、いや、いや――。

「就職おめでとう。ハイ、ぱちぱちぱちぃ」

「秋川さん。いかがですか、今のご感想は」

い、い、

「イヤァァァーッ」

頭を抱えて叫ぶと、周囲の目が一斉に集まった。

「うっひゃっひゃっひゃ」

「秋川さん、頑張ってくださいね」

笑ってる。この人たち、笑ってる。

「でもあれだよ、ギャラは据え置きだよ」

「名倉さん、それはあんまりですよ」

何を言ってるの。あなたたち、何を言っているの。

「二十五万の八分の一だから」

「三万ちょっとですか」

「それでも高いな。なんたって、超能力者としての実績がないからね」

狂ってる。この人たち、狂ってる。

「二万だな。その代わり、一件の解決で、五千円ずつアップってことにしてあげよう」

「秋川さん、よかったですね。バンバン透視して、じゃんじゃん稼いでくださいね」

最低だ。テレビ人なんて、みんな最低最悪だ。

瑞希は今年、春という季節が決定的に、大嫌いになった。

解説

藤田香織《ふじたかをり》
（書評家）

まずは今から約二十年前になる、二〇〇四年を軽く思い出してみて欲しい。

本書『春を嫌いになった理由《わけ》』の単行本が刊行されたのは二〇〇五年の一月（幻冬舎）。書下ろしの作品で、作者である誉田哲也氏が実際に原稿を執筆した時期を断定することはできないが、本にするための最終的な作業は間違いなく〇四年にされているはず。

大きな出来事としてはアテネオリンピック＆パラリンピックが開催されて、シアトルマリナーズでバリバリに活躍していたイチロー選手がシーズン最多安打記録を更新し、十月には最大震度七を観測した新潟中越地震が発生した年だ。オリコンの年間一位は平井堅《ひらいけん》『瞳をとじて』で、映画は『ラスト サムライ』、『ハリー・ポッターとアズカバンの囚人』が興行収入のワン・ツー。読書好きの記憶としては、一月に『蛇にピアス』で金原《かねはら》ひとみ（当時二十歳）と『蹴りたい背中』で綿矢《わたや》りさ（同十九歳）が史上最年少で第一三〇回芥川賞を受賞。この時の直木賞は京極夏彦《きょうごくなつひこ》『後巷説百物語《のちのこうせつひゃくものがたり》』と江國香織《えくにかおり》『号泣する準備はできていた』で、続く夏の第一三一回は芥川賞がモブ・ノリオ『介護入門』、直木賞が奥田英朗《おくだひでお》『空中ブランコ』と熊谷達也《くまがいたつや》『邂逅《かいこう》の森』という当たり年だった。ちなみに今ではすっかり有名になった「本屋大賞」の記念すべき第一回が開催されたのもこの年で、小川洋子《おがわようこ》『博士の愛した数式』が受賞している。

作家・誉田哲也は、二〇〇三年、前年に第二回ムー伝奇ノベル大賞優秀賞を受賞した『ダークサイド・エンジェル紅鈴　妖《あやかし》の華』（学研プラス／ウルフノベルス→文春文庫）でデビューを果たし、〇四年は第四回ホラーサスペンス大賞特別賞の受賞作『アクセス』（新潮社→新潮文庫）が一月に、『吉原暗黒譚　狐面慕情』（学研／M文庫→文春文庫『吉原暗黒譚』と改題）が四月に刊行されている。〇五年になると、後にシリーズ化される『疾風ガール』（新潮社→光文社文庫）が九月に、『ジウI　警視庁特殊犯捜査係』（中央公論新社→中公文庫）が十二月に世に送り出されるのだが、その前に、本書は四冊目の作品として発売されたことになる。

その五年後の二〇一〇年二月にいちど文庫化もされているが、このたび新たな装いとなった、という次第だ。

主人公の秋川瑞希《あきかわみずき》は大学を卒業したものの、就職浪人四年目を迎えた二十六歳。就労の意欲はあっても就職できない「ただのプータロー」ではなく、英語の他、日常会話程度のポルトガル語と少々のイタリア語をたしなむ、「語学堪能《たんのう》同時通訳者志望」者だと自称している。

タイトルにもあるように、舞台となる季節は春。物語は、瑞希が六本木《ろっぽんぎ》のカフェで母方の叔母である名倉織江《なくらおりえ》と待ち合わせている場面から始まる。道を行き交う、港区男子でも女子でもない「六本木人」。そういえばすっかり定着した「マジっすか」。瑞希がじっと動かず五十分も待たされているのは、おそらく気軽に織江と連絡が取れる状況ではないからだろう。テレビ局のプロデューサーを務める三十八歳の織江は、もちろん既に携帯電話は持っていたはずだけど、初代iPhoneが発表されたのは〇七年で、LINEのサービスが始まったのは二〇一一年。今でいうガラケーはまったくガラパゴスではなく、携帯・PHSの普及率は六八・七％（〇四年六月末時点／総務省発表）でしかなかった。

訊くまでもなくタバコが吸えるカフェにニヤリとし、今なら顔出しヘアヌードを全国ネットで流したりしたら大炎上だよ、と「時代の空気」を懐《なつ》かしく感じる読者も多いのではないだろうか。個人的には瑞希が織江のことを〈女だてらにテレビ太陽のプロデューサー様だ〉と語っていることにも、ハッとさせられた。これが昨年書かれた作品であれば、きっと瑞希は「女だてらに」などとは思わないだろうし、作者もそう表現はしないはず。けれど二十年前は、そんな言葉もあたりまえだったのだ。

とはいえ、もちろんそうした懐かしさや、感慨深さが本書の魅力ではない。ストーリー自体にも、読者を驚かせる仕掛けがたっぷりとほどこされている。

物語の軸になるのは、織江が担当するテレビ太陽の番組「解決！　超能力捜査班」のスペシャル番組出演のため来日する、ブラジル人超能力者マリア・エステラの通訳を引き受けることになった瑞希の視点。ある過去の事情から霊媒《れいばい》や霊視の類《たぐい》を一切認めておらず、瑞希は透視能力者であるというエステラと関わること自体を拒絶するが、織江に八日で二十五万円のギャラを既に瑞希の母に支払った故、断る権利はないと押し切られてしまう。瑞希が母親に二百万円もの借金を背負った理由など、ふたりの会話は絶妙なテンポと愛嬌《あいきょう》があって愉快《ゆかい》だが、話の展開はシビアで、来日したエステラは東京の新宿からほど近い場所で頻発している若い男性の幽霊目撃情報を調査中、早々に「死体が、あると思うの」と言い出す。そして実際、その廃ビルの四階で、瑞希たち撮影クルーはミイラ化した遺体を発見することに。

一方、最初のうちはどう関係してくるのか想像もつかない、中国人・林守敬《リンソウチン》の視点での物語も並行して綴られていく。福建省の貧しい村に生まれた守敬は、日本で巨万の富を得た先々代村長の孫・古正剛《ゴウツンガン》に倣《なら》い、ふたつ年下の妹・玉娟《ウージエン》と村を出る。ふたりは文字通り生死をかけてコンテナ船に乗り込み、四十三人の密航者のうちたった五人の生き残りとなって密入国者として日本の地を踏むことができたが、夢見た国での暮らしは決して楽なものではなかった。

二十年前ではあり、そしてオカルト・ホラーな番組制作の話ではあるものの、瑞希の視点で展開するストーリーは、どこか軽妙な明るさがある。しかし、守敬のパートは、どこまでも、ひたすら重く暗い。苦しみや悲しみだけでなく、怒りや憤《いきどお》り、怯《おび》えや恐怖などあらゆる負の感情が読者の心のなかに入り込んでくる。歌舞伎町界隈《かぶきちょうかいわい》で名の知られた「月《ユエ》」の、一切容赦《ようしゃ》がない姿。守敬が感じる〈目には見えない、だが確実にある冷気〉。

瑞希と織江が待ち合わせたのは六本木であり、番組が生放送されるテレビ太陽のスタジオも六本木。守敬の行動範囲の中心は新宿で、時間経過の違いがあることも想像できる。これがどう重なるのか、読み進めながらも見当がつかず気が逸《はや》る。加えて、第三の視点人物の正体も存在意味も、なかなか分からない。身重《みおも》の妻を案じる、児童養護施設出身のサラリーマンは、瑞希とも守敬ともまったく異なるのんびりとしたテンポで「解決！ 超能力捜査班」の二時間スペシャルを見ているが、ええと、この人、誰……？と気になってしかたがない。

誉田哲也の作品のファンである方々は、もうよくよく御存知だと思うが、硬軟、明暗を書き分け、先を知りたいとページを捲《めく》らせる抜群のリーダビリティは、デビュー二年目、四冊目の本書からも十分感じられる。こんな結末を用意する度胸も凄い（褒《ほ》めてます）し、なによりも楽しそうに書いてるなー！ と（いえ実際のところは知りませんけど）やっぱりニヤニヤしてしまう。内容的には、ニヤつくような話ではないのに、だ。

個人的には二十年前にはあまり気にもしていなかった、エステラの言葉も印象に残っている。「あなたは他人にどう見られ、認められているかどうか、いつも気にしているでしょう。でも、怯えてばかりのあなたに魅力はないわ。心を、解放しなさい」。「あなたには、あなたにしか見えない世界があるのよ」。瑞希がなぜオカルト的なものを嫌うのか、その理由に繋《つな》がる部分なので詳細は記さないが、これはなにも「見える」人に限った助言ではない。誰にだって自分にしか見えない世界があり、見えない人とどう繋がればいいのか迷いはあるだろう。

同時に、先にも記した守敬が感じていた〈目には見えない、だが確実にある冷気〉は、長い時間が過ぎても、まだこの国にあると気付かされる。〈それが壁となり、俺たちを日本人の視界から遠ざけている。同じ地表に立ちながら、決して交わることはない。彼らは避ける。俺たちを、ではない。冷気を避ける。だから交わらない。ぶつからない。冷気に取り囲まれている俺たちはその存在すら認知されない〉。あぁ、変わっていないなと苦い思いが込み上げてくる。

変わりゆくものに気付き、変わらぬものに気付き、読書の、誉田哲也の小説を読む醍醐味に気付く作品である。できることなら、いずれまた年齢を重ねた瑞希にも会ってみたい。「四捨五入」すれば、もうアラフィフとなる瑞希と還暦《かんれき》も近くなった織江の「今」を読んでみたい。想像したとおりでも、思いがけないことになっていても、絶対に楽しそうだ。

いつかそんな春が来ることを、願っています。

二〇一〇年二月　光文社文庫

光文社文庫

春《はる》を嫌《きら》いになった理由《わけ》　新装版

著　者　誉《ほん》田《だ》哲《てつ》也《や》

2023年3月20日　初版1刷発行

発行者　三　宅　貴　久
印　刷　萩　原　印　刷
製　本　ナショナル製本

発行所　株式会社　光　文　社
〒112-8011　東京都文京区音羽1-16-6
電話（03）5395-8149　編　集　部
8116　書籍販売部
8125　業　務　部

落丁本・乱丁本は業務部にご連絡くだされば、お取替えいたします。
ISBN978-4-334-79502-3　Printed in Japan

組版　萩原印刷